U0120815

后浪

我，准时下班

〔日〕朱野归子 著

董纾含 译

海峡出版发行集团
海峡文艺出版社

图书在版编目（CIP）数据

我，准时下班. 1 /（日）朱野归子著；董纾含译
. —— 福州：海峡文艺出版社，2023.3（2023.6重印）
ISBN 978-7-5550-3245-8

Ⅰ. ①我… Ⅱ. ①朱… ②董… Ⅲ. ①长篇小说—日
本—现代 Ⅳ. ①I313.45

中国版本图书馆CIP数据核字(2022)第229674号

WATASHI, TEIJI DE KAERIMASU. By AKENO Kaeruko
Copyright © Kaeruko Akeno 2018
Original Japanese edition published in 2018 by SHINCHOSHA Publishing Co., Ltd.
Chinese（in simplified character）translation copyrights © 2023 by Ginkgo（Shanghai）
Book Co., Ltd.

本书中文简体版权归属于银杏树下（上海）图书有限责任公司
著作权合同登记号：图字13-2022-109

我，准时下班 1

[日] 朱野归子　著　　董纾含　译

出　　版：海峡文艺出版社	出 版 人：林　滨
责任编辑：陈　瑾	编辑助理：吴飔茉
地　　址：福州市东水路76号14层	
邮　　编：350001	
电　　话：（0591）87536797（发行部）	
发　　行：后浪出版咨询（北京）有限责任公司	

选题策划：后浪出版公司	出版统筹：吴兴元
编辑统筹：尚　飞	特约编辑：袁艺舒
营销推广：ONEBOOK	装帧制造：墨白空间·Yichen

印　　刷：河北中科印刷科技发展有限公司	经　销：新华书店
开　　本：787毫米×1092毫米 1/32	印　张：11.75
字　　数：189千字	
版次印次：2023年3月第1版　2023年6月第2次印刷	
书　　号：ISBN 978-7-5550-3245-8	
定　　价：52.00元	

目录

第一章

全勤奖女士

那个女人，东山结衣偷偷地称呼她是"全勤奖女士"。

难得今天没过来嘛。结衣刚想到这儿，背后就传来了一串脚步声。

"来了来了来了。"

她忍不住小声嘟哝。

"来栖君他今天也休假？"

全勤奖女士——三谷佳菜子紧紧贴着结衣站定。为什么就非要这时候来啊？结衣抬头看了看墙上的时钟。

正好六点。是下班时间了。

"他为什么休假？你问过他原因吗？"

三谷声音隆隆，结衣明白，含含混混地打马虎眼只会拖长时间，于是只好回答她："不知道啊……我没问他。"

五分钟之内能逃脱吗？稍晚一点可就赶不上上海饭店的限时畅饮了。在六点半之前点餐，中杯啤酒只需半价。但是……

"你，不、知、道？"三谷凑得更近了。

三谷和结衣一样都是三十二岁。总之就是极度认真的一个人。三谷从不带薪休假，也不允许其他人带薪休假。要是有任何人请假，她都会像现在这样不断地追问理由。

"为什么？你是负责教育他的前辈吧？就这么放任来栖君不管吗？"

来栖是今年春天入职的新员工。他刚刚结束了为期半年的研修，本年度的秋季开始担任结衣的助理。

"我没有放任他不管，申请带薪休假的流程我都告诉他了呀。"

"你怎么净教他这种东西？新人根本不需要带薪休假吧？"

不管是不是新人，员工都有权带薪休假。请假时也没有义务讲清休假理由，他人也不该像这样咄咄逼人地追问，这些都是由劳动基准法决定的。

她告诉三谷很多次了，但是这个人，根本不能理解。

"我做新人的时候根本没休息过哦！新人还未能独当一面，所以应该一直留在工作现场，在前辈身边勤恳工作才对啊！"

"等他来上班的时候我会告诉他的。那么我就先走了。"

啤酒在召唤，她心痒地正准备站起身。

"现在的年轻人也太娇惯自己了吧。"

三谷快速移动到了正挡住结衣去路的位置。

"这就是所谓的卖方市场呗。所以人力也对应届毕业生热乎得不得了。入了职，然后就被东山这样闲散的前辈教育。"

说我闲散是什么意思？结衣本想反问她，却又被三谷抢了先。

"说起来，东山你周五好像也休假了吧？为什么？"

"参加法事。"

"真的是去参加法事了吗？真不是像你之前说的那样'一边眺望成田机场起飞的飞机，一边喝啤酒'去了吗？"

"真的是参加法事去了。还有，不是成田机场，是羽田机场。要是坐在成田特快上，那还没到机场不就已经喝醉了嘛。哈哈哈。"

三谷一副"你少跟我打马虎眼"的模样，回她道："假如说，你是真的去参加法事了，那你也休息得太频繁了吧？"

在规定的带薪休假天数内休息，有什么问题吗？她很想这样回敬三谷，不过还是忍了回去，伸手按下了电脑的关机按钮。

"啊，你干吗关机啊？我还没说完呢！真是的，种田先生可是觉都不舍得睡地在工作呢。"

三谷提到的种田，是比结衣年长三岁的前辈。他已经是结衣他们团队里的副部长了，和三谷一样，种田从不带薪休假，也从未比结衣早下过班。

我怎么就和这样一帮人分到一个团队里了呢？结衣兀自叹息着，捞过自己的包包，将手机扔了进去。

"哦，不管怎么说，你就是铁了心要下班喽。有的有的，你这样的人我还真见过。读初中的时候我们班上就有个你这样的人。全班集合排练大合唱比赛那天，那个女生说，当天要和妈妈一起去看演唱会，所以不参加练习了。我可是一天都没歇过呢！整整三年，我都拿全勤奖。为了拿到这个奖，我可是——"

糟糕了。说到全勤奖可就没完了。结衣找准空隙从她身侧蹿了过去。

"啊，让你给逃了！"

"不好意思，我先下班了。"

在被三谷赶上之前，结衣打了卡，逃向了走廊。

她一路小跑着去乘电梯。

结衣所在的这家公司主要承接各种企业的电子市场推广业务，比如网站或 App 等，并提供相关咨询服务——至少公司简介上是这么写的。然而，就算照搬这种说明，身边的亲朋好友依然搞不清楚这份工作究竟是在干什么。所以结衣一般会说，"就是给别家公司做网站的。"

这家公司在业内算是规模比较大的了。公司职员有三百人左右，不过因为不需要配置什么大型设备，所以只需租用写字楼中的一层就足够了。但是这栋写字楼很大，所以就算一路无阻，顺利从工位跑到楼外也要花个五分钟。

结衣按下电梯按钮，正焦急等待的时候，种田晃太郎从远处的特殊通道走了过来。明明都十月份了，种田却只穿了件薄 T 恤。体形也还保持着大学打棒球时候的模样，总之是个运动系男生。

"这就要回去了？"种田搭着话过来。

"不行吗？"

"你可真的是每天都准时下班呢。"

"种田前辈偶尔也试试早点回家吧？"

结衣其实已经看到了。晃太郎手上拎着的袋子里，装着一盒速食炒面。

"做不到哇。我从今年开始就一直在加班，休息日全还给公司了。完全没时间跑步啊。"

去便利店买晚饭的时候，他是为了保持肌肉力量所以专挑特殊通道爬了十五层的楼梯吧。结衣听罢这样想道。他还真是一点没变。

"从今年开始一直……这都十月底了啊。"

"因为一直加班，所以我刚拿了项目最优秀奖哦。"

结衣注意到了晃太郎脸上那副"快来表扬我"的表情。她并不想表扬这种加班的行为，但是也没办法。

"真棒！真厉害！恭喜你哦！"

"谢谢。能为公司贡献业绩，这是我的荣幸。"

晃太郎半开玩笑半当真地敬了个礼，然后仿佛突然想起什么来。

"哦，对了，结衣。"

听到晃太郎这么说，结衣微微瞪了他一眼。都和他讲过多少次了，不要直接称呼她结衣。

"反正也没人听见啊……"晃太郎小声叹道。

"所以一走神就容易在别人面前露馅儿嘛。"

"就算露馅儿也没大碍吧，反正我们已经分手了呀。"

晃太郎和结衣早在两年前就已经分手了。二人交往的时候，晃太郎还在其他公司工作。决定跳槽到现在的公司，正是决定分手前不久的事儿。本来以为同在制作部门的话会很尴尬，不过晃太郎被分去了其他小组，所以两个人基本没有交集。

但是，那也只维持到了今年夏天。制作部经历了重组，从本周开始，他们两个人就在同一小组工作了。晃太郎是小组的副部长，结衣只是普通的项目负责人。

"请叫我东山，谢谢了。"

结衣再次强调。光是现在这样，三谷就已经给她贴了个工作不认真的标签。要是同组上司和自己曾是男女朋友的关系暴露了，那她可就更难准时下班了。

自入职以来，不论是多忙碌的时期，结衣都是准时下班。

也不是完全没有加班的情况，但是非常少。这家公司本来就提倡"尽量不加班"。结衣进入这家公司至今已有十年，她一直贯彻着公司的作风。

然而，最近随着从其他公司跳槽过来的人员增多，这种作风逐渐开始受到威胁。刚才的那个全勤奖女士——三谷佳菜子就是跳槽过来的。

"算了，不提这个。我想说的是福永先生那个新案子的事。"

"福永？"结衣一脸疑惑。她没听过这个名字。

"想不起来了？明天开始福永先生可就是我们组的新部长了啊。他接手的第一个案子，我想要让结……要让东山你来主抓，所以需要你现在去做份报价单。"

现在？结衣皱起眉。晃太郎对着她身后说了一声："您先请。"

结衣转过头，原来是电梯到了。听到晃太郎的话，电梯里的人点点头，伸出手准备按下关门的按钮。

"结衣啊，你也三十多岁了吧？得再努力一些才行啊。"

你怎么又喊我结衣了？你为什么要擅自决定让我主抓这个案子？她有好多话想说，但是——她马上又再次按下"下"的按钮。

电梯里的人都是一副"门怎么又开了"的表情，结衣跑进电梯里。

“我不会更努力了。”

紧接着，她按下了“关门”按钮。

“喂！那报价单呢？”电梯门合上前一秒，还能看到晃太郎皱着眉的脸。

上海饭店就位于一栋综合大楼的地下，距离公司只有步行五分钟左右的路程。

走下昏暗的楼梯，就能看见一扇倒贴着一张“福”字的玻璃门。据说这叫“倒福”，发音和“到福”一样，有“祝愿福气滚滚到来”的寓意。

结衣猛冲进店里，正和几个常客大叔聊天的店主王丹神色不悦地转过脸来望着她。她的头发在脑后松松地绑了个结，身上套着一件黑色的围裙，正在收拾空位上的碗盘。

“今天来得真晚啊。限时畅饮马上就要结束了哦。”

“太好了！还以为今天赶不上了呢！啤酒，啤酒，总之先上啤酒！”

“好，好。对了，新闻翻译我弄完了，你拿走吧。”

王丹伸手从收款台那里摸到一卷纸，递给结衣。

“帮大忙了！我这边正好要求明天上交呢。翻译费还和上次一样可以吧？”

结衣脱下外套，接过了那卷纸。纸上写的是一些与中国网络媒体相关的新闻。是她的部长要求她翻译的。

"给我开张发票好吧？我可以报销。"说到这儿，结衣突然想起她的部长已经换人了。新部长的名字……记得是叫福永。

"钱都无所谓的。我们关系好嘛。"王丹的日语带着些中国口音。

这家店刚开张的时候，偶尔闲逛来吃饭的结衣发现菜单上的日语有些错误，于是告诉了王丹。当时也没有其他客人在，所以当场就改正过来了。紧接着这家店的生意就红火了起来，王丹似乎认为这是结衣的功劳，所以自那时起就对她十分友好，不过她脸上总挂着一副不悦的神色。

"吃点儿什么？"

现在温度已经跌得很低了，真想吃点热乎的呀。结衣一边落座一边想着。不马上点单，王丹就要溜去后厨了，所以她决定点一份咕咾肉套餐。

"啊，咕咾肉啊。好的……你最近好像都是一个人来哦。"

"这里以前总和晃太郎一起来嘛，再带别人来也太尴尬了。"

"但是，一个人来吃饭有点不划算了。"

"王丹，总之先上啤酒哇。"

这家店的单人套餐其实已经很便宜了，但是双人套餐竟然也是同样的价格。结衣担心这样下去店里会亏本，但是王丹怕价格定高了就没人来了。顺带一提，"王丹"的中文读音跟日文的"馄饨"相同，这名字一听就很香。

王丹递上酒杯。

结衣立马痛饮起来，然后满意地舒了一大口气。就是为了这一刻，所以她从白天开始就不敢摄入水分，现在看来真是值得！全身的细胞都沉浸在啤酒的滋润中。就在这时，结衣突然注意到一件事。

"说起一个人来吃饭……之前靠墙坐的那个人最近好像都没来欸。"

平时结衣在这个时间来店的话，靠墙总坐着一位上年纪的男性，独自一人吃着晚饭。吃完之后会说一句"我回公司了"，然后抱起他的公文包离开饭店。

"啊啊，那个人啊，他死了。"王丹一边摆着隔壁桌上的碗碟一边说道。

"啊？"

"他同事来店里的时候是这么说的。"

"为什么……为什么去世了啊？"

"听说他胸口痛，但是还硬要工作到早上。第二天就有人发现他死在公司了。发现他的人真是可怜。我也挺可怜的，难得的一位常客就这么走了。"

啤酒的苦味扎着结衣的舌头。那个大叔，她不知道他叫什么，但是知道他每次都会点回锅肉，还会用泛着油光的卷心菜拌饭吃。

放在桌上的手机突然震动起来，是妈妈发来的LINE信息。

"星期五是二十五回忌，别忘了哦。"

结衣紧盯着手机屏幕，问了问坐在旁边的一位正吃着饺子的常客大叔："二十五回忌，那是人死之后多少年举办的法事啊？"

"二十四年。"

大叔正用筷子夹着煎得脆脆的饺子往香醋里蘸。自从被下放到了分公司，大叔的零花钱就被他太太收去了很多，所以在这家店里也净点便宜饺子吃。

"那么久了啊？对哦，那年我才八岁呢。"

"二十五回忌还办？一般不是顶多办到十七回忌吗？是给哪一位办仪式啊？"

结衣正要回答，另一个常来吃饭的大叔插话进来。

"二十四年前，那不就是1992年嘛。正好是泡沫危机时期呢。"

大叔用饭馆提供的热毛巾卷擦着额头沁出的汗珠，一脸怀念的表情。结衣记得他好像是一家小工务店的老板，喜欢吃辣的，今天自己点了份火锅。

"在那之前不久，日本还好得很呢。房产好卖，生意好做。对了，电视上还经常播那个营养饮料的广告，里面那个公司职员，走起路来可真是虎虎生风啊。那个广告歌我现在还记得怎么唱呢。"

于是，常来吃饭的几个大叔慢悠悠地唱了起来：

"黄色和黑色是勇气的证明，二十四小时奋战不休……"

几个人唱得乱七八糟的，但是到最后却意外找齐了，大家都不由得脸一红笑了起来。

这首歌我知道。结衣心想。爸爸也常唱这首歌。每天早上，要出门上班前，他会一边系领带，一边哼唱这首歌。

"但是如果真的工作二十四小时，人可就死了啊。"

"真傻啊。留得青山在，才不怕没柴烧啊……真是。"

大叔们一边举起酒杯"致敬"，一边絮叨着。众人都望着那空荡荡的收款台背后。那一片墙面上贴着在店里开忘年会时大家聚在一起的合照。结衣受王丹邀请，也参加了这次聚会。那张照片中，回锅肉大叔正抓着一副方便筷充当麦克风，激情洋溢地唱着《木棉手帕》。

店内的气氛沉郁了下来，大家再无话可说，都分头啜饮起了自己杯中的酒。

结衣一边吃着端上来的咕咾肉，一边翻着推特。她关注的某一个名叫"愁"的账号，今天发表了无数新动态，个个都忧心时下。

"过劳死的人数在不断增长。每年超过两千人因职场问题自杀。"

其实应该发一段稍微阳光点的新动态呀。想到这儿，她脑中突然闪过刚刚晃太郎提到的那位新领导福永的脸。

他们曾经见过面。这个福永，是晃太郎在上一家风险投资公司工作时的老板。她和晃太郎还在交往中的时候，曾在新宿的街头偶遇过福永。

当时，福永根本就不看结衣一眼。他任由晃太郎介绍，始终一脸尴尬地沉默着。结衣记得自己当时感觉这人好奇怪，这样的人真的是公司老板吗？他那双始终没有看向自己的眼睛，空洞且幽暗，令人感到浑身发冷。

"那种见面不会打招呼的人，您怎么看？"

结衣又去问吃饺子的那个大叔。

"不会打招呼？啊，不行不行。我女儿要是带着这种人回家，我直接否决。"

"是不是太认生了？"结衣歪着头。当时晃太郎是这么解释的。

"嗯，最近不少年轻人都挺认生吧。"

"但感觉那个人应该已经四十多岁了。"

"现在这个时代的话估计没什么大惊小怪的，但是我不太喜欢这种人。"

结衣也是这么想的。且不论对错，她就是不喜欢这种人。

那次新宿偶遇后不久，晃太郎就离开了福永的公司。结衣也和晃太郎分手了。她以为自此以后再不会见到福永了。甚至，她都快把曾经见过福永这件事忘了。

但是，他为什么要跳槽到原部下所在的公司呢？

此时，手机再次震动起来。

是同一小组的吾妻发来的进度报告邮件。明明告诉过吾妻，不要在下班时间发送工作邮件的，结衣小声发着牢骚。突然，滑动手机画面的手指停下不动了。进度报告上显示，他和三谷正遵照种田的要求，赶制一份报价单。

"明天前想要完成评估工作必定十分艰难，但是我们一定努力攻克难关。"

应该是刚下班的时候晃太郎要求自己做的那份评估文件吧。因为被她拒绝，所以晃太郎又去找了吾妻和三谷。她心里总感觉有点内疚，于是读起了这个案子的概要。

这个案子的委托方是星印工厂有限公司。星印是一家很有名的衣料杂货制造公司，设计精炼，品质上乘。这家制造和销售原创商品的公司近些年成长十分迅速。上个月，星印决定收购一家性质类似的公司——幸福手帕公司。所以他们的需求是，将公司主页进行大幅的更新调整。正式的交付时间是四个月之后，也就是来年的三月初。

结衣一边思索一边阅读着委托的各项要求，当视线落到预算额度时，她以为自己看错了。

这也太少了。这个预算根本实现不了啊。

晃太郎究竟想干什么呢？据传闻，之前他在其他小组的时候工作也是备受好评的。既然做了能拿最优秀奖的案子，那应该是能为公司带来巨大利益才对啊。从入职那天开始，他应该就没接过这样荒唐的案子。

难道这件事和那个叫福永的人加入小组之间，有什么关联？

感觉不太妙……我先做做调查吧。

结衣开始给刚刚还在浏览的"愁"字账户写起了委托邮件。

第二天一早走进公司，结衣看到三谷正一脸埋怨地等着她。

"就是因为东山小姐你昨天跑掉，结果我留下来加班了欸。领导指派我帮吾妻工作，我只能勉强自己加班。结果，咳，结果今天早上就开始咳嗽起来了。"

身体不舒服的话，明明可以拒绝加班的呀。或许是结衣的这种想法表现在脸上了吧，三谷瞪起了眼睛。

"带薪休假的事，咳，你已经严肃警告过来栖君了吧？"

"还没，我才刚到啊……比起这件事，你一直在咳，没关系吗？"

"这个程度的咳嗽，咳咳，算什么。我高烧三十九度照样不休息。从初中到高中，咳咳，我一直都拿全勤奖奖状。咳，大学没有全勤奖这个设置，但是我在第一家公司的时候，也是月月都拿全勤奖金的，咳咳。"

结衣皱起脸来。光是听她讲话就难受得要命。

"好啦我已经知道了。请你好好去医院看看吧。咳嗽如果疏于治疗就容易转成哮喘的。一旦发展成哮喘，那可就一辈子都治不好了。"

"嗯？"

结衣说罢，丢下一脸不安的三谷，开始寻起了来栖的踪影。

来栖正站在复印机前闷头复印着大量资料。

"你在干什么呢？"

听到结衣的声音，来栖一脸疲惫地望向她。

"三谷前辈命令我复印会议资料……"

估计就是那个报价单的复印吧。这种东西，邮件群发之后让大家分头在自己的电脑上看不就行了吗？结衣一直都是这么做的。

"那个，三谷是不是和你说了什么？比如带薪休假的事……"

"没，还没有。但是估计她早晚会来找我。这种公司，我还是辞职吧。"

"哎呀哎呀，别这么说啦。"

结衣轻轻拍了拍来栖的肩膀。他动不动就把辞职挂在嘴边，这一点也挺让结衣头痛的。

来栖是这家公司难得的高学历员工，长相标致，业务方面也学得很快。人事部对他的期望似乎也很高。

但是他总是口无遮拦，让结衣这个带徒弟的前辈提心吊胆。

"别在意别在意，你就当是参考意见，听听就好。"

"但是，会被强制要求的吧？"

"那倒是……"结衣没法否认。

"之前也是，强制要求我要比正式上班时间提前三十分钟到公司。这种做法属于犯法了吧？"

"嗯，那倒也是……"这一点，结衣也没法否认。

"企业这么黑心，所以我想辞职啊。"

"稍等一下。三谷下次要是又提这件事的话，我会帮你挡的。到时候如果你还是接受不了，那就……不过考虑到我的立场，暂且先忍忍好吗？"

"就是说我辞职也会影响到东山前辈的考核，是吧？"

"也包括这一点。"结衣无可奈何地点点头。反正和他讲些藏着掖着的话，他也是油盐不进。

来栖噗地笑出了声。

"我还挺喜欢东山前辈你这一点的。好吧，我知道了。如果说是为了东山前辈，那我可以忍……但是，是为了东山前辈哦。"

这不是逼我感恩吗？算了，不管是出于什么理由，总之能让他先学会忍耐就好。这么一来，来栖的事儿总算告一段落了。

接下来，就是那桩案子了。结衣看了一眼表，九点十分。会议如果延长，今天开始工作的时间也会推迟。这样一来，自己准时下班就会显得更加突兀。所以必须速战速决。

"这个案子我认为接得有些轻率了。"

会议刚一提到星印工厂的案子，结衣就马上举起手说道。

"轻率……是吗？"

新上任的部长福永清次喃喃道。

今天是他第一天来公司报到。但是和两年前那次偶遇一样，他没同任何人有眼神接触就走进会议室，然后扭扭捏捏地做了个自我介绍。

听说福永卖掉了自己的公司，这件事结衣倒并不知情。好像是晃太郎刚一辞职就立马卖掉的。自那以后，直到被结衣所在的这家公司挖过来为止，他一直辗转于行业内的各家公司。

这个行业长期人手不足。像福永这样跑得了现场工作，还有管理经验的人才马上就能找到下家。再说了，他本来可是社长呢。虽然现在进的是所大公司，但却变成了跑现场的部长，结衣对这一点还蛮惊讶的，他不会感到屈辱吗?

然而，福永本人却愉快地微笑着说"能回归一线工作真的很高兴"。结衣想：他或许没有自己以为的那么差劲吧，那么我就更应该说得坦率些了。

"对。轻率。"

再怎么说也不该接下这个案子。结合委托方给出的期望预算来看，报价算得太低了。一眼看过去，这个报价也得翻倍——总之我们需要更多人。

"业务部门的人为什么没有当场提出来呢?"

"这个案子不是从业务部那边接的。"晃太郎回答道，"星印工厂是福永先生过去的老主顾，他们听说福永先生来了我们这边，于是就又找过来委托我们。"

"真高兴呀，还能想到我。"福永微笑着说。

"可是，这个程度的预算，我们没法外包的。"结衣说。

"外包?这家公司经常把业务外包出去吗?"福永面向晃太郎问道。

"大部分情况下都没办法在工作时间内做完。"结衣回答。

"不外包出去就做不完是吗?"福永又问晃太郎。

这感觉好奇怪。他为什么不直接问结衣呢?

"这个嘛……"晃太郎道,"我们如果加班加点的话,应该差不多。"

来了来了。晃太郎的口头禅。结衣当即摇了摇头。

"一开始就奔着加班去是不行的。如果把工作内容掐得太紧,一旦出现问题,整个流程就要乱套了。"

"东山小姐只是不想加班吧?咳。"

三谷用手按着嗓子,插话进来。

"咱们这位东山小姐哦,表上的时针一跳到下午六点整,她就会准时冲出公司,工作呀什么的都会丢一边的。"

"我没有丢一边。当天的工作我都会好好完成才下班。"

"欸?是吗?"福永好像对她产生了些兴趣般地小声说,"那你工作效率蛮高哦。"

"东山说的话您不用在意。咳咳……咳。她这人比较奇特。"三谷边咳边继续说,"我有个想法。接下来这四个月,我们小组所有人都主动放弃带薪休假,如何?"

"哈?"坐在结衣身边,正在写会议记录的来栖发出一声怪叫。

"还有,双休和法定假期也都不休了,咳。这样一来,咱们的预算就够用了,不找外包也行。咳咳。"

"这家伙是不是脑子有问题啊。"

来栖敲击键盘的手停在半空。

"还有你，咳。来栖君，你除夕新年都给我来公司上班，弥补你昨天翘掉的工作，咳咳。我就不明白了，你为什么要休息？难不成你是感冒了吗——咳咳咳——管你是感冒还是什么的都得上班呀——咳咳！！我都这个样子——咳咳咳——了我咳咳咳——咳成这样我也——咳咳咳……"

光是听三谷这样咳，结衣就感觉很窒息了。她立即回敬道："放弃带薪休假以及双休和法定休假，这些都违反劳动基准法了哦。"

"光想着偷懒的新员工——咳咳——要什么法律啊——咳咳咳。我不会放过他的。"

"您懂法吗？"

结衣正皱起眉反问，来栖却用一种打从心底里感到烦恶的语气低声说："就是啊。"

"嗯？"

整个会议室所有人的目光都聚集到了来栖身上。他垂着头继续说道："我昨天过生日，所以休假了。好了，我解释完了。你满意了吧。"

"生日？这么无聊的破事你就休假？咳咳——"

"不不，三谷小姐，话不能这么说。他可能是和家里人一起庆祝了，也可能和自己的女朋友有约……是吧，来栖君？"

"没。我自己在家打游戏了。"

"咳咳咳，你说什么？！我都咳成这样了都还来上班呢——咳咳咳！！"

"你咳嗽关我什么事啊。"

来栖大声叹了口气。

"我倒想说，你这个咳嗽能不能解决一下啊？我做会议记录的时候你全程咳得吵死人，会议内容根本听不清，也没法写。"

"对前辈要——咳咳咳咳，东山你——咳咳咳——说句话呀，咳咳咳。"

三谷的意思大概是让自己教教来栖，和前辈讲话应该是什么态度。

可是，比起这件事——她更担心三谷，三谷剧烈地咳着，整个身子都在发抖。会议室的其他人也都纷纷担心起三谷的状态，大家都已经无心开会了。

"来栖君这是在担心你呀。他的意思是，你应该赶紧去医院看看……是吧？是这么想的吧？是吧？……呃，你别看他没说话，但是脸上写的就是这个意思啦。"

"可是……我不能开会开到一半就去医院啊，咳咳咳，这样太不负责任了，咳咳咳……"

三谷咳得眼泪汪汪，肯定很难受吧。事已至此，那就应该说得更清楚些。

"三谷小姐，你昨天身体不舒服，还坚持加班把这个报价单做出来了是吧？你已经做了很多事了，接下来交给我就行。"

三谷表情动摇了起来。她面露迟疑，似乎有点想顺从结衣的意思。

正在此时，一直沉默不语的晃太郎说话了："那就这么办吧。我其实一开始就是想让东山去主抓这个案子的。"

这傻瓜！结衣刚要暗骂的瞬间，撞上了三谷凶恶的瞪视。

三谷的意念似乎通过脑电波传到了结衣脑中：真是得了便宜还卖乖！

结衣明显感觉对方愤怒的矛头从来栖那里转移到了自己身上。

会议开到预定时间就结束了，报价单的事福永准备再考虑考虑。可是还有什么可考虑的呢？只能直接告诉客户这个价格拿不下来了呀。

结衣情绪不畅地走出会议室，三谷就等在门外。

"东山，你要是主抓这个案子，可千万不能——咳咳咳，不能休息呀。"

结衣无奈了。这人竟然还没走啊。

"不，我会正常休假的，而且我也不准备做这个案子的负责人。"

结衣叹了口气。关于这件事，最好还是马上和三谷说清楚比较好。

"不管发生什么事，我都会准时下班，也会在想休假的时候带薪休假的。"

"为什——咳咳咳咳咳——"

"我没有必要回答你为什么……总之，我是决定了要这样做，才进了这家公司。你没有权利对我的决定说三道四。对来栖君也是一样，负责教授他业务的是我，所以请你不要再插手了。"

"可是工作——咳咳，工作会——咳咳咳，工作得要——咳咳咳咳，工作是——咳咳咳咳……"

就在结衣的忍耐终于到头时，三谷连续的咳嗽声突然止住，奋力大吼出一句："工作就是要拼死去做！必须要强迫自己努力、更努力才行！"

一些刚从其他会议室走出来的同事都在看向她们这边。人人表情中都写满了疑惑。

结衣望着眼前的三谷。"死"，这个字在她的大脑中伴随着无数过往的回忆飞速旋转起来。被发现时已经成了一具冰冷尸体的回锅肉大叔、在自己还小的时候哼唱"二十四小时奋战不休"的爸爸，还有——两年前的晃太郎。

结衣感觉脊背一凉，浑身发冷。她紧紧盯着三谷。

"拼死、强迫……这种词，别随随便便挂在嘴边好吗？"

三谷似乎感受到了结衣散发的可怕气场，不由得语塞。但是紧接着，咳嗽仿佛又要冲上嗓子了，她弓起身子奔向厕所。

"我看那人是真的脑子有病。"

来栖出现在结衣身后。他突然一脸恍然大悟地望向结衣。

"啊！三谷该不会是自己想做负责人吧？那我可不干。她根本不懂什么是劳基法，要是她做负责人，那我一定一秒都不等，马上从这个黑心企业逃跑。看来还是得东山前辈来做负责人，这样才能拦住她呀。"

我做不到。结衣别过脸，躲开了来栖的视线。

"做领导很不容易的，我受不了这样的辛苦。"

进入这家公司没多久，结衣就明白了这个道理。刚才会议结束时她也说得非常清楚了，自己是不会做这个案子的负责人的。

"东山前辈就不能为了我忍一忍吗？我可是为了东山前辈才强忍着待在这儿的呢。"

听他这么说，结衣倒想问"你究竟什么时候忍过"。

"如果是三谷来当负责人，那我马上辞职。我可不想拼死工作。"

又开始闹着辞职了。结衣忍不住想叹气，就在这时突然有个声音说："那你就试着拼死做一次吧。"

不知何时起，晃太郎站在了他们二人身后，目光灼灼地望着来栖："你年纪这么轻，试着拼搏，说不定能看到一些什么呢。"

"看到另一个世界吗？"

"傻瓜，我不是那个意思。"晃太郎表情缓和了下来，笑道。他看上去似乎并不讨厌来栖。或许是晃太郎从小学就开始打棒球、成天混在男生堆里的缘故，他其实很偏爱那种不开窍的后辈。

"怎么形容呢，就像头脑里有鸦片瞬间释放出来一样。越是被催促追赶，就越是感到充实！"

“哇，那不就是肾上腺素依赖症吗？”

来栖一脸不适地反问。

“就是类似于士兵想要再度体会厮杀快感，于是忍不住想再回到战场的感受嘛。欸？难道你们都没在网上见过这个说法？所以，种田前辈一到休息日就会有戒断反应对吧？”

晃太郎沉默了，他似乎想反驳，但只张了张嘴就又闭上了。

“是不是戳到你的痛处了？”结衣轻声笑着问道。

他们两个人刚开始交往时，即便和结衣在一起，晃太郎也总是心不在焉。他频繁地翻看手机邮箱，一副迫不及待想回去工作的样子。如今，他也还是老样子吧。

“算了，总而言之吧，”晃太郎清了清嗓子，“三谷也有她自己的道理。有时候，我们就是需要带着拼死的觉悟去工作的，这就是公司。”

“嗐……”

来栖发出既说不上是回答也说不上是叹息的声音，兀自走向了自动贩卖机。晃太郎一脸惊讶。

“最近的年轻小伙子都是他这副模样吗？”

“至少比最近那些没办法沟通的中年男人强多了吧？”

结衣看着晃太郎，话中带着嘲讽。

"你是说福永先生？……哎，先大度些吧，他还需要点时间适应。"

"那星印工厂的案子怎么说？你也清楚那个条件咱们肯定做不了吧？"

"在我待的上一家公司，给出那个条件挺正常的。"

正常。包揽一个报价如此低的工作，再逼员工去拼命，算正常？

"对于一家小型企业来说，想要得到工作的话，或多或少都得勉强自己去拼一拼。像东山小姐这样从一开始就在大公司工作的人是不会懂的。"

"嘁……"

结衣发出和来栖一样似是而非的叹息声。

在之前那家公司，晃太郎一直是这样拼命支持着福永的工作的吗？

"你要是担心交付时间，那就自己来做负责人……"

"不，请允许我拒绝。"

"话是这么说，你本来也不能拒绝的吧。我只是觉得强迫你答应不太好，所以才这样请求你同意的。"

"如果你坚持认为我都三十多岁了，应该再努力一些，那我觉得你就是在多管闲事。"

"我单纯是因为想让结……想让东山你来做负责人

而已。在同一个团队共事后，我看到你的工作表现，就做了这个决定。好啦，拜托你好不好？"

有那么短暂的一瞬，结衣险些动了心。但是，她已经不想回到两个人交往时那种被晃太郎耍得团团转的状态了。

"如果能让我准时下班，那当然可以。"

"当然不行了啊。再怎么说，负责人也不可能不加班的吧。"

"那么就请允许我拒绝吧。"

"你这个人真是……好吧，我明白了。那我就好好考虑一下怎么才能让你接受加班这件事吧。"

真难缠。结衣这样想着，准备回到自己的工位上。然而——

"最近，你还和柊有联系吗？"晃太郎追问道，"……看你这表情估计就是还有联系吧。拜托你，别管他了。不要干涉他好吗？"

"我没有干涉他呀。只是有事拜托他。"

"嗯？于是你就在工作上抄近道对吗？"

晃太郎从自己胳膊下夹着的一沓文件里抽出一张纸。那是结衣请王丹翻译的新闻。上一任部长已经离职了，于是结衣便将这份文件交给了晃太郎。

"你为什么总是这样把工作推给别人去做呢？怎么就不能自己做？"

"我只是走正规流程花钱外包而已。王丹大学的专业就是日语，比起我自己来做，这份工作交给她能更节约时间和成本，我是做出了这样的判断之后，才……"

"我说的不是你的做法，是你的这种毫无热情的工作态度。再这么下去，你这一辈子可能就这么浑浑噩噩地结束了啊。你就不能在工作上更拼命一些吗？"

晃太郎的热血言论连珠炮似的发射了过来。

结衣轻轻地做了个深呼吸，回敬道："或许将来会有想拼命的那么一天吧。但是，就凭福永先生接的这种草率的案子，我可不想把父母给的宝贵生命拼进去。"

晃太郎看着结衣，一脸"你可真顽固"的模样道：

"总之，不要再和柊联系了。"

"抱歉抱歉！我迟到了。"

诹访巧不紧不慢地走过来。他解开西服扣子坐到餐桌边，展开菜单点起了餐前酒。

"没事的，没怎么晚呀。我也才刚到。"

诹访巧预约的这家意式餐馆就在结衣公司附近。因为预定时间是从晚上八点开始，所以结衣下班后先去了咖啡厅读书打发时间。

"傍晚有个碰头会拖了很久都没开完。你敢信吗？客户那边的部长，竟然让我们把准备好的资料从头到尾一字不落地读一遍欸。就连这么一丁点儿大的注释都要读！"

诹访巧用手指比量了一下字的大小。结衣不由得笑了起来。

他们两个人是从一年前开始交往的。巧所在的公司接手了结衣负责的企业官网，结衣和负责业务的巧开了几次会之后，二人逐渐熟稔了起来。

和结衣一样，巧也是那种早早做完工作准时下班的类型，从不勉强自己去蛮干。这也正是他们二人意气相投的点吧——而且巧本来也是那种会把时间花在个人兴趣上的人。

"这周末咱们在哪儿生火呢？"

"市内的露营场吧。这个不叫生火啦，叫烧柴才对。我买了这些东西。"

诹访巧把手机里的照片滑给结衣看：经典锯刀品牌的锯子、焊接时使用的手套，以及铜制的水壶……

第一次听说"烧柴"这个词的时候，结衣还以为就是在院子里烧烧火烤烤红薯。结果巧听到她的想法之

35

后竟捧腹大笑。原来结衣说的那种其实是烧落叶。而巧要做的是去深山和树林里，使用严选道具生起柴火，和友人们围坐火堆，一手握着咖啡杯谈笑风生。

"买了这么多，你妈妈知道了又要发火的吧？"

"还说呢！她竟然命令我把春天刚买的一套渔具全处理掉欸！我们大吵了一架。"

巧和结衣同龄，今年三十二岁。他现在还和父母住在一起。因为方便借家里的车，而且也有空间摆放户外用品。

"我好想带着结衣一起去烧柴呢。"巧慢悠悠地说。

在沉迷钓鱼前，巧的兴趣是采蘑菇。结衣曾经参与过一次。但回程是周日，在车里摇晃到夜里才到家，第二天早上整个人都很疲倦，当天很难完成工作准时下班。

"估计最近不行了。我们这边新来了个部长，现在有点乱七八糟的。"

"种田不是你们小组的副部长吗？你是不是挺高兴的？"

"才没有。正相反，我现在为这件事头痛得很。"

"又来，你明明很高兴嘛。而且他工作能力很强对吧？因为没把他挖来，我们公司的人事特别沮丧。不管是多么十万火急的案子，只要他一出手就一定能够摆平，而且速度超快——连日通宵，一天都不休息。一般人可做不出来这种事。"

巧笑眯眯地望着眉头紧锁的结衣，一脸揶揄她的模样。

在和巧开始交往之前，她才刚和晃太郎分手。她和巧说了不少晃太郎的坏话。巧始终在她身边默默地聆听着。他还告诉结衣，去羽田机场看飞机起飞降落，能让心情好起来。

只要结衣说想见面，巧就算中断工作也会赶到她身边。一开始结衣很惊讶，没想到世界上竟然还存在这样的人！不过，不知不觉间她也逐渐习惯了。

"对了！差不多也该把结衣介绍给我爸妈了。"

"是吗？我们倒也该有点行动了哦。那我也和家里人说一声。"

他们两人准备明年夏天结婚。

走出餐厅后，巧对她挥了挥手，走进了地铁站。望着巧的背影，结衣深刻地意识到，自己正向着未来大步前进着。

和晃太郎分手的时候，也正在谈婚论嫁。虽然还没收到订婚戒指，但已经拜访过了双方父母。结果这桩婚事还是告吹了。

双方家长见面的那一天，晃太郎没有在预订的餐馆现身。

晃太郎的父母慌了神，连连念叨："这种日子总不可能还在工作吧。"结衣有种不好的预感，她跑去晃太郎的公寓一看，结果正如她所料。晃太郎抱着枕头蜷在沙发上。他连着熬了三天三夜，在回家换衣服的时候失去意识倒下了。

结衣用力摇醒了晃太郎，问他："工作和跟我结婚，哪个更重要？"

晃太郎把脸埋进枕头里，沉默了半晌后，声音中强压着愠意答道："当然是工作。"

其实结衣心底里已经预想到他的答案了。但是，他这样等于亲手把二人共度的时光都抹杀了一般，把结衣伤得很深。她明白了，其实这个男人根本就没爱过自己。他爱的是工作，结衣永远只能靠边站。

所以当巧谈到结婚的时候，结衣也问了同样的问题。因为她不想再输一次了。巧毫无停顿，立即回答："当然是和你结婚。"

结衣目送巧下了地铁，正准备向车站走，后背却感觉到了一道锐利的目光，她转过身。

三谷就站在不远的地方，似乎刚刚走出公司。她用手帕捂着嘴巴，身子剧烈地颤抖着，随即狠狠瞪了结衣一眼，向车站方向走去。

她又加班了？没去医院？明明都咳得那么厉害了……难道是在较劲儿吗？因为不想把负责人的位置让给自己吗？

随她的便呗。她就算当上负责人，我也还是会一如既往准点下班的。结衣打定主意迈开腿，衣服口袋里的手机却震了起来。是"愁"发来的邮件。

邮件名为：《小心福永清次》。

结衣立马点开了邮件。

"愁"是小晃太郎九岁的弟弟使用的账号名称。

他名叫种田柊，进入社会第二年便辞职在家。从那以后，除了吃喝拉撒还有洗澡，他已经两年都没有走出过自己的房间了，是个名副其实的"家里蹲"。

在柊变成"家里蹲"之前，他们曾经见过一面，就在晃太郎带着结衣去自己家见父母的时候。种田柊和运动系的晃太郎截然不同，给结衣的印象是既敏感又内向。柊比晃太郎小很多，据说他是在全家的小心呵护下长大的。听晃太郎讲，父亲明明严厉得可怕，可是对柊却溺爱有加。

当时问候过家人之后，结衣便留在种田家一起吃饭。而柊就只会沉默着听人讲话，就算结衣和他搭话他也只会回答"是"或"不是"，似乎十分羞怯怕生。

所以，和晃太郎分手后，突然收到"愁"发来的邮件时，结衣吓了一跳。内容只有短短一行："我辞职了。"下面还添加上了他推特的账号。究竟为什么要联系结衣呢？她不太明白。

也许，有些话比起家人更想说给外人听吧。所以结衣并没有问原因，她觉得最好还是等柊主动告诉她吧。

有时候，结衣还会拜托柊帮自己搜集一些工作所需的信息。不过这种委托实在没法走公司报销，所以都是结衣自掏腰包，给些零花钱程度的报酬。原本结衣的想法是，给他找点事做，总比任他日复一日地不停地发些负能量的推特要强吧。结果，柊反馈给结衣的信息竟出乎意料地准确，信息来源也经过了详细的核查。柊做事非常认真到位，结衣觉得他工作两年就辞职实在有些可惜了。

回到自己家之后，结衣躺到沙发上，又把柊刚刚发来的邮件重新看了一遍。

不过，还真没想到事态会糟糕成这样啊。

福永自称是把公司卖掉了。但实际上，晃太郎走后公司里的人开始纷纷辞职，眼看撑不下去了，于是他就找了熟人的公司，把自己的公司吞并了。这才是事实。

柊在邮件里说，这次调查时间太短了，所以先写这些。接下来他似乎准备去搜一搜辞职员工的社交软件，再深挖具体信息。

"我很担心我哥。感觉他又会变得像在之前那家公司一样了。"

柊其实特别挂心哥哥。但是，他现在似乎完全不和晃太郎讲话，而且也没说过为什么。

结衣关了邮件。说不担心是骗人的。可这又是晃太郎自愿要去做的工作，实在没辙啊。

他们还在交往的时候，晃太郎就总是在公司加班过夜。尤其是订了婚之后，他甚至很少去结衣家，吵了再多回架都没有改变。

我会和诹访巧结婚。我要和愿意陪伴在我身边的人，一同度过宝贵的人生。

结衣想转换一下心情，于是从冰箱里拿出啤酒，打开了电视。

频道正好在 NHK 上。是一部老纪录片的重播。黑白影像之中，一群日本兵沉默地在山道上行走。似乎是关于战争时期的内容。感觉好压抑。正想换台时，腔调陈旧的旁白声响起："……被称为太平洋战争中最草率的战斗计划，它究竟为何能够实行呢？"

"草率"，结衣被这个词吸引了注意力。她放下了手中的遥控器，准备接着看下去。这次战斗的名字叫英帕尔战役。

这场战役的名字结衣听过。但是再具体的内容就不清楚了。

"英帕尔战役，指的是昭和十九年，日军试图拿下敌军据点——英帕尔，所发起的一次进攻。因为作战计划过于草率，导致日军死者超过三万，这场战役以日军惨败告终。"

三万人？死了这么多人？结衣仿佛被深深吸引住，她紧紧盯着画面。

"领导作战的，是以勇猛果敢闻名的牟田口廉也司令。

"这个司令定下的作战计划非常荒唐。他要求近十万大军远赴缅甸和印度，徒步越过国境所在的山脉，可是不论是食物还是武器的供应都连所需十分之一也没达到。即便如此，牟田口仍坚持认为这场战役日军能赢。"

食物和武器不到十分之一……就算是结衣这种对战争不甚熟悉的人也觉得太胡来了。

"当时也有人反对这一计划。时任补给专家，已在陆军服役二十年的小畑信良少将认为：一场没有补给的战争，几乎等同于让士兵们在一片未开发的丛林中受死。可是牟田口却认为小畑的看法太过'消极'，并革了他的职。"

不愧是战争年代。真是令人毛骨悚然的精神论。

但时至今日，仍有这样的人存在。三谷就是如此。她还声称要放弃带薪休假。这不就是"弃假战役"嘛。

结衣隐隐感到胃疼了起来，她关上了电视。

带薪休假是必要的。谁都会有身心失衡甚至崩溃的日子。无视自己身心的悲泣声坚持工作，最终就会落得和回锅肉大叔一样的结局，永远地休息下去了。

结衣又拿起一罐新的啤酒。她把冰凉的罐体贴在自己有些发烫的脸颊上，思索着。

三谷想当负责人，那就随她便好了。但这件事就这么放任不管也不行啊。三谷做了负责人的话，肯定不会允许结衣准时下班的，来栖估计也会辞职，届时状况估计会非常惨烈。

可是讲道理三谷又不听。

就像两年前的晃太郎一样。就算结衣强调说"周末也加班真的很不正常"，他也权当耳旁风。所以，结衣实在是不想再看到他那副让她感到痛苦的模样了。

结衣握着啤酒罐的手指收紧起来。当时，结衣没能说出那番敲开晃太郎心门的话。如果当时真能说出口，他们的感情或许就不必如此悲惨收场了吧。

结衣走到窗边，望着东京闪烁着微光的夜色。

她租住的公寓距新宿大概十五分钟的电车车程。从这间公寓向外看，也能看到高层大厦。

结衣父母家距离新宿要更近一点。结衣小时候能从独门独栋，但狭窄逼仄的自家窗畔，望见正在建设中的东京都厅，其他高层大厦也纷纷拔地而起。每当家里办法事，家中的亲戚大叔们就聚在一起，大发豪言壮语，说什么："是我们创造了这个丰饶的日本，所以就算结衣爸爸没回来，你也要坚强、要忍耐哦。"

英帕尔战役投入了约十万人。其中超过三万人死在了战场上。

该有多少家庭紧抱着父亲、兄弟、儿子的遗像哭泣呢？

就在这时，结衣眼前浮现出儿时起一直眺望的父亲的背影。

对了！

结衣立即给妈妈发了信息，告诉她自己现在要回趟家，借爸爸的"那个"用一下。

第二天来上班时，结衣看到三谷头上贴着退烧贴。

虽然从药店买了药吃，止住了咳嗽，但是似乎又开始高烧不退，她硬撑着眼皮，强打精神对着电脑。这人就是在死撑吧，结衣一边这样想着，一边对她说："三谷小姐，我觉得你最好还是去趟医院吧。"

"你别管我！我绝对不休息！"

"如果你得的是流感可怎么办？听说咱们公司已经有其他同事中招了。至少检查一下身体吧。做了负责人之后，健康管理这一环也很重要啊。"

"让我做负责人？种田先生是这样说的？"

"不是啦，但三谷小姐看上去很想当呀。"

"我，我才没有……"

三谷脸红到脖子根。

"是因为东山小姐坚持个人生活大于工作，那我就有可能不得不去当这个负责人了——只是提前做了这样的心理准备而已。而且，就算是流感，我也照样会来上班的。"

"就是因为这种人，流感才会扩散开来呢……"

等着结衣下达指示的来栖走到她们背后小声嘀咕。

"我当年去上学的途中被车撞了都没休息！浑身是血地走进教室，在校医室处理了一下，坚持到放学我才去医院。"

"真可怕。"

"来栖君，你少说两句吧。"结衣劝道。

"喂！你！从刚才就一直在那儿嘀嘀咕咕嘀嘀咕咕！"三谷摇摇晃晃地站起身，指着来栖。

"我告诉你，我知道你讨厌我。那我也不会惯着你的！我可不像东山那样八面玲珑。"

说谁八面玲珑呢！结衣不由得有些窝火。我要是真想取悦所有人的话，肯定是乖乖加班更简单吧！

"其实，我一直有个疑问欸，全勤奖究竟有啥了不起的？"

来栖也真是的，这种时候还在火上浇油。

"就是因为想拿奖于是带病坚持上学的学生，还有逼着小孩去拿奖的家长和老师越来越多，所以我们学校早就把全勤奖废掉了。而且，越是那种拼命拿全勤奖的学生，学习成绩越是平平。只不过看他们那副努力的样子还怪可怜的，所以谁都不好意思苛责罢了。"

对着三谷那张彻底僵住的脸，来栖还不罢休地又补了一句："我觉得进入社会之后，能做出什么业绩才更重要吧？"

"来栖君，你自己在工作上还没做出什么成果呢，说这话不合适吧？"

结衣话音刚落，就感觉自己坏事了。来栖只转了转眼珠子，陷入了沉默。是不是我话太重了？结衣心下一凉，就听到三谷一边浑身颤抖着一边爆发出哭喊："我有什么办法？！我除了认真根本没有优点了啊！"

"像我们这种在就业冰河期求职的人，跑了几十家、几百家的公司面试，就算拿到了内定[1]，也一直不敢松懈，担心内定会随时被取消掉。总算找到工作，周围一个同期入职的同事都没有，内心担忧不安没人可以倾诉，一想到要被解雇了该如何是好，我就怕得不敢休息。"

三谷拼命咳了咳，又继续说道："所以，为了报答雇用我的公司，我一定要拼命工作，一定要对得起我的身份。我认为，这是身为一名员工该有的工作姿态。毕竟，要是连认真这项优点都去掉的话，我就彻底一无是

1　即企业的录取通知。

处了。东山小姐其实也是这么想的吧？要是去掉认真，那我就无处容身了……"

三谷说罢大声哭起来。她倒在椅子里，一副怕被人拽走的模样，紧紧抓着椅子扶手。

"所以，我绝对、不会、回去! 我还要、加班! ……"
三谷的后脖颈已经汗涔涔的了。

"我没明白。"来栖一脸蒙，"什么叫对得起我的身份？"

结衣没理会来栖，她拉了一把椅子坐到了三谷身边。

"三谷小姐，嗯……我想请你看看这个。"

她把一副很旧的老相框递到三谷眼前。里面嵌着一张照片，画面上的男人四十上下，身穿明亮的米色西装，面露微笑。看得出他是一个过去的——泡沫经济时代的上班族。

"这是我爸的遗像。"

听到结衣这样说，三谷的眼睛突然睁大。

"从我小时候起，我家的电视上就放着这张照片。以前那种老式电视不是特别厚嘛。我妈不想让家里的小孩忘了他，于是特意摆在那儿的。"

"欸，那……星期五的法事……"

结衣犹豫了一下，回答她："是我爸的二十五回忌。"

三谷用她那发着高烧的大脑拼命计算。

"东山小姐和我同年……那就是，在你八岁的时候？"

"我爸也是从来都不休息的。"

结衣说罢把照片立在自己膝上，凝视三谷的眼睛。

"那时候还没有每周双休的制度，但是我爸连星期日都在工作，到家的时候天都亮了……我好想他。但是他回到家之后总是筋疲力尽的，明明都累成那副模样了，他还是会爬起来上班。我好恨抢走爸爸的那家公司。当时我还小，不懂什么叫过劳死，但是却特别害怕。我怕爸爸有一天扔下我们死掉……"

三谷痛苦地喘着气，结衣望着她继续说道："我看见三谷小姐，就想起了我爸爸，这让我感到很痛苦。"

"那……东山小姐每天准时下班，也是因为你父亲过劳死了，所以？"

"三谷小姐。"

结衣凝视着三谷说道："你说自己如果没了认真这一点就一文不值了。我觉得这只是你对自己的一个误解吧？其实并没有这回事呀。我觉得三谷小姐还有很多其他的优点呢。"

三谷眼中闪过一丝光芒，忙问结衣："真的吗？比如说？"

"呃，这个嘛……我们交情尚浅，所以还不太好说。但，但是呢，你的这些优点早晚会开花结果，为我们的团队，不，为整个社会做出贡献的。所以，我不希望你再这样勉强自己的身体了，请你保重身体，好好休息吧。"

结衣伸出手，覆在三谷汗津津的手背上。

"留得青山在，才不怕没柴烧啊。"

三谷低头望着自己手背上结衣的那只手。结衣通过皮肤的感触，察觉到三谷整个人的身体突然脱力了。

"东山小姐的手，冰凉冰凉的，好舒服啊。"

三谷大大地吸了一口气，整个人瘫在了椅子里。

"我要回家……帮我……叫辆出租车……我让爸妈带我去医院……"

结衣深深点了点头，又用力捏了捏三谷的手。

"三谷小姐，你真的很努力了。"

要是当时也能对晃太郎说出这样一番话就好了。告诉他：不论是工作还是结婚，你都可以不在乎，你是我珍爱的人，所以我不想你死啊。

结衣扭过头对着来栖说："你把三谷小姐扶下楼吧。我去叫出租车。"

"欸？怎么感觉东山前辈干的活比较轻松啊？"

结衣将一脸不服气的来栖推向三谷，自己转身去找电话，这时她才发现，晃太郎和福永正并排站在自己眼前。他们什么时候来的啊……

　　晃太郎一脸震惊地望着结衣，迟疑着正准备张口说话时——

　　"正如种田君所说，东山君，你非常适合做这个项目负责人。"

　　福永对晃太郎说道。

　　"是吧？真的很为同事着想。"

　　结衣下意识地把视线投向福永。这个人的语气为何如此漠然呢？结衣感觉浑身一阵战栗。这个团队的主管难道不是你吗？

　　"福永先生。"

　　等她反应过来时，那句话已经脱口而出了："我会的，我可以做这个案子的负责人。"

　　我在说什么啊！快撤回这句话！她心底里的另一个自己在高呼。可是，已经覆水难收了。

　　"欸？你真的愿意吗？"晃太郎望着结衣，仿佛在问她：这样真的好吗？

　　结衣点了点头，斜睥了一眼福永。

　　"请把报价单给我。我来好好地重改一遍。"

听到她这样讲，福永露出大松一口气的神色。

"这可真是帮大忙了。"

他看着结衣，这还是两人的第一次眼神接触。福永显得有些尴尬。

"正好星印工厂也在催促二次报价单了。但是我还不太熟悉咱们这边的流程，正不知该怎么办呢，我现在就发你。"

福永说完这番话，步伐悠然地回到自己的工位上敲起了键盘。

结衣给出租车公司打了一通电话，又吩咐来栖陪同三谷下楼去乘车。

她刚放下听筒，就看到晃太郎向自己走过来。他四下张望，确定周围没有人后压低声音对结衣说："谢谢你，接下了负责人的担子。"

"我并不是为了种田先生才接下的。"

结衣仍旧望着福永。她有种预感，这个人会成为自己的天敌。

"我什么都不知道，你爸爸的事……原来你是那么想的……所以你当时才对我发那么大火。虽然为时已晚，但我现在多少明白了你的想法。"

晃太郎似乎回忆起了他们两个人整日争吵的过往，

一字一句地说道。

"结衣愿意下决心把你的这些想法都先封存，承担起负责人的担子，我真的很感激。"

结衣皱起眉头看着晃太郎。

"谁要封存了？我当然还要准时下班，一如既往。"

"啊？"

"我是不想让那种把命往公司里搭的危险人物做领导，所以才同意当这个负责人的。我当然不可能加班。"

"你真这么想的？"

"好了，我该回去工作了。"

"算了。随你吧。"晃太郎平复了一下自己的情绪，又说，"首先，我是很感谢你的。不过我也有话要说……就是你爸的事情，我可没戳穿你。"

"什么事情？"

"就是你爸嘛！他不是活得好好的？！两年前我还见过他呢。"

结衣眨了眨眼。

"我刚才有说他已经死了吗？"

"我说你呀……"

"好了，别聊了吧？我得抓紧做福永先生的报价单了。"

结衣把父亲的照片塞进自己包里，叹了口气，回

53

到了自己的工位。

"为什么非要做满二十五回忌啊！"

今年已经六十四岁的父亲一见住持走开了，赶紧伸开了双腿放松。

"一般不就做到第十七回嘛，忠治这是故意找碴吧，太闹心了。"

父亲口中的"忠治"，是二十四年前去世的祖父，也是此次法事的主角。他和父亲一向不和，所以父亲至今仍直呼其名。

"故意找碴是什么意思呀？"结衣的嫂子一脸疑惑地问道。

一边的哥哥解释道："爷爷快不行的时候，老爸还泡在公司呢。说是有工作回不去。所以爷爷咽气前很痛苦地说，让那小子给我办三十三次法会！……是吧，结衣？"

"嗯嗯。"结衣点了点头，"哦，对了，妈，这个还你，谢谢啦。"

"哇！这不是你爸的遗像嘛！真怀念呀。"

"遗像？爸爸不是好好的吗？而且，照片里看上去好年轻啊。"嫂子疑惑地歪了歪头。

"就是开玩笑的称呼啦。"

妈妈忍俊不禁地捂住嘴。

"当时这两个孩子还小，我是怕他们俩忘了爸爸长什么样子，所以才把这个照片摆在电视上的。不是说嘛：越早准备遗像，人就能活得越长。再加上祈祷他不要过劳死的愿望，所以才有了这个说法。"

"爸爸当时那么忙，家里人一定都挺寂寞的吧？"

"嗯，哎……当时嘛。"妈妈表情复杂地笑了笑。

结衣望着一直在抱怨脚麻的父亲。

约定好两家家长见面，可是晃太郎却没出现的那天，全场只有父亲丝毫不惊讶。面对连连道歉的晃太郎父母，父亲反而很袒护晃太郎，说什么"男人优先工作是理所当然的"。

东山一家走出寺院，一行人闲逛回家。

结衣跟在带孩子的哥嫂一家后面，和父亲肩并肩走在一起。两个人都不说话，感觉气氛有点尴尬，于是结衣搭话道："最近还好吗？"

"一点都不好。"

父亲一脸等着人关心的表情。

"我待过的那家公司做了退休人员跟踪调查，结果好多人一退休马上就去世了。都是为了创造丰饶的日本，结果耗尽了自己的身体啊，我最近状态也很差……感觉活不长了呀。"

"我听妈说你明天还要去打高尔夫呢，要不就别去了？"

父亲没回答她。他一觉得事态不妙就会假装听不见。

结衣本来也打算就这么保持沉默的，结果最终没忍住还是问道：

"爷爷是不是参加过战争呀？他该不会也参加过英帕尔战役吧？"

"什么？你说英帕尔？"

父亲见终于出现一个能和女儿聊得起来的共同话题，声音里透着欣喜。

"你提到这个那我可是很熟的。最近我正钻研历史呢！每个月啃一本近现代史，还请书店帮忙选书呢！下次我再好好给你讲讲。"

"那就算了。我接下来很忙的，没时间。"

"你呀！时间这种东西都是硬挤出来的欸！尤其是和父母相处的时间！"

事到如今说什么呢？

她小时候，父亲大部分时间都不在家。每天疯狂工作，被称为"企业战士"。现在，结衣一见到这种人都还会觉得很痛苦。都是因为有这层缘故，自己现在还成了负责人的首选。

虽然到交工为止只剩四个月，但是当了负责人，我一定要保证全组成员都能每天准时回家！结衣下定决心，抬头望向蓝天。

"从那时起，电视机就越来越薄喽。"

她听到走在前面的妈妈这样说，声音里带着怀念。

第二章

超级工作狂妈妈

到了十月末，天气转凉。上班变得很痛苦。走出车站，不远处就是卖味噌汤的小摊。结衣被味噌的香气吸引，忍不住买了一份。

走进公司、打好出勤卡，结衣准备在正式开始上班前慢悠悠把味噌汤喝完，结果却被晃太郎拉进了会议室。

"你是在小瞧公司还是在小瞧我？"

结衣担心被热味噌汤烫到，小心翼翼地啜饮着。她看了看晃太郎塞过来的一张纸。

"哦哦，昨天交的职业规划书啊。你还没交给人事吗？"

"我是不是说了，要写的是未来十年的职业计划？"

晃太郎一把抢过结衣手里的那张纸念道："明年结婚，三十三岁生下长女，申请三年育儿假期。三十六岁生下长男，再申请三年育儿假期。之后，直到育儿压力减轻前，希望申请缩短工时——这都写的什么啊？"

"我的职业计划啊。"

结衣畅饮了一口味噌汤，感觉沁透心脾。

"你写在计划书上的应该是：十年之后希望成长为管理十家公司案子的部长，或者为了达到前一个目标，计划做多久的副手呀一类的吧？"

晃太郎是真的生气了。

"推荐你主抓这个案子的人是我啊！你考虑一下我的立场好不好？……哪来的一股腥味儿？"

"哦哦。是这个！里面加了蚬子。车站门口有个卖味噌汤的小摊，你知道不？昨晚我喝太多了，我得护一护我的肝。"

"重写！"

晃太郎把那张计划书塞回到结衣手里。

"还有，昨天你为什么趁我不在工位就溜走了？我不是说了，关于星印工厂有很重要的事要跟你谈的吗？"

"都快下班了却不见人影，我觉得是你比较过分吧。"

结衣抬头看了看墙上的表。马上就要九点了。

"你刚才和我谈的都算工作上的内容对吧，那我要申请十五分钟早出勤补助，到时请你批准。"

结衣正要走出会议室，却又被晃太郎拦住了。还有什么事啊？

"我和人事争取到了人手。今天会加入一个新组员，等一下来打招呼。"

"哦？公司明明都人手不足了，竟然这么照顾我们啊。"

结衣正感动时，"哟！东山。"她身后传来声音。结衣转过身，贱岳八重正站在敞着的门外。

"欸？前辈，你怎么在这儿？这是怎么回事啊？"

"我今天开始回来上班了。咱们在一个团队，多关照喽！"

贱岳的笑容极有活力，和休产假之前完全一样。她还戴着那副黑色粗框眼镜，显得十分可靠。

"东山，我听说是你自己主动要求主抓这个案子的？难得你这么有干劲啊！我坚持对你严格指导，如今总算收获成果了对不对！"

贱岳是年长结衣两岁的前辈。她从大学毕业就进入这家公司，到今年已经十一年了。这家公司自创立至今十二年，贱岳可以说是元老级员工了。而且结衣还是她第一次带的新人，所以她格外照顾结衣。

但是……有点怪啊。结衣掰着手指，数了数收到贱岳发来的那封"已产下双胞胎"的邮件是多久之前。

"前辈，你是一个半月前生的宝宝吧？可是产假不是休八周的吗？"

"只要本人有这个意愿，最短休六周就能回来上班了。"

的确，制度上是有这一条。可就算如此，为什么这么早就要回归职场呢？

"我们公司的育儿休假，最长能休三年的吧？"

"什么育儿假的，我才不休呢！再多休息几天，工作的空档期就太长了！"

"那你家里两个宝宝谁来照顾呢？"

"我让我老公休了育儿假。不过他不太高兴就是了。但是我都已经休过产假了欸，这样也算扯平了吧。而且只要照顾到小孩能上托儿所就可以了。"

"哦……您先生请假……是吧？"结衣挽起双臂。

"时代真是变了啊……"贱岳深有感慨地说，"所以呢，从今天开始，我就要全勤全力全速前进喽！咦？怎么啦东山，怎么不说话？"

贱岳看了看结衣的表情。

"她是被贱岳小姐的气势击倒了吧。"

晃太郎语气里带着调侃，他随手就把结衣的计划书拿给贱岳。

"啊？总共要歇六年的育儿假？你还是那么天真啊东山。怎么就看不清眼下局势呢？你休息那么多年之后再回来，公司哪还有你的位置呢？"

贱岳豪爽地大笑起来。

"而且啊话又说回来了，你这儿写的明年结婚，没有结婚对象的话，这点根本也做不到的吧。种田先生不知道吧？这孩子两年前本来差点就结婚了。"

"前辈，别提这个了。"

结衣并没告诉过贱岳，两年前的那个结婚对象其实就是晃太郎。贱岳没注意到结衣的尴尬，依然没住口。

"当时啊她可是难过得一塌糊涂。我每天晚上都得陪她喝酒，每天早上再陪着她喝蚬子味噌……"

晃太郎也逐渐尴尬起来。

"总之，你这份计划书要重写，知道了吧。"

他扔给结衣这么一句话，就走出了会议室。门在他身后咔的一声关上了，贱岳突然安静了下来。她望着那扇关上的门说："种田先生，真是一瞬间就坐上了副部长的位置哦。"

"实不相瞒，前辈，我现在有结婚对象。"

结衣确定晃太郎已经走远了，于是转而对贱岳说。

"虽然才交往了一年，不过我们准备明年结婚。"

"什么？！真的吗！"贱岳猛地将视线转回到结衣身上。

"除了前辈，我还没告诉过任何人。所以请前辈千万别说出去哦。"

"恭喜啊！太好了！"

"嗯。"结衣说完把剩下的味噌汤一饮而尽。

"暴吃哈根达斯、去灵验场所游览，还有心碎旅行什么的，都拉着前辈作陪，真是给前辈添了好多麻烦，不过我也总算是——"

"哎呀，不客气不客气。只要你现在幸福就好嘛。我可是看着你入职，一直工作到现在的哦，已经拿你当亲妹妹了。"

"东山结衣！这次一定要抓牢幸福！"

她把手里的一次性杯子放在桌上，握住了贱岳的手。贱岳也强有力地紧紧握住了她的手。

"好嘞！同为已婚人士，我们要一起努力！我来开路！你好好跟住！我们一定要证明给大家看，什么结婚生子，都不会阻拦我们发光发热！育儿休假，我们才不要！"

"啊，我还是需要的……"

结衣想缩回手，贱岳却不松开，反而越抓越紧。

"好期待我们今后的发展啊！十年后我们就都是女性高层了！嘿！"

贱岳高抬起胳膊，结衣被她拉着，不得不一起抬起胳膊，感觉自己手指头被捏得生疼。

总算摆脱开了贱岳的手，结衣走出了会议室。说起来，晃太郎不是跟自己提到，关于星印工厂的事有重要的话要谈嘛。

他们预计下午要去星印工厂开碰头会。通过部长福永发出的这个网页翻新的请求，结衣准备实际见面再详细了解一下。不过在此之前，最好先问问晃太郎有什么重要的话想谈。

"你是要跟我说什么重要的事呀？"结衣走到晃太郎工位边问道。晃太郎瞄了一眼坐在他背后的福永。

"现在不太方便……拜访过星印之后再说吧。"

"哦……好的。"可能有福永在场不太好开口？

坐回到自己工位上，结衣想起了今早柊发来的邮件。

"为什么福永的公司在晃太郎辞职之后会出现大量离职人员？我接下来会详细调查此事。"

邮件上这样写着。

两个人还在交往的时候，晃太郎几乎很少和结衣提起公司的事，也很少提福永社长的事。不过，结衣大概想象得到那是个什么样的公司。如果这家公司接的一直都是星印这样的勉强的案子，留不住员工也很正常吧。

晃太郎是不是想警告结衣，福永曾有着这样的过往呢？

"不，感觉应该不会。"

这个男人可是说过："比起和结衣结婚，工作更重要。"而他这份工作背后，站着的就是雇用他的福永。也就是说，晃太郎离开结衣，选择了跟随福永。

但是，又有一个疑问摆在眼前。为什么晃太郎离开了福永的公司，转而跳槽到了结衣所在的公司呢？

"嗯，不过，如果想提升工作资历，也就只能来这边吧？"

他们这个行业比较窄，大公司屈指可数。晃太郎本来就是被挖角过来的，况且他也不是那种会因为公司有前女友在就动摇的人，晃太郎这个男人从不会公私混淆。

结衣深吸一口气，转换了一下心情后开始准备开会资料。

明明天气转凉，星印工厂的玄关却已经摆上了来年春夏的服饰做展示。结衣明明还没把冬季的衣服穿上身，却在这里感受到一种被季节追赶的紧迫感。她正出神，晃太郎向她喊了一声"快过来"。

走进会议室，客户一方的负责人递出了自己的名片。

"我是牛松翔，前几天刚刚接手了这个案子。"

对方年轻得令结衣有些意外。他看上去可能只比结衣负责的新人来栖泰斗稍微年长一点点，也就二十五岁的样子。

"前一位责任人告诉我，只要是拜托给福永先生，就不用担心了。"

牛松这样说道，表情仿佛一个打酱油的小孩。

"啊，这样呀。其实我也换了公司。不过请放心交给我吧。"

"哎呀，那可太好了。我其实什么都不清楚。"

"哪里，请您多指教。"

这也太浪费时间了。结衣将牛松的名片放在桌上，开口说道："非常感谢贵司此次委托敝司这件案子，关于此次网页翻新的工作，我们是来和贵司确认几项要点的。"

"啊？确认要点？"

牛松瞪圆了眼睛，一脸错愕。

"贵司请求变更主页。我们想进一步做详细确认，是在多大范围内进行翻新呢？我们需要在此基础上计算对应的工作量，再出具一份正式的报价单。"

"正、正式的报价单？您这话是什么意思？高层已经说了呀，报价是三千五百万日元。表决会议也已经通过了的。"

结衣以为自己听错了。

"是这样，三千五百万的报价，是上一次面谈时福永先生给出的报价额度吗？那个只能算是一个比较粗略的计算，不属于正式报价。"

"咦？可是，我的上一任负责人告诉我，我们一直给的都是这个价格啊。所以这个金额肯定不会变的。"

结衣知道自己现在的笑容很僵硬。不管前任负责人怎么说，连正式的报价单都没看到就通过了表决，这合理吗？

"这可怎么办呀？报价是要提高了吗？"牛松眼神中充满不安。

坐在自己面前的是客户。结衣重新摆出一副笑容，调整姿态后回答他："我们也可以在三千五百万这个预算能够做到的范围内重新提案。"

"啊？那意思是缩小翻新范围喽？那可不行呢。"

"那么我们可能就需要更多预算了。"

"啊？可是我已经告诉高层，说三千五百万轻轻松松就能搞定了啊……"

牛松一副快哭出来的样子，看着福永。福永轻轻叹了口气，看着结衣。

"不能想想办法吗？"

"不能。"

"可是，这样做的话，牛松先生会惹怒上层的。"

这也是没办法的事吧？如果福永觉得牛松惹怒上层很可怜，那就应该事先提醒他预算有可能会增加啊。

"我明白了。"

晃太郎回答牛松，他瞥了结衣一眼，眼神中写着"你别再说话了"。

"按您给出的三千五百万日元预算，我们会尽力讨论对应的方案，完成您要求的网页翻新工作。"

"等一下，种田先生——"

结衣刚提出抗议，晃太郎便伸出手阻止了她。

"但老实说，我们真的很难办。"他继续道，"如今的情况和贵司外包时的情况不同……福永现在已经更换了公司。而且他的头衔也已经不是社长，而是在第一线工作的部长，所以，他无法通过个人权力为贵司大幅减少预算额度。"

原来如此，怪不得晃太郎在公司的评价那么高。在答应了牛松的请求后，他还切实地传达了当下的具体情况。

"所以，我们会尽力讨论方案，但目前还不确定能否达到您的要求。"

牛松看上去快要控制不住自己的眼泪了。估计是不知道该如何转达给公司上层吧。而晃太郎仿佛看透他的心事一般。

"如果做不到，请您传达上层——是因为敝司自身原因导致无法接下这个案子。这样的话，责任就不在牛松先生了，如果有需要，我也愿意亲自来赔罪。"

"真的吗？"

牛松的表情立即多云转晴。

"那就好那就好！那么我现在就把我们的要求全部说清楚。然后，那个正式的报价单，下周一前能给出来吗？"

"这恐怕不行。因为要细致计算工作量，至少也需要花费两个星期时间来做报价单。"

结衣这样回答，晃太郎站在她旁边尖锐地小声道："拼死做，三天就能做完。"

随即，他又望向牛松。"下周一可以提交报价单。"

走出星印工厂的玄关，晃太郎突然深深地鞠躬道歉："因为我的话，让福永先生下不来台。真是非常抱歉。"

结衣看看福永，又看看晃太郎，搞不懂是什么意思。可福永却一副了然于胸的模样，他摇了摇头，轻轻拍了拍晃太郎的肩膀。

"快别这样，你当时也只能那么说。我没事的，你别担心。"

他眼神显得有些哀伤，说完这些话后就独自走开了。结衣问晃太郎："他这是要去哪儿啊？"

"去吹吹风吧。别看他这样，其实蛮容易受伤的。"

"受伤？该不会说的是刚才碰头会的事？"

可是，晃太郎只是替他说了本该他自己亲口说出来的话而已呀。

"因为福永先生人比较温和，所以老客户一旦求他想想办法，他就推不掉。"

"我说，种田先生……"结衣忍不住开口。

"我明白。"

晃太郎盯着地面说。

"因为福永先生的这种性格，我在上家公司吃了不少苦。"

晃太郎先迈开了脚步，两人边聊边向车站走去。

福永总是接一些吃力不讨好的案子，所以他公司的员工根本无法休息，业绩也一再下滑。这些都和柊调查到的内容一致。

"我感觉再在这里待下去，我看不到未来。"

晃太郎在路边停下，抬头看了看街边的红绿灯。

"但是，福永先生对我有恩。我大学时肩膀受伤，放弃了职业棒球这条路，那时候，是福永收留我去了他们公司。所以我想，一定要比所有人都努力，接更多案子，拼到极限为止。结果我这样的做法却适得其反。我离开这家公司后，很多案子既无法准时结案，品质也完全无法保证。福永先生公司的信誉也一落千丈。"

路灯由红色转为绿色。结衣追上大步过街的晃太郎问："你该不会觉得，福永先生的公司之所以失去信誉，都是你造成的吧？"

"我听说福永先生要来我们的公司，内心涌起一股强烈的自我谴责。我觉得自己至少要尽力帮助他熟悉新公司的业务。"

昨天想谈的重要事，指的就是这个吗？

"所以，你想让我也帮助福永先生重新振作起来吗？"

晃太郎点了点头，眉头深深皱起来，扭头向福永离去的方向看了一眼。

"但是我蛮惊讶的，他竟然一点变化都没有。这个案子估计是不行了。报价单我来做，我不会让你再在这件事情上浪费时间的。"

晃太郎竟罕见地如此消极啊，结衣定定地望着他的脸。怪不得柊说很担心他，她现在完全理解了。晃太郎遇到任何事都要自己来承担，就算是两个人交往的时候，他也从没告诉过结衣，自己的工作情况竟然是这样的。

"没关系。报价单我来做。"结衣说。

走出星印的会议室时，他们建议牛松，为以防万一，最好也提前去找找其他公司，看看能不能接手这个案子。

"预算只有三千五百万呀。就算去问了，大概也没有其他公司愿意接吧。估计最终还是会再添些预算来找我们的啊，除此之外也没的选了。所以我来做报价单。不过，我会按实际所需金额来做的，还有，要以不加班为前提，好吧？"

晃太郎稍微犹豫了片刻，说："嗯。或许这样做才是为了福永先生好吧。"

他如释重负般地点了点头。

"只靠我来协助的话，福永先生估计没法摆脱以往的思维。不过结衣这样比较极端的类型，或许会给他些正面刺激吧，让你当这个案子的负责人还是挺值的。"

结衣盯着晃太郎。她迟疑了片刻，不知要不要开这个口，不过最终还是没忍住。

"我说呀，晃太郎你有时候真的很残忍。"

一不小心就喊他晃太郎了。她缓了缓神，抬腕看了看表，已经五点半了。

"现在回公司也已经是下班时间了。我就直接回家了。"

"哎，等等。"晃太郎眯起眼，"我哪里残忍了？"

"你不知道就算了。再见。"

结衣迈着大步离开了。

说什么为了福永，你忘了撤销婚约的原因了吗？起因不就是你自己过劳倒下吗？是谁让你休不了假的？你自己刚才不也说了，就是福永啊！然后现在又说什么为了这种人要尽全力协助？……笨蛋！

"喂，你在听吗？"

远远地传来诹访巧的声音，结衣猛地回过神，意识到自己正坐在餐厅的桌边。

"对不起，我一晃神就想起了工作的事。"

结衣一口气将服务员刚倒好的白葡萄酒一饮而尽。

"蛮少见的欸。结衣下班之后还会考虑工作……来，尝尝这个炸蔬菜，下次我们自己做做看吧？"

"欸？这种菜还能自己做吗？"

"不知道能不能成功。不过我喜欢烹饪嘛。"

今天和巧约见面真是个明智之举，结衣想。不然的话，自己此刻应该在上海饭店喝酒吧。

晃太郎拜托自己去做负责人，说的是"认可结衣的工作"。当时，结衣突然觉得两个人已经只是普通的同事关系了，不由得有些落寞，但又很开心。因为还在交往的时候，晃太郎从没表扬过她的工作能力。

但是，听他今天的说辞，会拜托结衣也全是为了福永啊。

"这周四带结衣去见我父母好不好？正好是法定休假日，我妈也说应该趁早见见面呢，结衣觉得如何呀？"

这周有法定假日啊。那做报价单的时间实际上确实只有三天了。结衣捏着叉子戳了戳冷盘里的章鱼片。晃太郎这货！还说什么拼死做！可恶。

"结衣，你怎么了？怎么眉头皱这么深？"

"啊。哦，星期四没问题。"

结衣叉起章鱼片吃进肚，把福永和晃太郎都从脑中赶走了。

"那就好——对了，见我爸妈之前，这个——"

有个冰凉的东西放到了结衣手上。难道是？结衣抬手一看，是枚戒指。那颗透明的结晶看上去坚硬而又冰冷，熠熠生辉。

"哇，这是钻石？好大一颗啊。很贵吧？"

"毕竟，一辈子只有一次嘛。"

工作的事彻底从她脑中消散了。结衣想象着巧为讨她开心，认真在首饰店挑选的模样。就在她仔细端详着订婚钻戒在水晶吊灯下闪耀的模样时——"咦？这不是东山小姐吗？"耳旁传来福永的声音。

结衣一瞬间以为是自己过于在意福永于是出现幻听了，她将视线从钻石上移开，发现眼前站着的果真是福永。

他站在结衣桌边，没穿外套，一副很放松的样子。

"咦？难不成，我见证了重要时刻？东山小姐是要结婚了吗？"

他态度亲切得有些诡异。但是，这个人的眼睛只盯着结衣一个人在看。

"呃，请问这位是？"巧问道。

"是我们的新上司福永先生。"无奈，结衣只好介绍，"福永先生，这位是我的，我这一次的结婚对象，诹访巧。不过，我订婚的事还没和公司其他同事讲过，所以请您替我保密好吗？"

"嗯。我知道了。不过团队的其他人要是知道了这件事，肯定会大吃一惊的。"

"请问，福永先生为什么会在这儿呢？"

"您应该也认识丸杉先生对吧？是他介绍我来新东家的。他担心我还不适应新环境，所以约我来吃饭。那就再见了。"

福永走后，二人陷入沉默。巧望着结衣问道："还没和公司的人说你要结婚了吗？"

"嗯。哎。"结衣含糊其词地回答，"我想着两家见过面再说。那个……毕竟上一次，我都告诉了公司的同事，结果婚约还取消了嘛……当时挺受伤的。"

"我明白。这算是结衣的心结了……不过你放心，这次和上一次不同，我们一定会结婚的，所以尽管把这个好消息告诉大家吧。"

结衣点了点头。巧将那枚戒指戴在了结衣左手的无名指上。尺寸也正合适。总算走到这一步了啊。和巧结婚，自己就不再是孤身一人了。

无名指上的戒指在路灯下闪着光，结衣微醺着向家的方向走去。

巧说得对。这次和上一次不同。她不是坐在便宜的居酒屋里，端着烧酒杯喝着啤酒聊着聊着就被求婚了。她这一次的结婚对象，也不像上次的那样，一脸提不起兴趣的样子说着什么"戴钻戒多影响打字啊"。

不过，反正到最后婚约取消了，所以没买钻戒倒也好。

结衣当时激烈地质问因为过劳倒在家中、没能去见父母的晃太郎："如果这样的情况一直继续下去，我们是无法一起生活的。两个人一起工作，还要分摊家务，这些你能做到吗？！"

晃太郎当时回答她："那你就做全职主妇吧。我一个人赚钱养家就好呀。"

巧和晃太郎正好相反。他说过，自己希望和职场女性结婚，也愿意和结衣一起分担家务和育儿的工作。他们两个人真是完全不一样呢。

结衣到家后，收到了柊发来的邮件，她马上点开查看。

"我查到了福永公司前员工在网站上发布的一些信息。总之福永这个人对客户一向是有求必应，拿到的案子赚不到几个子儿，根本就是在做慈善。"

果真如此。结衣一下子酒醒了。

柊还就发迟了邮件这件事向结衣道歉，因为在福永手下工作的那些人记录的文字过于阴郁可怕，充满怨恨，越读越让人不舒服。

结衣马上回复他："对不起，让你这么难受。可以不必继续调查了。"

现在不是胡思乱想的时候。她将订婚戒指收进首饰盒，决定拟好报价单之后，就把订婚喜讯告诉同事们。

第二天九点整，结衣准时坐在工位上开始处理报价单。首先是调查组员们能够配合工作的实际劳动时间有多少。

先从谁开始问起呢？结衣抬起头，刚巧看到贱岳从眼前一闪而过。她手提着百货公司的纸袋子，正在给组员们的桌子上分发着点心。昨天貌似只是来公司领取一些复归手续的资料，今天才是正式回归日。

"我请产假这段时间，真的麻烦大家了！"

"前辈！"结衣从座位上站起身。

她询问到关于星印工厂的案子，对方能够空出多少时间配合，贱岳一脸无所畏惧地笑了笑。

"多久都可以。"

"但是你才刚回来啊，总不能这么拼命，直接全工时都投进案子里……"

"说什么呢？就是因为刚回来所以才要拼命啊。孩子我会交给老公照顾的。需要加班我也完全没问题。"

"嗯，那，那就暂且先把贱岳前辈的实际工作时间按照之前的三分之二来算。"

结衣佯装没听到贱岳的加班宣言，正准备转头去问下一个同事，肩膀却被贱岳一掌按住。

"等等。东山，你不要因为我有孩子就同情我好吗？我绝对不会因为有孩子就迟到早退的。我希望你能一视同仁。"

"不，我不是在同情你啊。"

结衣只是不想在自己担任负责人的情况下，让组员感到过于辛苦。她觉得自己的这一想法也得好好传达给贱岳，正想到这儿——

"啊呀啊呀，你就是贱岳对吧？"

走过来的是公司常务丸杉宏司。他单手拿着马克杯，也斜着眼打量着贱岳。

"我可听说了哦。你刚生完孩子六个星期就回来上班？还说可以全勤，甚至能加班？用力过猛了吧？而且你让你老公休育儿假啊。哪个公司的高层啊，竟然让男人休育儿假？是不是你老公本来就吊车尾啊？哈哈哈哈。"

拿着工作计划表来找结衣商量的来栖此刻望着丸杉悄声对结衣耳语："那是新来的常务？"

结衣点点头。

丸杉是在今年夏天以常务身份入职的。据说他之前曾是网络新闻公司的常务。他好像是董事长的熟人还是什么的，是公司为了扩大自身规模所以才请过来的。丸杉很少在公司露面，来了也是在公司里四处溜达，找员工闲聊。

"正好。我这次准备主推一个女性飞跃项目。"

丸杉把手搭到贱岳肩上，顺手揉了一把。

"你看，现在这个形势，公司里没有几个女员工就仿佛落后时代一样对吧？所以我一直在找合适的典范呢。不过大部分单身的女人都不太合适。然后生了孩子的那种又仗着这一点不好好工作是吧？这么一想，你很符合我这个项目的条件嘛！虽然是女人，但也不比男人差多少。"

"他那个思想就是所谓的男尊女卑吧。"在平成生人来栖眼中，丸杉那段说辞反而显得很新鲜。

"你们昭和出生的人真是厉害。"

"别把我和那种人混为一谈好不好。"

结衣也是昭和年间出生的。但是丸杉这么陈腐的论调，就算是她父亲那一代都不会认同的。可是丸杉本人看上去却很年轻，顶多也就五十来岁吧。

然而贱岳却一脸高兴，她贴近丸杉的身子回答：

"您这个项目听上去真棒。我也很想飞跃呀。"

"飞跃吧飞跃吧！做自由飞翔的女性[1]吧！"

"什么叫自由飞翔的女性啊？"

来栖问。其实真正的意思结衣也不太懂。这个词流行的时候结衣还没出生呢。

"不行，再不走就来不及了。"丸杉看着结衣这边。

"喂，你。"他把手中的马克杯伸向结衣。杯底糊着一层咖啡渍。

"怎么了？"

结衣看着那个杯子。丸杉一脸撮火，把杯子又向结

1　日本20世纪70年代的流行词，形容"追求自立与自由"的新女性。

衣的方向伸了伸。结衣依然纹丝不动。此时来栖开口了。

"您是想洗杯子对吧？"他随即指向走廊，"茶水间在那边哦。"

"我去茶水间？我去那儿干吗？"丸杉露出一抹讥笑。

"您不是要洗杯子吗？茶水间有水池啊。"

"这小年轻在胡言乱语什么呢？"

"实在抱歉，最近的年轻人表达方式有点奇怪。我来洗杯子吧。"

贱岳迅速伸出手接过了马克杯。

"哦！还是你反应快。我期待咱们公司未来出一个女高管哦。旁边这个，我看你一辈子都别想结婚了。"

丸杉对着结衣撂下这么一句，扭头离去。

"东山，你跟我来一下。"

贱岳对着结衣抬抬下巴。还是和她教育新人时一样的动作。

结衣交代了来栖其他一些工作，来到了走廊。贱岳端着马克杯一路走向茶水间。

"你怎么回事啊，那种情况下怎么能用那种态度？而且那个新人怎么被你教育成那样了？"

"我才想问，贱岳前辈你究竟怎么了？"

结衣追在贱岳身后走进了茶水间。

"前辈，你究竟怎么了？那种言语性骚扰，放到过去，你肯定当场把他五花大绑拎去合规部门处置了，不是吗？"

贱岳叹了口气，洗起了手中的马克杯。

"东山啊，等你也结了婚生了孩子，有些事情就需要取舍了。"

"取舍什么？前辈就那么想当高管？甚至不惜去讨好那种家伙吗？"

"对！就是那么想当！"

贱岳一把将刷碗的海绵扔进水池。把结衣吓了一跳。贱岳盯着自己手腕上溅到的泡沫继续说道："告诉你，我的敌人不仅仅有男人，还有那个中途入职的三谷佳菜子。我休产假之前去和大家打招呼的时候，她对我说：'你就算生了孩子也不能休息哦。'她还说：'等你休完产假后，最好拎点东西给大家赔罪，为自己休息了六个星期道歉。不然的话没人会愿意帮你。'"

这话听上去像是三谷会说的。不过她本人上个星期不也因为感冒请了三天假嘛。

"她还说：'你明明有老公有孩子，竟然还幻想事业有成，真是不知自己几斤几两。'我休产假的时候，一想起她这句话就好害怕，我怕自己回了公司就再也找不回原来的位置。我一边给孩子喂奶一边流眼泪，我好后悔自己生了孩子啊。"

"她应该不会再说这种话了，毕竟最近她身上也发生了些事。"

"东山，我好不甘心啊。为什么男人就能轻松当上高管，有没有孩子都妨碍不到他们啊？所以我想让他们看看，我是决不会把工作落下的。只要能和男人平等工作，为后辈开辟道路，受这么点骚扰算得了什么！"

"前辈，你为什么那么在意别人啊？"结衣无法理解，"我从刚入职起就憧憬着的前辈，是那个不管别人怎么说，都大方做自己的贱岳前辈啊。"

"现实根本没有你想的那么美好。"

贱岳将马克杯上的水滴仔细擦干，走向了常务办公室。

结衣一边推开上海饭店的大门，一边回忆着今天下午的一派惨状。

关于这一次的案子，主动表示可以加班的不只有贱岳，吾妻也表示"工作再多都能拼命去做"。这就导致结衣根本算不出他们在工作时间内究竟能做多少，也估不出大家实际可以配合的时间。

只有来栖表示"不想加班"。甚至还少报了实际能够配合的时长。结衣简直想对他说：你倒是再努力点儿吧！

"来杯啤酒！"

结衣举起手点单，可是并没有人回应她。老板王丹正在收款台里坐着，出神地望着电脑屏幕。今天也没看到打工的手下。

"这家店服务好差啊。东山小姐经常来这儿吗？"

三谷环顾店内。今天结衣下班刚要走出公司，就被三谷缠上，非说有事相谈，硬是跟到了这里。

三谷也是"可以加班"组的，和生病前并没什么变化。不过，单是感冒休息了三天，对于她来说就已经是一大飞跃了吧。

王丹总算走了过来，她十分冷淡地说："限时特惠已经结束了。"

"啊？我们是二十五来的啊，这个特惠不是到六点半吗？"

"但是现在已经六点三十一分了。节哀顺变吧。按原价来两份啤酒哈。"

王丹一脸无精打采地转向厨房那边下单。三谷皱起了眉。

"难以置信，明明是你过来迟了欸！"

"算啦。这家店就是这么随意啦。"

此时，王丹端着两杯啤酒，咚的一声放在了桌子上。三谷再次皱眉。

"我说你啊，你至少应该笑笑吧？"

"都晚上了，我好累。不想笑。"

"哈？就算再累也要面露笑容，这不是待客的基本吗？"

王丹黑着脸摇摇头，又回到收款台里面坐着了。

"算啦算啦，毕竟这家店好吃不贵啊。没话说嘛！"

隔壁的常客大叔此时也搭着腔。他正在吃着一盘脆皮煎得分外好看的饺子。

"就算便宜好吃，也得好好接待客人才行啊。"

"三谷小姐，总之先喝一杯吧，今天辛苦了！"

结衣举起了啤酒杯喝了一大口。啤酒沫经过喉咙，金黄色的液体仿佛流淌到四肢末端。三谷也闭上眼豪饮了一大口。

"今天吃点什么好呢？上海风炒面如何？"

结衣正研究，手里的菜单却被三谷一把抢走。

"我没事做啊！"

"哦，对不起，光是我一个人在看了。"

"不，我是想找东山小姐商量的。我昨天学着你的样子准时下班了。可是回了家之后，空余出来的时间我没事做啊！什么事都没有！"

"这，没事做……倒不至于吧？约个朋友吃顿饭什么的呢？"

"我没那样的朋友啊。"

三谷恨恨地盯着结衣，大概是皱眉皱得用力过猛吧，眉间甚至留下一道印子。

"东山小姐真幸福啊！还有男朋友陪着，就是之前一起从饭店走出来的那位男士吧？"

"哟，东山有新男友啦？"

爱吃辣的大叔耳尖地听到三谷的话。

"你那个前男友，就是练体育的那个小哥，呃，叫啥来着？"

"算了算了，不提这些了。"结衣赶紧叫停，她可不想让三谷知道自己那些不堪回首的过去。

"好嘞！那我要开始思考婚礼感言了。"饺子大叔站起身，举着勺子假装麦克风，"呃，俗话说得好，人生有三条道——"

"你婚礼上我们可得好好喝个痛快了！哈哈哈哈。"爱吃辣大叔笑道。

结衣叹了口气。这么下去可就没完没了了。

"上坡道，下坡道，还有——想不到！"

"想不到"这个词，是一帮常客大叔嬉闹着齐声喊出来的。还有人开玩笑说应该是三个口袋，不不，三条带子比较时髦吧！一群人就这样胡闹了起来。

"东山小姐在这里也这么受欢迎哦。"三谷的声音听上去很低沉。

"三谷小姐如果每天来吃饭，他们对你也会一样热情啦。"结衣用不输给大叔们的嗓门儿大声说，但是三谷仿佛没有听到。

"你干什么都这么讨喜。工作上还特别受种田先生的信任。"

"那是因为我的工龄比较长。他觉得我最适合协助福永先生而已。"

说到这儿，结衣感觉胸口有些痛。是啊，自己在晃太郎眼中不过如此而已吧。

"但是你们关系不错啊。总看见你们聊天，真羡慕。"

"关系并不好啊。"

结衣刚大声反驳回去，上海饭店的大门就被推开了，似乎有人走了进来。大概是常客吧？结衣这样想着，转过头，不禁愣住了。是晃太郎。

"我就猜你会在这儿。"

他嘀咕了一句，然后喊了声："结衣，你来一下。"

三谷听到晃太郎喊得如此亲昵，脸色十分难看。

"果然，你们关系就是很要好啊。"

常客大叔们都安静了下来。饺子大叔偷瞄着结衣的脸色，和晃太郎打了声招呼："哟，晚，晚上好呀。"

晃太郎只轻点了一下头，就急吼吼地对着结衣招手。结衣只好匆匆对三谷说了一声："抱歉，我暂时出去一下。"起身向门口走去。心里暗暗祈祷，这些大叔可不要对三谷说什么奇怪的话啊。

"小柊被救护车拉走了。"

走出店外的晃太郎说道。

"啊？"结衣吃了一惊。

"是气喘发作。所幸很快就恢复了正常。我听爸妈说，他这阵子似乎是在拼命追查什么。是你唆使的吧？你让他去查什么东西了，对吧？"

晃太郎眼神十分严肃。

"实在抱歉。我听他提到过最近身体不舒服，但没想到竟然这么严重……"

"以后不要再让小柊做事了，好吧？"

结衣坦率地点点头。她心里很后悔，不该随随便便把调查福永的事情拜托给他的。

"不过，趁这次机会我也想问问，柊为什么成了家里蹲？"结衣问道。柊的情况为什么会变得那么差呢？"两年前，究竟发生什么了？"

"我要是知道的话也不会这么头疼了。"

晃太郎用力跺着脚，踏着通向地上的台阶离开。

回到店内时，大叔们的演讲大会似乎已经结束，大家各自归位，分头小酌。

"我回去了。"

三谷站了起来。她甚至擅自把结衣那杯啤酒也喝光了。三谷满脸通红，两眼无神。结衣突然想到，三谷可能暗暗喜欢着晃太郎吧。

"就算不加班，也没有什么好事儿吧。"

三谷嘟哝道。她结完了自己那份饭钱，走出了饭店。

好累，结衣想。不过，越是觉得累，越应该好好吃饭。她决定点一份上海风炒面。

王丹走了过来。不过她递过来的不是账单，是笔记本电脑。

"登录一下。结衣是会员吧？就是那个能看老片儿的网站。"

"我说过的吧，这个视频平台是我付费购买的会员欸。如果把我的密码告诉你，就属于违反条约了。"

"别这么死板嘛。一起看呗。"

王丹若无其事地说道，一边又催促结衣快点输密码。画面上出现的是《献给星期五的妻子们》这样一个片名，这个电视剧还是在结衣出生之前播放的。

"这个主题是搞婚外情。看得人心跳加速的。我要推荐给大连的朋友。"

"婚外情啊。"

这个词令结衣回忆起了自己的童年，她深深地叹了一口气。

"阿巧什么家务都能做哦，尤其是烤牛肉，做得棒极了。"

诹访巧的母亲微笑着说道。她把香槟倒进在意大利买的酒杯中。

"也是随他父亲吧，我先生也是帮我做家务。在我们这一辈人里可是很罕见的呢，我们家很开明吧？"

"是吗？好厉害啊！所以巧才那么会做家务呢。"

结衣感到十分放松。诹访家的氛围非常舒适。这是一座建有大车库的独栋房屋。客厅十分宽敞，餐桌上摆放着迈森和阿拉比亚等名牌餐具。巧的母亲做的饭菜非常可口，巧的父亲也十分随和。气氛好得不得了，也喝了不少的酒。

"你就放心吧。这小子很喜欢打扫的。"巧的父亲用力点点头。

"抱歉啊结衣，我爸妈都太宠我了。"

结衣只觉得羡慕。因为她从未被自己的父亲夸奖过。

吃过饭后，巧的母亲没有让结衣帮忙，自己开始收拾起了碗筷。巧的父亲说了声"我来帮忙"，走进了厨房。结衣趁机悄悄问巧："你会做烤牛肉啊？太厉害了吧。经常做吗？"

"买铸铁锅的时候试着做过。结果我爸妈直到现在还念叨着当时那个烤牛肉多好吃。下次再做怕是超越不了喽。"

看样子，诹访一家人最重视的就是"饮食"。虽然结衣也很重视这些，但是她并不讲究食材和做法。只要能下酒，什么都行。不过，如果和巧结婚了，估计就不能这样想了。

"你还爱打扫啊，感觉真靠谱！"结衣换了个话题。

"嗯。我在自己房间里打磨户外用的工具，不知不觉就干到天黑。打磨这些工具需要特殊药剂，可是费了一番功夫才搞到的。"

竟然讲究成这样？结衣不愿多想，一口气将杯中的香槟喝光。她拿着酒杯去厨房，正看到巧的母亲在切蛋糕。

"啊，正好。我有事想拜托一下结衣。"

"好的。"

结衣一边答应着，一边环视厨房。巧的父亲不知何时已经走了，台面上的碗碟堆积成山。看上去他父亲只是帮忙端过来罢了。

"我听巧说了，你们要一起分担家务？现在的小姑娘命真好呀……"

"啊，是啊。现在能做家务的男人的确比过去多。"

"不过呢……"

巧的母亲一脸严肃地切着蛋糕说道。

"网络公司挺辛苦的吧。要是再加上做家务，就没有时间做自己喜欢的事了吧？我希望将来能尽量让阿巧过上和家里一样的生活。你每天晚上也要给他把上班穿的衬衣熨好。我听说你每天都是准点下班，那应该有的是时间吧？我和他爸爸都说他找了个不错的对象呢。来，把这个给阿巧拿过去吧。"

巧的母亲将碟子递给结衣，上面摆着最大的一块蛋糕。

"我儿子不吃外面做的蛋糕。所以我每周末都要亲手给他做。"

眼下这种气氛，根本说不出"我从来没做过蛋糕"这种话。结衣只好接过碟子回答："我会努力的……"

第二天，结衣花了一上午的时间做好了报价单，交给了晃太郎。

"预算果然超了。要不就减少翻新内容，要不就再增加预算，否则我们会亏本的。"

"嗯。确实。"

晃太郎的语气里一副不出所料的样子。

"我之后会和福永先生约个时间，我们到时候一起向他解释这件事吧。"

"好。这次的报价工作感谢种田先生帮了我这么多。多亏有你，花了三天就搞定了……我其实蛮惊讶的。"

这个人真的是说到做到。她注意到了晃太郎的衬衫。是那种免熨烫的形状记忆型材质，扔进洗衣机洗过就能直接穿。

晃太郎大学毕业之后就一直独居。会做的料理只有拉面或者简单的炒菜。不过只要结衣喊饿，他每次都能用冰箱里现有的食材做出饭菜给结衣。晃太郎的口头禅就是"肚子饿的时候吃什么都香"。

等回过神来，结衣发现晃太郎也在盯着自己看。

"听说你要结婚了？"

"啊？"结衣一脸狼狈，"为，为什么你会……谁告诉你的？"

"福永先生。他说看到你在餐厅被人求婚。"

"我明明请他保密了的。"结衣望着部长工位。福永此时并不在座位上。

"福永不可能保密的。现在估计所有人都知道了吧……你的结婚对象是诹访先生吧？方案竞标会的时候见过。他人挺好的，恭喜。"

晃太郎转向了电脑屏幕，立即开始敲起了键盘，看上去已经开始专注工作了。恭喜这个词，他说得真轻松。

结衣有些烦闷地踢着脚回到自己工位，来栖正翻阅着司内报纸等她来。

"我今天该做什么呢？"

"你啊。这种事你应该一早就找我啊。现在已经中午了。"

"可是我看你很忙啊。"

来栖垂下眼。趁他还没说出"我辞职算了"这句话，结衣马上补充："来栖君工作能力很不错的，所以我觉得你只要再稍微努力那么一点点，就能获得更好的成绩哦。"

"原来如此啊！有可能欸。我接受东山小姐的建议！"

来栖接过结衣布置的工作任务，喜滋滋地回自己工位去了。照顾别人情绪真的好累。结衣正准备把司内报纸收好，却突然被露在外面的一条新闻吸引了视线：

"超高速回归！我们公司诞生了一位超级职业女性！"

这条标题跃入结衣眼中。

接受采访的正是贱岳前辈。

"——总之，我想开创一条新路。听说美国还有产后三天就回归职场的女性呢！这在日本根本不可能。幸好我一回就生了对双胞胎，产假只休一次就行。未来职场也会更需要我的这种高效产育能力吧。您说平安顺利地生下健康宝宝很幸运？的确是。不过我认为运气也是实力的一部分。您说丈夫一人养育孩子似乎太辛劳？有何不可呢？我先生本来就喜欢做这些。体制方面也能保障他做这个贤内助。所以我能加班，能通宵，什么都能扛！我觉得这就是职场辣妈的新风貌吧。希望后辈们都好好跟上！"

好累。结衣啪的一声合上报纸。真的好累。为什么所有人都非要奔着疲劳而去呢？

结衣走进洗手间，想转换一下心情。她看见有个同事趴在洗脸池边。是隔壁组的。好像有次喝酒的时候遇见过她。她注意到了结衣，喊了声"东山小姐"，小跑着走过来。

"我，我怀孕了。"她一副走投无路的样子。

"哦？恭喜呀！记得你之前提到过的，如果是女宝宝的话就叫'奏'。因为你和你先生是在大学的管弦乐团认识的，是吧？"

"现在哪是想这些美事的时候！我今天本来要和领导谈产假和育儿假的事，结果就发现桌上摆着这个。"

她翻开洗脸池上放着的司内新闻，递给结衣：超高速回归！我们公司诞生了一位超级职业女性！这就是最新的标杆。

"我做不到。我先生的公司不可能让男员工请育儿假。我们家那一片的幼儿园名额很难抢，我甚至都不知道自己能不能生个健康的宝宝……"

"没问题的。"结衣试图让她平静下来。

"有问题！"

她声音里带着哭腔，肩膀哆嗦得厉害。

"贱岳小姐已经是女性飞跃项目的典型了，在这种气氛里我根本休不到育儿假啊！哦！对了！我听说东山小姐也快结婚了对吧？那正好！请你马上怀孕！"

"啊？怎么可能说怀就怀……"

"可是，东山小姐本来不就是我行我素的吗？同事挪揄到什么地步你还是准时下班啊！请你赶快怀孕然后宣传自己要请满三年育婴假吧！这样的话，我就能在你和贱岳小姐之间取个中间值……歇个一年左右。"

结衣无精打采地走出了洗手间。凭什么把责任推给别人呢？难道不是你们这些过分察言观色的人在自作自受吗？

回到工位上，她翻看着自己做好的那份保证全组员工准时下班的正式报价单。总而言之，下午必须先说服福永才行。

部长的工位在副部长晃太郎的工位背后稍远的位置。旁边摆着一张方便少数几人开小会的桌子。他们三个人在桌边坐下。

"五千万啊……"

福永看着结衣提出的那份报价单上的金额，眉毛深深拧在一起。

"能不能再少点？"

"不能了，这个金额已经是减到最低的了。"

"刚才星印工厂的牛松先生打电话给我,说他们也去问过其他公司了,但没有公司愿意接这个案子,只能依靠我们了……"

果不其然!结衣和晃太郎交换了一下眼神,转而对福永说道:"如果星印工厂能再追加一千五百万,我们就能按照牛松先生要求的范围进行翻新。如果给不到这个金额的话,我们就接不了这个案子。请您这样转告他吧。"

晃太郎甚至说要亲自去向牛松的上司道歉。虽然结衣认为晃太郎不必做到这个地步。不过,总算能摆脱这个案子了。可是,福永却哀求般望着结衣。

"那不然就别外包了呗。全都我们自己来弄不就能便宜了吗?我们全组的人都稍微加个班什么的,应该也能赶上吧?"

他竟然还没放弃。结衣感到恼火,语气也有些不客气。

"我之前也说过了,绝不能以加班为前提去订计划。而且,一旦取消外包,那可不是稍微加一点班就能赶上交付日期的了。这件案子本来就接得太草率了。"

"可是,我之前的公司就能想办法做到,是吧种田?"

被福永这样问,晃太郎叹了口气,点点头。

"不过，每家公司都有自己的做法。入职培训的时候您应该也听到了，这家公司决不接那种无法达到一定利润基准的案子。您拟的那份报价单是一份必然导致亏损的报价，肯定无法通过公司内部的审核。不过，用结——东山小姐拟的这份报价单，就能够通过审核。所以我们还是按她这份来做吧。"

"可是，牛松先生说了，他们拿不出五千万啊。"

福永竟然还在担心牛松。

"你们说的那个基准，就不能给这次开个绿灯吗？"

"不能。"

晃太郎坚定地回答。

"正因为有基准，所以业务部门才能明确去接一些利润较高的案子，从而帮助我们减少一些无谓的工作。这样才能提高公司业绩、增加员工收入，也更能保障员工休假。所以我不同意为这个案子开绿灯……福永先生，您现在应该照顾的是您的组员，而不是甲方负责人。假如您的报价单通过了审查，公司能获得利润吗？能为组员加薪、给组员休假吗？这些才是您最该考虑的事，也是您这位部长的职责所在。"

他竟然能说到这个地步——结衣感动极了。晃太郎已经彻底融入这家公司了，和两个人交往那时候完全不同。看来是结衣想多了，他并非无法摆脱福永。

"既然你们都说到这个地步了，那我也只能放弃了吧……"

福永蛮不情愿地回答。太好了，自从得知要接这么一个难搞的案子，结衣的神经就始终紧绷着，现在总算放松下来了。她靠回到了椅背上，就在此时，背后传来一个气势十足的声音："现在放弃还早得很呢！"

结衣扭过头，站在他们身后的是贱岳。

"前辈？"结衣吓了一跳，"你，你是什么意思？"

"东山，你也太固执了。"

贱岳两手叉着腰开始说教。

"种田先生也是，太教条了！客户都哭着打电话来求救了，你们不但不帮，甚至还搬出五千万的报价单去反压对方，这也太冷血了吧！"

福永露出找到一线生机的表情，连忙附和："对对！我也是这么想的。"

"先把福永先生的报价单送审试试看嘛。"

"前辈，等一下，我们刚刚商量好了，不能提交这份报价单的……"

"告诉客户我们试着送了审但是没通过，客户也能接受这个结果的。说不定还会感激福永先生对自己的尽心尽力呢！"

福永的脸色顿时雨过天晴。

"谢谢你，贱岳小姐。哎呀，我这心情可算是轻松多了。"

结衣难以置信地望着福永。原来，他担心的根本不是牛松被上司责备，而是不想让牛松讨厌自己吗？

福永立马折回自己的工位。晃太郎抄起被留在桌上的那份结衣做好的报价单，追问道："福永先生，我刚才说的那些您听进去了吗？"

然而福永已经开始全神贯注地敲打起了键盘。大概是急着想要立即将自己的报价单发出去过审吧。晃太郎还在拼命劝说着，他却看都不看他一眼。

结衣迷茫极了，但福永这边也只能暂时交给晃太郎来处理。

"前辈！你究竟在干什么啊？！"结衣转过头。

然而，贱岳早已经不在了。结衣四下张望，正看见贱岳走出办公室的背影，她急忙追到走廊。

"我说过上班时间不要给我打电话的吧？"

贱岳极不耐烦地对着手机讲道。

"高烧四十度？她们俩都是？还吐得厉害？那就带去日高综合医院的儿科啊……哈？我当然回不去了！也不

想想为什么让你请育儿假！你自己处理吧。我挂了。"

贱岳叹了口气，挂掉电话后，她仍盯着手机屏幕出神。结衣凑上前，看到她待机画面是两个宝宝的照片。宝宝们裹在粉红的小包被里，睡得很熟。

"还是回去比较好吧？"结衣说。

贱岳回头看到是她，露出苦笑。

"让你看到我这么难堪的一面喽。不用的，我不需要回去。我先生能处理好。这点小事就把工作耽误了，工作上怎么和男人竞争呢？"

"宝宝发着高烧，那么难受，在你看来只是一点小事吗？"

"……喂，你干吗表情这么吓人啊？你自己想想，你小时候发烧，你爸爸会提早回家吗？还不是你妈妈想办法处理，对吧？"

没错。可是……结衣紧咬牙关。她还是无法接受贱岳的那句"这点小事"。

"你还要生多久的气啊？……哦哦，是不是因为刚才那个报价的事？别担心，福永先生提的那个报价单通过不了的，到管理部的石黑那里就会被驳回来了。那个魔鬼工作的意义就是把可能亏损的案子剔除掉。"

"那，前辈为什么还怂恿福永先生送审啊？"

"当然是为了给自己多赚点印象分嘛。"贱岳一脸理所当然地回答，"那个种田先生不是很能干吗？而且韧性极强。我之前只是听说，这几天我观察了一下，他的确是个威胁。他肯定会马上显露头角的，说不定会抢先一步当上高管。"

"所以你才拉拢福永先生？"

"我才不会输给一个中途跳槽进来的人呢。所以我绝对不会回家的！"

结衣内心涌起一股悲伤，她转过身，兀自回到了办公室。

晃太郎已经离开了福永的工位。

"我刚刚可能说得太过了，他现在已经彻底听不进我的话了。"

"这样啊。"结衣不知道该如何回答他。

"虽然福永先生的报价单肯定无法通过，但是也很耽误时间啊。"

晃太郎马上转换了情绪。

"我会请管理部门加急处理。这份报价单被驳回后，我们就用你的那份报价单过审，然后直接提交给星印。以防万一，我们最好再做一份缩小翻新范围的报价单。我觉得多一些选项，也更方便牛松先生取舍。这份报价单我来做。"

结衣点了点头。她的确没想到这么周全的地步。

到下班为止还有两小时。为了转换心情，结衣走向摆在走廊的自动贩卖机。正在此时，她听到了贱岳的声音。

"东山这孩子挺不错的，工作能力也还算可以，只不过没什么工作热情。"

结衣瞄向自动贩卖机，发现贱岳正热情地对着福永侃侃而谈。

"您要是看她不顺眼，这个案子的负责人可以让我来做。我会为您尽心尽力的。"

原来如此。贱岳想先把结衣顶走啊。看来她做事真是不择手段。结衣感到一阵寒心。不过事已至此，我也不会傻等着挨打。

结衣另找了一个角落，用手机拨通了上海饭店的电话。

"王丹？我想请你帮我办件急事。"这次的委托显然无法报销，结衣迅速转动大脑，"请你免费看一个月的怀旧电视剧怎么样？"

一个半小时后，贱岳脸色大变地向结衣走过来。

"东山，这是怎么回事？"

她把手机横到结衣眼前，上面是一张王丹的照片。

王丹身后的背景是日高综合医院儿科的候诊室。她紧挨着贱岳的丈夫，怀里抱着双胞胎中的一个，对着镜头露出微笑。

"刚才有个不认识的邮箱地址发了这张照片给我。"

"嘿？她好漂亮呀！"

结衣目不转睛地看着那张照片。王丹化着浓妆，和在店里完全不同。她喝醉的时候说过，自己一旦拿出真本事，就能变身成美女特务。此话的确不假。

"你老公正在搞外遇。对象是他瞒着你请来帮忙照顾孩子的育儿保姆。"

照片上的文字这样写道。

"这是你搞的鬼吧？我刚刚在电话里提到了医院名称，被你听见了对不对？"

"……露馅儿了。"

结衣把手机还给了贱岳。她是从贱岳的脸书上找到了她先生的头像，发送给了王丹，然后请她在医院埋伏，再主动接触对方的。

"我是这周二回来上班的哦！才刚到周五就雇到保姆还搞外遇，怎么可能。"

贱岳扬了扬下巴，示意结衣去走廊聊。或许是察觉到了不同寻常的气氛，晃太郎也从电脑前抬起了头。办公室里的所有人都看向她们。

结衣跟着贱岳走到走廊，贱岳转过头。

"原来我刚刚回来上班、充满干劲的样子，就这么讨你嫌恶啊。"

"看你这么生气，应该在看到照片的时候心里也沉了一下吧？满脑子工作、总不回家的丈夫，红杏出墙的妻子，这可是昭和时期的电视剧中常用的套路。"

"真荒唐！我先生绝对不会……"

结衣紧盯着贱岳，说道："我爸爸和贱岳前辈一样。小孩发烧这点小事，他绝不会早退回家。记得我小学四年级的时候得了肺炎住院，那次他确实早退来医院了，但是因为工作被打断，他很没好气，在医院里怒气冲冲，还大骂我妈，埋怨她没有照顾好小孩。"

她现在记忆犹新，当时自己发着高烧，还能听到父母大吵的声音。

"那场争吵或许就是导火索吧。我出院没几天，妈妈就失踪了。"

贱岳本来一脸不相信地听着结衣的故事，当听到"失踪"二字，贱岳吃了一惊。

"失踪是什么意思？你是在编故事吧？"

"是真的。她当时说要去买蛋黄酱，出了门之后就没再回来。那天我哥哥去露营了，虽然住在附近的姨妈来我家住了一晚，但是那一晚我担心得整宿没睡。"

"然后呢……然后怎么样了？"

"第二天，妈妈回来了，表情轻松得十分异样。"

贱岳的瞳孔难以控制地哆嗦了一下。握着手机的指节收得更紧了。

"除我之外，这件事家里没人知道。我本来准备一生都不将这个秘密说出口。"

贱岳心情复杂地又看了看王丹的照片。好，就差最后一推了！结衣再次开口："人生有三条道：上坡道、下坡道，还有——想不到。"

贱岳愣住了。她应该还记得这句话的，因为有人在她的婚礼致辞上讲到过。结衣模仿的是在麦克风前讲话略有些紧张的社长。

"人的一生常会发生一些意想不到的事，希望你们夫妻二人能携手共度这些意想不到的时刻。"

当时这家公司的规模还小，每当有员工办婚礼，社长都会亲自参加。

"宝宝们发着高烧，老公打电话求助。这不正是意想不到的时刻吗？如果宝宝们真的有个三长两短，前辈的先生会原谅你吗？"

"你这什么话？我只是要为后辈们开路——"

"您这样做，路只会越走越窄啊！"结衣说道。

"你不能这样！"她代替那个在厕所大哭的女同事说出了口。

"你为什么要学那些连开水都不会烧的昭和男人？眼下已经是平成了！甚至马上就又要到新时代了！就算你一脸得意地说什么贤内助早就和时代脱节了，我还是不同意你的观点。你知道为什么吗？彻底甩手不管家，工作确实能有好成绩。但那有什么好得意的呢？有好成绩也很正常吧，普普通通罢了。"

你说什么？贱岳的脸色变得很难看。

"为什么就不能直说呢？告诉大家：家里有宝宝要照顾，所以不能加班。然后再豪爽地大笑着补充一句：不过以后我必定会卷土重来哦。这才是我认识的前辈，是那个强劲、帅气、有胆识的前辈啊！"

结衣紧紧握住了贱岳的手。

"如果前辈是那样的态度，我一定会支持你、跟随你的。我们一起证明给大家看吧！重视家庭的同时，也能做好工作！休六年育儿假，一样能当上高管！加油！"

结衣硬是拉着贱岳的手高高举起来。

"真是败给你了。"

贱岳突然放松下来，苦笑道。

"那我今天就先回去了。其实，我特别担心她们。而且，我也不想让小空和小海和你一样，记得那些伤心事。"

原来她们叫小空和小海。结衣放松了下来。她第一次听贱岳亲口说出宝宝们的名字。

"她们一定也等着妈妈回家呢。"

当时的父亲，是不是在内心深处也挂念着自己的女儿呢？想到这儿，结衣不由得苦笑。他那种人，不可能的。

准时下班走出公司，去上海饭店吃过晚饭之后，结衣回了一趟老家。

"哎呀，你吓我一跳。上周不是才回来过吗？"

"想看看你嘛。给，我买了蛋糕。"

"啊，是小鸠屋的蛋糕。你小时候常吃这家的点心，又便宜又好吃。"

母亲急匆匆地走向厨房。结衣凝望着她的背影。

结衣念小学四年级——也就是她十岁那年，母亲说要去买蛋黄酱，出了门之后再没回来。那一天，结衣独自一人看着电视，在家等着她。太阳西斜，整个家都昏暗下来，十岁的结衣觉得必须去找妈妈了。她开始害怕，如果现在不去找，妈妈会不会永远都不回来了呢？

她翻了电话簿，拉开抽屉搜寻那些寄给妈妈的贺年卡，研究妈妈可能会去哪些地方。她发现了好几个不认识的男人的名字。就在这时，电视里传出女人娇媚的声音——

"我本来不想见你的……"

是电视剧里的台词。当时有个电视节目是《怀旧电视剧特辑》，恰巧在播放《星期五的妻子们》。画面中，一个中年男演员正和女演员激情拥抱在一起。那个女演员看上去和妈妈年龄相仿。结衣将视线转向电话簿，内心不停地祈祷着：快回来，妈妈，快回来吧。

母亲从厨房走出来，手中的托盘里放着盛有两片蛋糕的小碟子。

"你爸爸喜欢蒙布朗，你喜欢萨瓦兰对吧，那我吃芝士口味的好了。"

"那个，妈，你记不记得以前曾经把我一个人留在家里，然后离家出走的事？"

"哎呀，提这事干吗啦。你姨妈不是来家里照顾你了吗？"

"嗯。她是来家里过夜了……那你当时去了哪儿呀？"

母亲用手里的蛋糕叉戳着盘中的芝士蛋糕。

"那么久以前的事，早忘了……哦对。"

母亲站起身，从碗柜的抽屉里拿出一张明信片给结衣看。那是一张退休告知书。看上面的文字，应该是曾和父亲往来的客户。

这明信片上写着：泡沫经济时代，每到周日我们几个好朋友就一起去玩高尔夫，真开心啊。还写着：放下工作尽情游玩真棒。

"原来不是应酬啊……"

"我当时还告诉自己，应酬也是工作的一部分，于是一直忍着。所以说，我们彼此彼此吧。"

"彼此彼此？"

也就是说，那天晚上，妈妈果然是……就在结衣心跳声大作时，父亲突然走进客厅。

"哟，结衣回来了？"

母亲迅速收起了明信片。结衣不知道该摆出一副什么样的表情，于是扔下一句"我去把爸爸那份蛋糕端出来"，逃进了厨房。

从冰箱里取出蛋糕盒时，衣兜里的手机响了起来。

是吾妻发的邮件。他似乎还在公司加班。邮件名称是"星印工厂报价单审核结束"。

已经审完了？怎么这么快？结衣思索着，点开了邮件。

"福永先生提交的报价单通过了公司内部审查。"

结衣的大脑停住了一瞬，她盯着邮件……通过了？

"怎么会——"

她又读了一遍。上面依然写着"通过"。福永做的那份一定会亏本的报价单，竟然通过了？

"不可能，不可能……不可能啊，怎么会这样！"

"你自己在厨房吵什么呢？"父亲走了过来，"我的蛋糕还没弄好哇？"

结衣的手机铃声大作，是晃太郎打过来的电话。她飞速按下接听键。

"你看到吾妻的邮件了吗？"

"看到了。"结衣回答。

"是丸杉突然插手的。"晃太郎的声音乍一听很平静，但似乎是在努力压制着自己的情绪，"还是那个女性飞跃项目，他想用这个项目吸引媒体的关注。下周他还会接受一个杂志的专访。"

"……这和星印工厂究竟有什么关系？"

"听说，丸杉在审查会议上极力吹捧贱岳回归职场后有多么活跃。"

"所以……他想尽快拿下这个案子？为了创造一个让前辈活跃的舞台，所以硬要让这个报价单通过审核？"

"他好像说服了其他高层，说这次得特别开个绿灯。"

结衣顿时无语了。电话那头的晃太郎继续说道："你别做负责人了。"

"啊？"不做了？什么意思？把负责人的职位让给三谷或者贱岳吗？

"现在的情况是，只能按这样的价格，和这个长度的工期去做了。百分之百要加班。这么一来，你会拖后腿的。"

说完这些，晃太郎挂断了电话。

结衣还愣在原地没反应过来，手机铃声再次响起，是柊发来的邮件。邮件名为"补充报告"。原来他还在调查。结衣本想回复他"不必再查了"，但是邮件的内容却吸引了结衣的注意力。

"我搜到了丸杉宏司常务的情报。他利用自己手下的员工做出傲人的业绩，又转手将其倒卖给其他公司。他就是通过这种手段在业界平步青云的。"

父亲站在一边不耐烦地插话："结衣，吃完蛋糕去趟楼上吧。你之前不是提到那个英帕尔战役嘛，我拿书给你看。"

"英帕尔战役"，这几个字在结衣脑中不断明灭着。

那是一场堪称太平洋战争中最草率一战的战役。谁都能看出这个作战计划根本无法实现，但它怎么就通过了军队高层的审核呢？

她之前在电视上看到的那部纪录片里说，当时反对这一草率决定的那位小畑少将遭受左迁后便消失了。他后来又如何了呢？

结衣在手机中输入"英帕尔战役"后，开始检索。

"喂！你啊，不是说我有书吗？怎么又上网查起来了？"

结衣无视了父亲的牢骚，她点开写有"英帕尔战役"的页面开始读了起来。

其实，当时不只是补给专家小畑少将反对牟田口司令官计划的这番作战，一开始，军队中也有不少声音都在反对，很多人认为这一计划是"有勇无谋"。

然而，正在那时，美军转而开始了太平洋方面的攻击作战，威胁到了日军的资源输送通道。于是军方高层准备唆使缅甸独立，从而刺激印度，并达到撼动英军的目的。在如此时局下，牟田口司令官提出的"攻下位于印度东北部，临近缅甸的英帕尔"的作战计划，可以说获得了军方近乎妄想的高度期待。

逐渐地，反对者们也无法发声了。

只要提出质疑，就会遭受人事调动，又有高层主动请缨，愿意带队出征。就这样，昭和十九年（1944）一月，军方下达了作战命令。

此时，吾妻又发来了一封邮件。

"这一仗会打得很艰苦，但我们一定会取得胜利的！"他如此向所有组员呼吁。

紧接着，三谷回应他："所有人不眠不休！一定做得到！"

充满希望的鸡血邮件一封封弹出来。

为什么，为什么所有人都非要奔着疲劳而去呢？

丸杉的脸浮现在结衣脑海中，就是那张二话不说硬要把马克杯塞到她手里的脸。

"什么女性飞跃啊……"

结衣努力平复情绪，一边做着深呼吸，一边将蒙布朗从蛋糕盒里端出来。结果放到碟子上时，怒气还是爆发了出来。结衣手一抖，蒙布朗打横翻倒在了碟子上。望着摔花了的点心，结衣更是怒火中烧。她压低声音吼着："我真是烦死昭和时代出生的人了！"

我才不会放弃负责人的岗位！我也决不会去"察言观色"！就算只剩我一个，我也要反抗到最后！我一定要让所有组员都准时下班！对！就这么定了！

　　"啊，啊，怎么搞得乱七八糟的。"

　　父亲从她身边伸出手，将装着点心的盘子端去了客厅。片刻后，他说："你自己不也是昭和时代出生的嘛。"

　　嗯。看来自己对着蒙布朗发的牢骚被听到了。

第三章

住在公司的男人

福永那份草率至极的报价单通过了司内审查。整个周末，结衣就在反反复复地开关通知邮件之中度过了。

　　必要条件是不能低于五千万日元。报价单的金额是三千五百万日元。没有钱，就保障不了人手。结衣在脑子里不停地排列组合了各种方案，都以失败告终。

　　在这种情况下，想让全体组员都准时下班，几乎就是不可能的。

　　如果组员们无法大幅提高工作效率，那么这一点真的很难做到。工作效率啊——结衣回忆起自己还是新人时接受训练的日子，心情不由得沉重起来。

　　这种烦恼一直持续到了周日傍晚，结衣做了个决定。

去泡温泉。

她只拿了换洗衣服，就坐上了新宿发车的大巴。

一边啜饮啤酒，一边用手机搜索起了旅馆。最终她选择了一间价格略高，但是附带露天温泉的房间。到了这种时候，她会允许自己稍微奢侈一点的。抵达旅馆的时候天色已经昏暗下来了，结衣在旅馆工作人员的引领下找到预订的房间。小心踩进阳台的露天温泉之中时，满满的一池温泉水便从池沿溢了出来。结衣一直浸至温泉没到下巴，闭上了双眼。过了好一会儿，她睁开双眼做了一个决定。

"不做负责人了。"

她用手指尖拨了拨浮在水面上的红叶。幸好来泡了个温泉。人只要一开始泡温泉，思路就会清晰起来。到了这一步，我已经很努力了。没有义务再干下去了。

"好嘞。不做这个负责人了！毕竟，人家都让我别干了。"

我要一如既往，准时下班。别人怎么做我不管，就算只有我自己一个准时下班，也要咬牙坚持下去。她拿起放在浴池边的手机，正准备找个毛茸茸的猫咪的视频来看，手机突然震了起来，她下意识地接了起来。

"喂？"

"你明天几点来上班？"

电话那头的声音十分粗暴，仿佛抓着别人领子扯到自己眼皮底下说话一样。结衣立即猜出来电何人了。

"小黑啊……"

是石黑良久。他比自己小两岁，今年刚满三十。虽然还年轻，但这家公司刚刚组建时他就入职了，是资历最老的一批员工。如今他是管理部的总经理，职阶远远高于结衣。

她大概猜得出石黑打电话来的目的。估计他也看到了福永的那份报价单，此刻正心头火起呢。

"我明天休假。现在正远离东京自我拯救中。"

"拯救？你想挨揍是不是！"手机听筒里传出石黑沙哑的吼声。

"遇到各种破事，我现在很累。"

"开什么玩笑！凭什么只有你一个人偷懒！明天一早来找我！我现在满脑子就想着什么时候才能见到你，你要不来我就要活不下去了！"

"哦哦，你说那件事哦。"结衣仍旧全身浸在温泉之中。

"我都忍了整整一星期了！你现在在哪儿呢？告诉我！话说，刚才就想问了，你声音怎么飘飘忽忽的？"

"我把手机放进密封袋里了。现在正泡着露天温泉呢。"

"……"

"啊！你刚才是不是脑补了一些不对劲儿的东西！你可真是，满脑子黄色废料啊。"

"去死吧你。"

"呸，不许说死——"结衣话音还没落，石黑就挂断了电话。

明天是星期一啊。她都忘记这茬了。没办法，这次休假就先取消吧，明天搭早上第一班巴士回东京。

也要告诉晃太郎一声，自己同意按照他的要求放弃负责人一职。

你会拖后腿。这句话至今仍在自己的耳中回荡着。即便她在温泉胜地穿着软绵绵的浴衣，品尝着山珍海味，那声音也未能消失掉。

管理部和结衣所在的制作部所在区域不同，那里地处十五层的最深处，紧挨着社长室。

管理部门的工作就是监督公司的所有案子。管理预算、利益率、员工的工作效率等。部门人员共计十人，很多都是曾经在制作部工作过的员工，并且其中不少都是主导过好几件成功案例的资深员工。

管理部的老大石黑的桌子就摆在房间最里面。从那台二十七寸的屏幕上露出一头乱糟糟的红发。

"小黑，我来了。"结衣站在门口呼唤他。

石黑猛地抬起头，菱形眼瞪视了一下结衣，念了一句："我们去老地方。"他浓密的睫毛为双眼打上一排阴影，下巴和脖子几乎没什么分界，看来这人又长胖了。

距离开始上班只剩不到三十分钟。结衣站在安全通道处等待，不一会儿石黑就来了。他穿着一件花里胡哨、质地类似绒线的运动服，和一条松松垮垮的裤子。全公司只有这个男人特别获批可以如此打扮。他一屁股坐到结衣身边，凑过来催促："快点快点。"

结衣把保鲜袋递给了他。

"给，五天的份。"

石黑从保鲜袋中拿出一个画着花纹的小纸包，撕开口子将里面的白色粉末一扫而光，继而满脸的沉醉。

"啊，真爽，太爽了。"

"我今天本来可是在休假的。不就是包糖吗？自己买去呗？"

"不行。我自己买会吃得停不下来。而且我老婆说了，只能让你看管我吃的糖。"

石黑有砂糖依赖症。他血糖值一飙起来就很亢奋，也能非常专注。二十来岁时，为了应付过重的工作任务，他一直在过量摄入糖分，所以如今才会饱受糖尿病的困扰。

他年轻貌美的太太每天只允许他吃一小包白砂糖。

"哎，真想再悠闲地泡一阵子温泉啊。"

结衣发着牢骚站起身。石黑擦着嘴角对她说："星印工厂那个案子，可不许赔钱哦。"他的眼神变得锐利机敏起来，看来糖分够了戒断反应也消失了。

"说起来啊……"

结衣又坐了回去，双手抱膝看着石黑。

"这个案子为什么会通过审查？司内基准都跑哪儿去了？管理部有没有在好好干活啊。"

"你别说出去。这个案子是突然被高层插手的。"

和晃太郎的说法相同，是丸杉搞的鬼。结衣低声问："那社长究竟为什么会把丸杉招进来啊？"

石黑突然从鼻子里发出一声哼笑。"公司做大了就会这样呗。"

"高层说这个案子就算赔了也要做，所以审查就通过了，难道不是这样吗？"

"我不管那些高层怎么说，赔钱这种事，我决不允许。"

石黑在管理方面简直如同恶鬼。甚至可以说，他对管理有种痴迷。他整日监测员工的工作效率，一旦发现利润可能下跌，他会立即打电话斥责。他最厌恶的一个词就是"赔钱"。

"关于星印，这次我也就不要求你们赚多大利润了。但是绝不能赔！就算是你，我也不会网开一面的。要是赔了，我就把你从楼上推下去，或者在可燃垃圾日把你揪出去扔给丰州的乌鸦们开小灶。"

"可是，我已经不做这个案子的负责人了。"

"那不行！你要是不做就完蛋了！剩下的全是一帮脑门上大写着'效率低下'的玩意儿。求你了，小结！"

石黑晃着结衣的肩膀。

"我们不是好伙伴吗！你可不能说辞就辞啊！赶紧出人头地，快来我们管理部！"

我可不想出人头地，也绝对不会去管理部的！结衣逃开了石黑的手。

"你要是有意见，可以直接去找福永或者种田说啊。"

"种田晃太郎。"石黑扶着额，"哇！对哦！你们团队里有种田！要命要命，你看！我都起鸡皮疙瘩了！"

"真的，你好恶心。"

"我最喜欢观测他的工作情况了。他每小时的效率

129

高得惊人。估计是因为在之前的公司接太多烂摊子了吧，他现在进化到了能自动选出最短路线、高效直达目的地的水平。真够绝的！我可太喜欢他了，在走廊上碰见他我都不好意思和他对视呢！真讨厌！"

结衣嫌弃地看着他，可石黑又摆出一脸坏笑。

"不过，小结应该也喜欢他吧？毕竟咱俩这方面审美相似呢。"

结衣没答话。石黑并不知道他们两个人其实谈过两年恋爱。当然，更不知道那个和结衣婚约告吹的男人正是晃太郎。

石黑只知道结衣和男朋友分了手之后非常狼狈，所以那阵子也陪结衣喝了不少酒。不过石黑一喝醉就开始发牢骚，根本安慰不到结衣。

"种田比诹访更适合你哦。他基本上连家都不回吧，只会赚钱不是吗？那不是正适合养你这种不愿过多劳动的类型嘛。"

"你太烦了！"

结衣一拳捶到石黑肚子上。石黑满脸喜悦地揉着自己肚子上的肉。结衣扔下一句："变态！"站起了身。石黑还追着她笑嘻嘻地补充："绝对不能亏哦！我不管你当不当这个负责人，真亏了我绝饶不了你。帮着种田一起好好做这个案子吧，我最喜欢看你快速进步了！"

"总之，石黑总经理是这么对我说的。"

结衣将晃太郎叫去会议室，传达了管理部恶鬼的话。当然，她只提了绝不能亏的事。晃太郎点了点头。"我知道了。"

"但是石黑先生为什么不直接告诉我呢？"

"谁知道呢……"结衣可不想告诉晃太郎，是因为石黑太喜欢他了，对视时会害羞。

不过话说回来，石黑这个人也蛮专一的。

四年前，公司接到了总部位于博多的一家大型网购公司的案子。那时石黑还是制作部的部长，因为起了一点小纠纷，所以他带着当时的部下结衣一起飞去博多解决。

晃太郎也出席了那场会议。

他那时还在福永的公司任职，负责的是这个案子中的其他翻新工作。为了同客户商讨具体细节，所以也跑到了博多。

看到晃太郎的工作状态，石黑惊得双目大睁，紧紧盯着不放。他趁客户那边的负责人中途离席的片刻偷偷问结衣："你觉得那个人怎么样？"

"感觉肩部蛮有力的。"结衣回答，"而且脸长得嘛，也不错。"

"笨蛋！谁要听你的外貌评价啦！我是说那家伙工作能力肯定很强。"

会议结束后，石黑就跑去和晃太郎搭讪。他想把晃太郎挖过来，还劝他说自己这边能给出更高的薪酬。不过晃太郎婉拒了，称"现在的社长对自己有恩"。

"工作能力强，而且还有情有义！"这样一来，弄得石黑更想挖他了。他从办公区一直追到公司大厅，不依不饶地劝说晃太郎，但最终还是惨遭拒绝。

败北的石黑伤心得要命，于是草草收拾好小纠纷，把后续交代给了结衣之后，一副被抛弃的小狗的模样，搭傍晚的车回了东京。

几个小时后，结衣和晃太郎就又见面了。

开完会后，客户那边的负责人称是把资料忘在了酒店的行李箱中，所以请结衣过来取一下。对方貌似也是从东京出差过来的。结衣感觉有点可疑，但还是去了对方指定的房间。偏偏这种时候石黑不在。她紧张地按响了门铃。

开门的正是晃太郎。结衣大松了一口气。一问才知，他也是来取文件的。客户负责人跑去买咖啡了，并不在房间里。

"真是的，我可是抱着十足的戒备心才来的呢！"

晃太郎似乎听懂了结衣这话的意思，露出一个微笑。

"我开始也担心对方是不是用合同威胁我做什么事，过来的时候心里七上八下的。"

"我们想多了。感觉怪对不起他的。"结衣松了口气，坐到床沿，结果不小心按到了床上扔着的遥控器按钮。电视屏幕上出现了正在播放的 DVD 影像。

眼前的画面瞬间令二人石化了。人类这种生物在面对出乎意料的状况时，真的只会呆若木鸡。

"二位久等了。"听到客户的声音时，还是晃太郎本能地反应过来，一把按下了关机按钮。屏幕再度黑了回去。

"那个，文件是这些对吧？"结衣迅速从床边的小茶几上拿起写着自己公司名称的文件袋，"十分感谢！我先告辞了！"

结衣几乎逃命般奔出了房间。晃太郎也紧跟着走了出来。两个人沉默地走过走廊，走出旅馆，然后相互对视。

"那是什么东西啊？"结衣先开口。

晃太郎满脸写着苦恼，蹙眉回答："应该，是 A 片吧。"

"竟然还有人好那口？"

"我怎么知道……我也是第一次看到男女主角都是中年人的片子。而且还都是德国人……"

"那为什么要在自家院子里？而且还是在引擎盖子上……那车是辆大众？"

"好像是。唉……怎么办？那个大爷的脸和肚子上晃荡的肥肉在脑子里挥之不去，这可如何是好？"

望着皱起眉头的晃太郎，结衣"扑哧"一声笑了。他就像个学校社团活动结束之后，和朋友瞎聊蠢事的男学生一样。结衣忍不住邀请他一道喝酒。

"我上司已经回去了。我本想自己去中州喝一杯的，你去不去？"

"好呀。反正我自己也无法消化刚才看到的那些。"

两个人直奔中州的居酒屋，边喝酒边猜测那盘DVD究竟是旅馆提供的，还是客户负责人自己去附近租的。结衣得出的结论是：应该是他自己买的。晃太郎则一个劲儿强调，事实如何不重要，问题在于那个类型实在是没眼看！结衣一边续杯啤酒，一边微笑着听他讲话。

两个人并没有聊到工作。他们后来又去了好几家续摊，最后干脆坐在亲富孝大道边一直聊些有的没的，就那么聊到了早上，仿佛永远有话题，可以一直一直聊下去一样。

直到太阳升起，眼前开始出现行色匆匆的上班族，他们才意识到得赶快去赶飞机了。两个人手握空啤酒罐，互道再见。

在回东京的飞机上，结衣一直睡不着。明明整宿未眠，可她却毫无睡意。回到家后依然如此。她一整晚翻来覆去地思索原因。

"听说，命中注定的另一半，在见面时的第一眼就能彼此相认。"

和晃太郎订婚之后，结衣这样说过。晃太郎并不相信她这句话，还笑她："结衣总是喜欢那种说法。"可是结衣却认为，她当时内心的冲动，只能这样解释。

第二天傍晚，结衣拿着晃太郎的名片找到了他工作的那家公司，正碰上晃太郎走出大楼。她一时想不到来找晃太郎的理由，只好找了个蹩脚的借口。

"那个……我是碰巧、偶然……路过这附近。"

但是，如果现在不说出口，她担心自己会后悔一辈子，于是结衣鼓起勇气说："方便的话，喝一杯吧？"

"前天晚上不是才刚喝过？"

听到对方这句吐槽，结衣不由得愣住。晃太郎却笑了起来。

"好呀。不过……我之后还有工作，所以这次就不喝酒了。"

两个人就这样一起去了附近的小餐馆，闲聊了一小时后互相道别。

这样的情形反复了好多次。每次都是结衣来邀请晃太郎。晃太郎也从未拒绝过。逐渐地，两个人周末也会见面。某个晚上，结衣不小心错过了末班车。

"要不要来我家过夜？"晃太郎问道。

"你的意思，是不是指我们已经在交往了？"结衣一鼓作气地反问他。

"你难道不就是因为这个原因，所以才故意错过末班车的吗？"晃太郎假装摆出一副吃惊的模样，继而像个小孩子一样害羞地笑了。

两个人走进房间便紧紧抱在一起。结衣突然笑出声："我想起在博多看到的那段 A 片了。"

"别想它！"

晃太郎的语气仿佛有些不悦，但吻着结衣耳畔的双唇却忍着笑意。

晃太郎从不直接表达自己对结衣的心意。为什么他要和自己交往呢？他究竟喜不喜欢自己呢？直到最后，结衣都没有问出口。她想，说不定一直以来都是自己的一厢情愿。

某天，晃太郎因为工作迟迟未能赴约，于是结衣在闲晃打发时间的时候在街角找了个占卜师算命。穿着一身破西装的占卜师认认真真地将结衣的脸打量了一番后说：

"你面带孤独相，可能会孤独终老哦。"

"说得也太过分了吧。"

在居酒屋喝着啤酒，结衣将占卜的结论讲给了晃太郎。一开始本来是当成玩笑话，可是聊着聊着结衣却逐渐沉默了。"孤独终老"，这个词紧紧攥住了她的心。晃太郎一边笑着说相信这种占卜也太傻了，一边用力抓住结衣的肩膀摇晃，劝她不要当真。

"搬来和我一起住吧！虽然我家比较小，但是我一直工作到很晚，也就回家睡个觉。一开始这样也不错吧。"

后来再想想，那其实就是在向结衣求婚吧。

从那时起，两个人开始有了"结婚"这样一个共同目标，终于开始进一步了解对方了。

一个是绝对服从上司，永远投身工作。一个是不在乎上司看法，每天准时下班。

当他们意识到彼此站在相反的极端上，而且互相绝不会妥协让步的时候，一切已经太迟。他们已经把对方伤得太深了，感情再也无法恢复如初。

如果在交往前就了解这些的话——或许就不会如此受伤了吧。不，其实，她早就知道。从他们第一次见面，她就知道晃太郎是个工作狂。他对福永宣誓忠诚，每次和结衣约会后，基本都会再返回公司。这一切，结衣只是假装不知而已。

这两年间，石黑通过不懈努力，终于把晃太郎挖来了自己的公司。当时正是他们准备分手的时候。而结衣得知这件事，则是在晃太郎来公司报到的前一天。

"你干吗这么惊讶？"

石黑这样问她，结衣立即回答"没什么"。她当时想，反正也不在同一部门，别遇见就好。

两人成了同一组的同事后，结衣也尽量和晃太郎保持距离。结果，自己还是不知不觉成了星印案子的负责人，如今还被晃太郎的那句"拖后腿"弄得心里很不是滋味。

"我会辞去负责人一职。"

当结衣这样告诉晃太郎时，对方满脸歉意。

"明明是我拜托你当的，现在又要你请辞，真的很不好意思。"

"虽然不是为了要补偿什么，但是，结衣可以一如既往，准时下班。不管别人怎么说，我都会让你准时下班的。"

"不管别人怎么说"，结衣注意到了这句话。是谁这样提点了晃太郎吧。

"该不会……说我拖后腿的，是福永先生？"

"不，福永先生没说到那个地步。他只是担心，如果负责人都不加班，团队会士气低落。"

"那不就是在说我拖后腿吗？"结衣心底里一股怒火涌了上来。原本准备辞去负责人一职的，此时此刻她却脱口而出："我不辞了！"

心中的另一个声音嗫嚅：干吗这样赌气呢？可是她不愿改变主意。

"不辞了……那就是说，你准备好加班了？"

"不，我还是要准时下班。"

"结衣！"

"请叫我东山。啊，对了，不单我一个人准时下班。组里的所有成员也都要准时下班！"

"我说你啊……"

晃太郎伸手按住自己的眉间。面对无法理解的情况时，他总习惯这样做。

"我明白了。反正这个案子石黑先生也会紧盯进度的。而且结衣在公司内资历较深，可以起缓冲作用，这样应该也能帮到福永先生吧。"

福永先生、福永先生、福永先生……三句不离福永先生，真是够了。

"那就这么办吧。先这样。"结衣说罢走向会议室门边。

"那么，东山组长。"晃太郎抢先一步，挡在了门口。他的动作看上去很和缓，其实非常迅速。这个男人的优秀体能用在这种地方真是令人厌恶。

"配合三千五百万预算的成本压缩方法，我已经考虑过了。"

他已经开始想这些了？头脑转换的速度真快呀。

"不去变动网页的基本构造，只替换有必要更新的页面，如何？照片就用现成的。我认识能接受这个条件的设计师，到时候我们拿着这个方案去说服星印就好了。"

结衣点了点头。这的确是个不错的成本压缩法。无可挑剔。

"再加上，提高组员的工作效率、减少加班、降低人力成本。这部分就交给东山小姐了。如此一来，全组准时下班，说不定也能赚到利润。不过，应该很难做到这一点。"

晃太郎目光炯炯，一副"既然要做就拼到底"的架势。

"我来。别说亏钱，我甚至还要赚到钱！就算把小黑扔去喂鸽子，我也要赢！"结衣斗志满满地说道，"不过，福永先生那边要怎么办？"

"交给我。"晃太郎回答她。几小时后，他成功说服了福永。结衣见福永对着晃太郎点了点头，说了句"你来决定吧"。不过，他那双眼睛同时还不安地瞟了瞟结衣。

"东山小姐，发生什么了？你的表情好恐怖哦。"

结衣一回到自己工位上，来栖就如此问道。结衣叹了口气。

"是有点烦心事。"

说什么，把石黑抓去喂鸽子……自己也夸张过头了吧？真的能做到吗？

"还是应该泡个温泉才对啊。"

结衣一边发着牢骚一边工作。到中午十二点，注意力准时从工作上收回。坐她旁边的来栖打开了自带的便当盒。结衣也拿出在箱根汤本温泉买的便当，啪的一声掰开了方便筷子。

"我现在本来应该在大涌谷吃黑鸡蛋。"

"东山小姐一直在念叨温泉温泉的……好烦哦。"来栖转过头看着她。

"啊，来栖君想去吗？准时下班，乘大巴去泡温泉吧！"

"这个，我对年长女性有点……"来栖起身去洗便当盒了。

连玩笑话都听不出来啊……结衣浑身无力地趴在桌子上。那自己刚才开的这个玩笑是不是算性骚扰啊。

不，现在不是想这些的时候，应该好好研究一下如何一个个地把大家的加班时间减掉啊。左思右想着，结衣渐渐陷入梦乡。

"午休结束了哦。"来栖拍了拍结衣的肩，"拜托，别让我当人肉闹铃好不好。"

"谢了。"结衣摇晃了一下脑袋。随着睡意消散，一个点子在脑海中浮出来。

她从抽屉里拿出一块很老的电子表，设定了时间。还是新人的时候，她就用这块表管理自己的工作效率。

集中注意力，开始工作，效率就会较平时提高很多。结衣已经工作十年了，本以为效率不可能再提高了，但其实还是有提升空间的。其他的组员也一样，还能再进一步提高效率。

抬头看看墙上的时钟，已经到下班时间了。她关上了电脑，站起身。

"来栖君，你也下班吧。"

走出走廊，吾妻正一脸疲倦地从电梯里走出来。结衣主动问道："今天也要加班？感觉你的工作量有点太大了，明天我们谈谈吧。"

"不。没关系。"吾妻低着头，沿着走廊走远了。

感觉他在故意回避自己。结衣虽然有些在意对方的态度，但是再不抓紧时间，限时优惠就要结束了。她急忙冲进电梯。

上海饭店里已经坐满了熟客。结衣点了啤酒和麻婆豆腐套餐。

那个爱吃辣的大叔说，因为少子化[1]的影响，现在建筑行业很少有年轻血液了。所以就算是四十来岁没做过这一行的大叔，也非常欢迎。

"你们雇我吧。"爱吃饺子的大叔说。

"都说了，要的是四十来岁的人！"

---

1 指生育率下降，造成幼年人口逐渐减少的现象。

结衣听着这些，望着端到眼前的榨菜入了神。现在到处都缺人啊。最后再回头确认一下工作成果吧。结衣突然这样想道。

"别想工作的事。"

王丹咚的一声把啤酒放到了结衣眼前，用围裙擦着手说道。

"结衣自己决定的嘛，进了这家店，就不想工作的事。"

"抱歉。你说得对。"

啤酒杯冰凉，白色的泡沫欢快地上涌着。看到这一幕，结衣想：明天再努力吧！于是她端起酒杯一口气喝了下去。

十一月中旬的星期六，觑访巧来结衣家中提亲。

那天上午，两个人为寻找新房去了一趟房屋中介所。

"我想住这种房子。"

巧指着一户新建的两层高户型。因为是专请设计师设计的一户房子，室内装潢美得令人惊叹。不过房租也高达二十五万日元。

"刚开始一起生活肯定需要磨合嘛，彼此都会有些压力的。反正我们也都有工作，一上来就太节俭的话，感觉婚后生活会很不顺欤。"

听到巧这番话，结衣不由得感到一丝恐惧。要是努力赚加班费的话，说不定也能勉强租得起。不过这想法刚刚浮现出来，结衣就拼命地摇头驱散了它。不，即便如此，二十五万还是太贵了。

"我们下次再来吧。"结衣拉着巧跑出了中介所。

"将来我想有个独门独户的家。"去结衣家的路上，巧描绘着心中梦想，"就是像我家那种的。毕竟没仓库的话我那些跟兴趣相关的物件该没地方收了。然后还想要个车库……啊，这儿就是结衣家？"

结衣一边点头，一边暗暗觉得自家真有些寒酸。屋子又窄又小，也没有院子。车子要停在附近的月租停车场。而且时至今日，父亲还在还房贷。

"和结衣在一起，总觉得可以非常放松。"

巧眯了眯眼，一副"只要不是自己住这种地方就无所谓"的态度。

巧为人十分随和，结衣妈妈很快便和他熟悉起来，相谈甚欢。结衣的哥哥也来了，端起已婚人士的姿态，领着巧参观客厅。

结衣的父亲在客厅端坐等待。他还刻意把自己打扮得很休闲。晃太郎来提亲的时候他也是这么穿的。结衣想不通他究竟在装模作样个什么劲儿。听到巧说"请您允许我和结衣小姐结婚",他回答:"嗯。行啊。"

母亲准备了一场午宴,一家人坐在桌边,结衣的父亲一边倒着啤酒一边问:"巧君平时会打高尔夫吗?"

"不会呢。"

哦……父亲露出一个没趣的表情,母亲紧接着问道:"诹访先生平时在饮食方面有什么讲究吗?也不知道结衣做的饭菜合不合你的胃口。"

"我其实还没吃过结衣做的饭菜。"

"啊呀,是吗?为什么?您没在她家留宿过?"

"妈!现在别聊这个好不好。"

结衣慌忙喊停。其实她一直不太会做饭,自己也很少下厨,晚饭基本上就在上海饭店解决了。不过,结婚之后恐怕就没法这样了吧。

"啊呀,怎么还害羞了?诹访先生,这道炖鱼非常好吃,您尝尝。"

母亲起身去了厨房。结衣的哥哥趁机小声对巧说:"我妈做饭不太行,你别勉强。"

"没有这回事,很好吃。"

巧嘴上这样讲,却没动筷子。结衣看了看巧一直没动的筷子,抬起头时卟了一跳。她发现父亲竟然也在盯着巧的筷子看。

吃完午饭，巧就先走了。他最近很痴迷做树屋。结衣正在厨房帮母亲洗碗，哥哥突然从二楼跑下来找她："嘿，我发现个超古早东西，以前考试用的日程本！"

结衣擦了擦手接过笔记本。里面按小时规划了学习内容。从下午一点开始学习日本史，两点开始学数学——从早九点到晚六点，一整天的时间都规划得井井有条。

"当时我好努力啊！"

"嗯。真怀念。"

"幸好巧不是什么工作狂。这样晚饭也有人陪你吃了。我也就放心了。"

哥哥拍了拍结衣的肩膀。结衣"嗯"了一声，点点头。

这时候父亲走了过来，似乎是闲来无事，想让哥哥陪他下将棋。

"抱歉，我得回家了。答应了孩子要一起做咖喱饭的。"

哥哥慌慌张张地跑去玄关。

"你这孩子，好不容易回来一趟啊。哦对了结衣。"

结衣见父亲转身面向自己，以为他要揪着自己陪下将棋。正准备也找借口逃跑，父亲问道："你知道成吉思汗作战吗？"结衣突然停止了动作。

"啥意思？是烤肉店的名字？"

"不是不是。你不是之前查了英帕尔战役嘛！发动十万大军，但补给还不到十分之一，谁都看得出这场战役是有勇无谋，但却偏偏获得了军队高层的肯定，并最终得到执行……我又查了查那之后发生的事。"

"不想再听英帕尔战役的故事了，实在太让人难受了。"

不过，"成吉思汗作战"这名字听上去又莫名有种积极阳光的感觉。

"你听我说嘛。想要跨越险峻的山路，但车子、食物却都不够用了。为了打破窘境，牟田口司令官便想到了成吉思汗作战计划。"

"该不会是带了一堆牛呀马呀的，让它们驮装备，一旦食物短缺，就地杀了吃肉吧？所以叫成吉思汗作战？"

结衣如此打趣，却没想到父亲回答她："你竟然知道啊！没错，这就是所谓的成吉思汗作战了！"

父亲一脸认真。

"你呀，思路和那位牟田口司令官倒是很相似。算了，先不提这个。总之，为了填补食物的空缺，他们决定在当地寻找出路，调派大量的牛马……然而，在渡过一条大河时，一半的牛都淹死了。剩下的那些也彻底废掉了。毕竟它们走过的距离有从东京到岐阜那么远。而且还都是险恶的山路。所以活下来的牛一步都不肯前进，只能用火烧着尾巴，赶着它们往前走。然而，这些牛还是接二连三地跌落深渊，最终无一生还。这番成吉思汗作战计划就这样草草以失败收场。不过这个事还挺出名的。结衣不知道吗？所以说啊，你们这代人真是不懂战争。"

结衣其实想吐槽父亲：你不也属于不懂战争的一代吗！但最终她还是没有说出口。她也没觉得好笑。就算这故事发生的年代十分久远，却也给人一种不寒而栗的感觉。

"妈，我差不多该回去了。"

结衣对着厨房喊了一声。抓起外套向玄关走去。

"爸，英帕尔战役的事儿你就别再查了。"

"结衣。"

父亲突然十分严肃地喊住她。结衣转过身，发现父亲紧盯着自己无名指上的订婚戒指。

"晃太郎可是全都吃完了的。"

结衣一惊。其实她心里也和父亲想着一样的事。不过她尽量保持面不改色，回道："那个人给什么吃什么，练体育的就是那样子。"

"他还说会陪我打高尔夫。"

结果还是回到这一点上了？看来父亲确实更喜欢晃太郎。因为他们俩都是工作狂吧。

结衣叹了口气问："我说啊，为什么你当时每天都在公司待到那么晚呢？"

"干吗突然问这个？公司也是一个大家庭啊！就是这个原因呗。"

那在你眼中，妻子和孩子又算什么呢？想到这里，结衣回了句"我走了"，便离开了父母家。

双方父母都拜访过了，等到三月份案子结掉，就终于能结婚了。这次一定会结婚的。结衣仰望着天空中的卷积云，决定晚上吃一份秋刀鱼套餐。

又过去六个星期，实行了晃太郎建议的成本缩减策略后，星印工厂的案子暂未出现赤字，推进得还算顺利。

结衣也非常努力，每天会抽出五分钟，分别和全组每位组员谈话。如果工作上出现障碍，就一起想办法。虽然这种做法很老土，但却能脚踏实地将加班加点的行为扼杀掉。

想让所有人都准时下班的愿望的确实现不了，但好在能让组员们的工作时长一点点缩短……至少结衣是这样想的。

而后来被记为"吾妻事件"的那件事，就发生在还差两天就可以正月休假的年底。

那天一早，结衣就被贱岳打来的电话吵醒了。

"吾妻发来的邮件你看了吗？现在马上去看。"

结衣看看表，刚刚六点。她睡眼惺忪地打开邮箱。

"关于牛松先生关心的网络安全问题，所作对策如下。"

发件人是吾妻彻。收件地址是星印工厂网络责任人牛松翔。

"这，这是什么？"

结衣揉了揉眼：牛松关心的网络安全问题……是什么？

"我才想问啊！刚才我被宝宝的哭声叫醒了，爬起来就看到这封邮件。"

结衣滑动着手机屏幕，邮件下面是牛松和吾妻的邮件往返记录。她大致扫了一眼，顿时心下一沉。

"这不太妙啊。需要马上和星印解释清楚。"

"我也是这么想的。但是吾妻不接电话。我看了一下他的登录记录。吾妻现在应该还在公司。"

为什么这个时间吾妻还在公司？结衣立即换了衣服冲出家门。

整件事的经过是这样的：昨天下午，牛松收到通知，第二天一早需要针对"网页的安全问题"做报告。然而等他想起这件事的时候已经是深夜了。

牛松赶紧临阵磨枪，开始在网上搜索关于网络安全问题的资料，然后找到一个其他公司的网络责任人互相交换情报的平台。上面记录了不少令人深感不安的信息，牛松不由得担心起来。

"我们公司正在翻新的网页是不是也会遇到这些问题啊？"牛松想。

当时还是凌晨两点。牛松抱着侥幸心理拨了电话。接电话的正是不知为何还在公司待着的吾妻。牛松一股脑儿地把自己担心的问题全都告诉了吾妻。比如顾客信息泄露问题、是否有可能遭受黑客攻击的问题，等等。

吾妻一直查找相关资料到了凌晨四点，然后擅自回信："只要委托专业公司设计，就能获得最高等级的安全检测。"

"虽然是场硬仗！但是我顺利完成了！"

结衣乘着电车，看到吾妻发来的报告邮件里这最后一句话，感到头晕目眩。要想做更高级的安全检测，需要花不少的一笔钱啊。

从车站一路跑到公司时是七点。她看了看吾妻的工位，人已经走了。

"吾妻呢？"

一回头，晃太郎正站在她身后。贱岳貌似也联系了他。和结衣不一样的是，晃太郎习惯跑步上班，所以气息一丝不乱。

"好像已经回去了。"结衣回答。晃太郎一脸无奈地叹了口气。

"来上班的途中我已经给牛松先生发送了一条解释纠正的邮件。"

"不愧是种田先生，速度真快！"

话是这么说，可结衣心里仍然担忧"会不会已经太迟了"。晃太郎似乎察觉到了结衣的不安，抬头看了看时钟。因为邮件里提到了，星印早上的会议是六点开始。

"结……东山小姐，请给星印打个电话吧。"

结衣听从晃太郎的指示给星印打去电话，但眼下还未到正式工作时间，所以一直无人接听。她只好不停重拨。晃太郎发送给牛松的那封邮件也抄送了结衣，她看了看邮件内容："牛松先生。若需达到吾妻回复您的安全检测等级，还需向贵司再追加二百万日元。以上。"

要是正在开会的牛松能看到这封邮件就好了。但目前看来希望很渺茫。

就这样，一直重复拨打电话到了九点。福永来上班了。他故意看了一眼吾妻的工位说："吾妻真不容易哦。"

正在此时，桌上的电话响起，结衣立即接起电话。

"喂？是东山小姐吗？"电话那头，牛松的声音听上去十分轻松，"您辛苦了。昨天晚上多亏吾妻先生的紧急回复，我顺利在会上做完了报告。"

结衣绝望地闭上了眼。他已经做完报告了啊。

"您看了种田先生发给您的邮件了吗？"

"种田先生的邮件？没有啊，我一直都忙着开会。"

结衣复述了一遍邮件内容，牛松的声音变得虚弱起来。

"怎么这样……我刚报告过可以在预算内做到……结果你们又改口说要加钱……"

"牛松先生，提出了新的条件，当然需要加钱。"

结衣忍不住用教育新人的口吻回答他。

"东山小姐，把电话给我。"

福永走上前，一把抢走了结衣手中的听筒。面对牛

154

松的哭诉，他一个劲儿地点着头。

"嗯嗯，吾妻也有不对的地方。他没跟您讲清楚。"

"福永先生，我们不能主动背黑锅啊。"

这一次很明显是牛松有错在先。深夜打电话过来咨询，而且在没看到报价单的情况下就直接上会报告"预算内可以实现"，实在是太过草率了。

可是福永却说："您放心，我们会想办法的。"就挂断了电话。

"牛松先生可吓坏了！要是他再去上司那里改口说要加钱，肯定会遭批评的。"

遭受批评难道不正常吗？这是星印工厂自己的问题，和我们并无关系啊。

"能不能想想办法？"福永根本不看结衣一眼，直接对着晃太郎问道。

晃太郎躲开了福永的视线，盯着地板。他究竟会怎样回答呢？

这六个星期，晃太郎用尽所有办法，努力不让案子出现赤字。他已经拼到极限了。就算让他想想办法，也是徒劳。他一定很烦恼，不知道该如何说服福永吧？结衣忍不住开始同情起了晃太郎。

"好的，我会想办法。"晃太郎说。

"什么？"结衣以为自己听错了。

"我们会做检测，不过只能是最低级别的。我们就用这个条件说服星印吧。"

"等一下。就算是最低级别，也需要追加费用的。"结衣慌忙制止他。

"不会出现赤字的，我们再压缩一下成本。"

这个案子正逐一顺从着牛松强加的各种无理要求。

"种田君，多谢了。东山小姐，你也应该感谢种田君。因为没有妥善管理好吾妻的工作，你需要负全部责任。"

这话是什么意思？我每天都会和组员谈话的啊。

"吾妻君每天晚上都住在公司。这件事，东山小姐应该不知道吧？"

"啊？住在公司？"结衣大受震撼。

"是啊。他回家也就只是换一下衣服。大部分时间都是住在公司的。"

所以牛松深夜两点钟打电话过来的时候，吾妻仍然在公司逗留。

"种田君看不下去了，只能在暗中帮助他。"

结衣望着晃太郎。这些她都没听说过。

"东山小姐真是对下班后的公司状况一无所知啊。吾妻君已经拼得接近崩溃了，所以才会出现这次的情况吧。"

福永大声叹了口气，扔下这句话后回到了自己的工位。结衣盯着晃太郎，一肚子都是无法发泄出来的怒火。

"你为什么不告诉我？"

"吾妻让我不要告诉你。"

"可是，我看他每天下班打卡的时间都是晚上八点啊。"

"他打完卡会继续工作。有时候太累了就申请带薪休假，下午再过来。周末上班也不申请加班费。所以从工时上看没有加班记录。"

"这不就成了无偿加班？"

的确，吾妻时常下午才来上班。竟然是前一晚加班工作到深夜，太过疲劳的原因吗！结衣严格遵守规定，从不询问组员带薪休假的请假理由，却没想到反而害了自己。

"那家伙工作能力真的不行。我不帮他的话，他根本做不完啊。"

此时结衣的手机响起来，是吾妻发来的邮件。

"因为深夜努力解决了一桩大事，所以今天中午十二点再来公司。"

邮件末尾附上了一个满头大汗的表情。看来他还不知道自己深夜解决的这桩事导致了怎样的后果。

"这家伙真是让人没辙啊。"

结衣扭过头，发现晃太郎笑嘻嘻地看着手机。那眼神充满对笨蛋后辈的怜爱之情。察觉到结衣正看着自己，晃太郎立即收起了脸上的笑意。

想去泡温泉，想把这烂摊子甩在脑后。

"东山前辈！我弄完了。"来栖走了过来。

看来他提前做好了原定中午前完成的会议记录。结衣暂时把温泉从脑中赶走，说了句："谢谢，我马上看。"

"那我这段时间先去回一下邮件……嗯？我脸上粘什么东西了吗？"

"没啦。只是觉得你进步很大。看来是我教育得不错。"

"难道不是我天生优秀吗？"

来栖一本正经，结衣轻轻捶了一下他的侧腹。

"您这属于职场骚扰哦。"来栖这样说着，咧嘴笑起来。

最近他不再提辞职的事了，工作方面也逐渐抓住了节奏。或许正如人事所说的那样，是个未来可期的人才。

此时，结衣桌上的电话响了起来。是专线电话。打过来的是公司人事部门的一位女性，对方气场极强，一句寒暄都没有，开门见山地说道："贵部吾妻先生的超时工作问题很严重。"

"啊，您已经注意到了啊。真不愧是人事部门。"

结衣笑着回答。然而对方却完全没笑。

"总务部已经申诉了。整个公司的暖气要为他一个人开一整晚。我司所在的写字楼在结构上无法做到分区域供暖，所以电费和取暖费骤增，还有宣传部门……"

"宣传部门怎么了……"结衣按着太阳穴，心想怎么还有其他部门申诉啊。

"常务丸杉先生明天要接受采访。预计要讲的内容是：社长正努力打造一个良好的工作环境。"

讲完女性飞跃，这次又要讲改善职场环境了吗？净是些迎合大众关注点的计划啊，看来丸杉真的很会钻营，结衣心想。

"丸杉常务听说吾妻先生超时工作后，据说非常生气，要求马上处理。"

"但……可是丸杉先生自己硬要接一桩会导致员工超时工作才能完成的案子欸。"

"那我可不知道。总之，从明天开始，每晚八点之后我们会关掉暖气。"

"可接下来会越来越冷啊，你们也要这样做吗？"

"八点前下班不就没问题了。"人事部的女职员丝毫不留余地地回答，"最后一个问题是我们人事这边需要确认的，吾妻先生的行为属于无偿加班对吧？"

　　"这种事您去问福永先生吧。"福永是领导，默认吾妻这些行为的也是他。

　　"问过很多次了！可是他坚持说自己太忙了没时间。倒是东山小姐看上去挺闲的对吧，您不是会每天准时下班去喝啤酒吗？"

　　结衣忍不住翻了个白眼：怎么，酒都不让喝？

　　"这件事解决不了的话，明年可能不会给您升职加薪了。"

　　"等等，您别说得这么可怕好不好。"

　　人事部的女职员已经挂了电话。结衣忧愁地将听筒扔回到电话上。

　　她想起了巧认真考虑那套租金二十五万日元的房子的样子，又想到自己刷信用卡付的露天温泉的账单差不多也要来了。这时候告诉她"不会升职加薪"……就算只是恐吓也挺吓人的。

　　此时，手机又突然响了起来，这回又是谁啊。结衣看了一眼，是柊。他们一直都是邮件联系，怎么突然？结衣一阵忐忑，赶紧按下接听键。

"结衣姐？"

两年没见，柊的声音听上去十分微弱。结衣问："怎么了？身体又不舒服了吗？"

"关于福永先生，我还有新的信息要补充。"

"不能这样啊小柊！之前不是说过别再查了吗？"

来栖有些吃惊地看向结衣。结衣跑到了办公室外。柊在电话那头声音沙哑地说："这次是为了我自己。我也希望早点从现在的自己——从家里走出来。所以，我咬了咬牙，去见了福永公司的一个前员工。"

"你们见面了？"结衣按住胸口。

"是……我走出房间，走出家门，去乘电车。两年了，这是我第一次走出来，紧张得要命。但对方也是一步都不肯走出家门的，所以只能是我去主动找他。"

柊的声音的确很虚弱，但是又带着一些亢奋。

"福永的公司有不少员工无法再回归职场。我哥辞职之后，所有人为了完成工作都陆续开始留宿公司……我哥知道这种情况，所以才会对那些被留下来的成员心怀歉意吧。"

所以，他才无法对吾妻袖手旁观吗？

"我知道了，小柊，你真的很努力！"

结衣这句话是发自真心的，柊能迈出这一步，真不知道花了多大的勇气。

"不过接下来的事就交给我吧！我会一直好好关注着你哥哥的，你好好休息吧！"

结衣挂了电话，心头涌上一阵愧疚。好好关注着他……其实是骗人的。

福永说得没错。结衣完全不清楚下班后公司是什么样子。还有吾妻完不成工作的事、晃太郎暗暗帮他的事，这些她都不知道。

吾妻来公司时已经过了十二点。

估计他在来公司的路上看到邮件了，也知道自己捅了娄子，所以脸色发青。晃太郎对福永说了一声"我来处理"，就带着吾妻走进了会议室。

过了一会儿，吾妻从会议室里走出来，脸上带着有些无力的笑容。

"哎呀哎呀，我可真是输给种田先生了。"

"下次再有什么事就先来找我谈谈吧。"晃太郎拍了拍吾妻的肩膀，"就算深夜也没问题！"

正在那时，结衣注意到吾妻的眼睛瞟向办公室入口。

是贱岳正走进办公室。她忙不迭地行着礼，一边说着"抱歉迟到了"，一边坐到自己的工位上。结衣发现吾妻望着贱岳的眼神有些不善。

晃太郎真把吾妻的思想工作做好了吗？话说回来，吾妻为什么干到三更半夜都做不完工作呢？交给他的工作并不多啊。

目之所及，来栖刚打开便当盒。结衣确认了一下周围没有其他人，便连人带椅凑到来栖身边小声说："来栖，我想让你跟着吾妻先生学一天系统设计。"

"唔？"来栖嘴巴里塞满了食物，"一天？可是吾妻先生才刚到啊？"

"是……所以你肯定得加班了。拜托！仅此一次！"

今晚晃太郎要去和之前合作过的客户吃饭，所以组内只有吾妻会留下来加班。

"嗯，好吧。毕竟一直在受东山前辈的照顾。不过真的仅此一次哦！而且我不会无偿加班的。"

"明白！具体情况我们发邮件！"

结衣一边退回自己的位置，一边看了眼来栖的饭盒。里面整整齐齐地摆着浅黄色的蛋卷。她心中油然生出一股羡慕之情。午饭就在外面解决吧。

第二天六点，结衣被来栖打来的电话叫醒。

"岂止是加班，我一直熬到今天早上！"

结衣赶紧梳洗整理后跑出门， 赶到公司附近的咖啡厅时是八点。来栖正吃着早饭等她。清秀的脸上透着疲态。

"抱歉，让你久等了。这单我来结。"结衣拿过桌上的小票，"吾妻呢？"

"他回家了。"

结衣前一天只是告诉吾妻"想了解一下你的工作"。吾妻听罢一脸警惕。但当听说跟着他工作的是来栖，吾妻便爽快地回答"要是他的话还可以"。

"我不懂东山前辈的意思。这种学习根本没意义。"

来栖拿着叉子用力戳了戳盘子里的香肠，他接下来的报告内容比结衣预想的还要可怕。

"吾妻先生不是中午才来吗？从那会儿开始，他的效率就低得可怕。"

来栖下午一点钟开始跟着吾妻学习。当时吾妻正在检查邮箱里的邮件。

"他就那样查到了晚上六点。每一封都要花费超长的时间。回复顺序也是乱七八糟。公司内的什么休闲聚会的参加申请他回得很欢，可是星印发来的那种比较难啃的麻烦邮件他却一个劲儿拖着不回。"

这些都是结衣常提醒来栖注意的点，可吾妻明明是前辈，却明知故犯。来栖对这一点似乎很生气。

"到了晚上六点，我以为他总算要开始设计工作了，结果他去了便利店。"

"便利店？"

"而且在营养保健药品区待了十五分钟，挑来挑去。最后选了维生素、锌和血红素什么的。他说今天工作得这么累，得好好补充养分。回到公司还没做几分钟设计，八点钟别人都走了，他又闹着要吃饭。我以为他在一楼食堂那边吃个晚饭就算了，结果他说不吃肉他扛不住这么大的工作强度，于是去了家超正宗的成吉思汗烤肉！"

"成吉思汗……"

结衣小声念道。附近的确有一家，她曾经去过。

"据说那家店能吃到新鲜生羊肉，所以很有名。肉确实是好吃的，但是吃完回来已经是十点钟。他大概也就专注了十五分钟，又回到邮件上去了。其中甚至还有很多是私人内容，因为我看见有什么聚会一类的词。然后，十一点又去泡澡了。"

"暴走了？"

"是去泡澡了！单程就要花二十分钟。吾妻先生甚至还洗了个岩盘浴！午夜十二点，总算回公司了，结果好像系统出了点问题，他为了搞清楚，花了三个小时上网找资料。"

三小时。结衣叹了口气。要是白天的话，这种事问一下福永或者晃太郎，一秒就解决了。

"我昨天不是一早就来公司上班了嘛，所以到凌晨三点钟的时候精神已经涣散了。于是吾妻先生还把睡袋借给我。还说什么公司冬暖夏凉，特别适合过夜。"

"你睡了？"

"哪敢啊！我怕真睡过去了东山前辈会杀了我，于是拼命用笔尖戳着大腿保持清醒。结果吾妻彻底丧失了注意力，钻进睡袋睡着了。他一直睡到五点，然后搭首班车回家了。他准备回去的时候，我问他进度落后了怎么办？"

问得好！不愧是来栖！

"那他怎么说？"

"他说反正种田先生肯定会帮的，不要担心。"

结衣彻底哑巴了。她知道自己应该说点什么，但嘴巴却动不起来。

"啊，还有，他说自己太累了，今天也要过中午再来公司。"

"……是吗，让你受累了，真对不起。今天给你算调休，我来申请。"

来栖疲惫地点了点头，看上去已经累得不行了。他拎着自己的外套默默站起身，语气老成地嘟囔道："那种人……估计还有很多吧……"

望着来栖离去的纤瘦背影，结衣低低念了一句"对不起"。

如果是自己留下来加班，吾妻应该不会露出本来面目的吧。所以她才请来栖出马。可是昨天那一幕幕，本不该让一个新人看到啊。

到了公司后，结衣径直走向吾妻的桌子，看了看他的桌面。

椅子下面塞着一副睡袋，桌上扔着一本泡咖啡的指南书、一棵枯萎的仙人掌。私人物品围着他的电脑摆了一圈。甚至还有一张CD，上面用圆珠笔草草写了"疗愈音乐"几个字。结衣盯着那张CD发呆。

这里好像过去——哥哥当年考大学时备考的那张桌子啊。

电脑显示器旁边扔着一张烤肉店的名片。

父亲讲给自己的那个"成吉思汗作战"突然出现在脑海中，结衣顿时感到意志消沉。什么杀牛宰马啊！这战斗究竟哪里辛苦了！明明还没开打就耗尽了一切不是吗？！

哥哥也是这样，整宿不睡地学习，但是成绩一直在下滑。

结衣试着在吾妻的桌前躺倒感受了一下。地板硌得后背生疼。电脑主机风扇的噪声扑面而来。天花板一片无机质的白色。

这种满是灰尘的地方，吾妻觉得"特别适合过夜"？他是认真的吗？一阵空虚感突然袭来。如果这么睡下去，再加上入夜后关闭空调，身体肯定会垮掉的。

"你在干吗？"

晃太郎俯视着结衣问。她回了句"没事"，立即站起身。晃太郎以前也经常在公司过夜，不过他连睡袋都没有，随便用几把椅子拼一拼就躺下了。

结衣把那张烤肉店的卡片撕碎扔掉，回到了自己的工位上。她从抽屉里拿出那只很旧的电子表。那是自己入职的时候哥哥送的。

结衣下定决心，要用这只表改变吾妻。

午休时，结衣去了一趟人事部。之前给结衣打电话的女职员刚好准备午休。

"关于吾妻先生长时间工作这件事，人事部是下定决心要处理了对吗？"

听到结衣这样问，人事部的女职员一脸讶异地回答："啊，是呀。"

"这样的话，我想申请用一下那个房间。"

人事部的女职员面有难色："那个房间只有在社长出差和人事研修的时候才能借用……"然而结衣却丝毫不泄气，软磨硬泡地恳求。估计对方也担心再磨下去自己的午休都要结束了，于是女职员给总务部和社长室分别打了电话，申请下来了一晚上的使用许可。

午休结束后，吾妻终于来上班了。结衣将一张绘着地图的纸塞给了他，那上面标的是公司附近的一家酒店的地址。

"你今晚可以住这家酒店吗？"

听结衣这样说，吾妻露出十分迷茫的神色。

"你不是每天晚上都住公司吗？从今天开始，晚八点后公司会关掉暖气。你再住公司会感冒的。"

"啊？要关暖气？"吾妻的表情一下子暗淡下来。

"我也请求人事部通融了，可惜……"

她没有说谎。的确是请求通融了的，不过对方并没有顺自己的心意。

"是吗，那就多谢了。"吾妻毫不犹豫地收下了那张地图。

结衣突然感觉背后有一道视线盯着自己。她回过

169

头，发现晃太郎正一脸狐疑地望着自己。结衣用手指了指会议室，示意他去里面谈谈。

关上会议室的门后，晃太郎转身问道："昨天你让来栖侦查吾妻了对吧？我昨天出去应酬之前看到了。你要对吾妻做什么？"

"我有我的考虑。"结衣回答，"我想拜托种田先生一件事。请你不要再帮吾妻去做工作了。"

晃太郎轻笑了一声。

"我不帮他，他根本做不完。"

"可是只要种田先生一直帮他，他就会一直在公司住下去。"

"那家伙从以前开始就没有工作能力，他在之前的小组也是这样。不论怎么做都改变不了吾妻的。他以后也是一样没能力。"

结衣的表情有些僵。她本以为，晃太郎之所以帮吾妻，是因为他对前公司的同事们心怀愧疚。但事实或许并非如此。晃太郎之所以这么做，可能只是因为他一开始就判定这个人是个废柴。

"可是，公司不是家。也不是该留宿到第二天的地方。"

听结衣这样讲，晃太郎脸上的笑容消失了。他眼神锐利地盯着结衣："哦！两年前除夕夜的那件事你还耿耿于怀？"

"不是。"

两年前的除夕夜，结衣是在晃太郎的公寓过的。他们原本约好要一起看红白歌会。可是一直到"红白"结束，跨年节目也结束了，晃太郎仍旧没回来。最终，结衣将外卖的荞麦面碗洗好放在屋外，回了自己家。

凌晨三点，晃太郎一通电话打了过来。"不就是过了十二点而已吗？"他在电话里发着脾气。结衣一声没吭地挂断了电话，钻进被子里睡了。真是最糟最惨的一个新年。

"总之，我会改变吾妻的。请你老老实实看着就好。"

结衣走出了会议室。她告诉自己："要拿出勇气来！"二十年前的哥哥，不也是自己改变的吗？而且自己也比新人研修的时候更成熟了。这次一定不会失败的！

第二天，结衣八点四十五分到了公司，看到来栖正迎面跑过来。

"吓死我了！吾妻先生竟然来了！而且好像八点就到了！"

结衣点点头。她道了声早安，将包放在了吾妻的座位边。

"东山小姐……那……那是怎么回事啊？那家酒店……"

"那地方不错吧？我新人研修的时候也是住那家酒店。"

"我三点……才睡下……结果没到七点，从朝东的窗户那儿，就射进来一阵超强的、能杀人的阳光……我有试过再度睡下，结果光线越来越强。我只好爬起来上班了。"

"嘻嘻嘻。小黑当时也是这么说的。"

石黑是大学中退生，所以他是和晚自己两年入职的结衣他们一起参加的新人研修。当时大家住的就是社长亲自挑选的那家酒店。研修时间是在四月份，所以早上五点钟，房间的玻璃窗已经明亮夺目了。于是结衣和石黑，不，是当时住进去的所有新人，在研修结束之后都强行养成了早起的习惯。

时至今日，社长出差前一天也还会住到那家酒店。因为是一人入住，所以他担心自己早上会睡过头。于是公司的总务部门就干脆将这间屋整年都租了下来。

"那我们就开始吧。"

"欸，开始什么？"

"工作。"结衣把工作表放到了吾妻桌上。

"这些，下班前请全部完成。"

"啊？这么多？今天一天根本做不完的啊！"

"没问题，吾妻先生肯定能做完。"

结衣将那副老旧的电子表摆到了吾妻电脑边上。

"正好九点钟。每过一小时，计时器就会响。在那之前，先完成第一个小时要求的工作内容。顺带一提，这个内容量我可以在三十分钟之内完成。"

最后这句说出来是不是有些多余呢。结衣正如此思索时，发现吾妻眼中似乎燃起了斗志。他开始默默敲起了键盘。

结衣也开始了工作，她不时看一眼吾妻的状况。吾妻时不时瞟着电子表的时间。眼看规定时间要到了，吾妻的额头不由得蹙起。哔哔哔……闹铃声大作。

"啊！"吾妻抱住脑袋，"就只差一点点了！！"

"那我就再稍等你一会儿吧。"

结衣重新设定了时间。

"不过吾妻先生很棒嘛！真的做到了……啊，已经做完了？那进行下一部分工作前，先检查一下邮件吧。这次限制在十五分钟之内完成。"

"呃，但是，新邮件有三十封……"

"从最紧急的开始回复。不紧急的可以在下午注意力下降的时候再回复。为了节省时间，书写、阅读方面也尽量简明扼要。好，预备——开始！"

计时器开始走起来，吾妻马上扑到电脑前处理起了邮件。

计时器第三次响起时，正好到了午休时间。结衣一把拉住正准备逃命去吃午饭的吾妻的袖子，把准备好的便当塞给了他。

"这次我请客。午饭时间三十分钟，再加上去洗手间的时间。还有十五分钟，用来午睡。这样可以恢复注意力，保障下午的工作效率。"

吾妻痛苦地坐回到位置上开始吃起了午饭。结衣挨着他一起吃饭。她一边喝着茶，一边意识到晃太郎正看向自己这个方向。她心中默念：你就乖乖看好吧。

新人研修的时候，社长如此教育她：如果有时间限制，大脑会自然而然地省略掉那些多余的工作。后来，结衣也是这样告诉来栖的。

"真不错！越来越顺利了！下午把效率再提一个台阶吧！"

下午的工作时间过去一半，时钟也重复设置了好几次。结衣告诉吾妻："工作要尽量往前赶。这样一来，如果身体不适，或者家里面有什么需要打理的，就能放心请假了。想泡温泉的时候也能说走就走！"

吾妻双眼不停地转着。或许他是头一回体会这种集中精神投入工作的做法吧。不过他的确很努力，眼下已经是五点四十五分了。可是还差一点就能胜利的时候——

"我干不下去了！"吾妻惨叫道，"休息休息休息！"

福永凑了上来。"吾妻君，发生什么事了？"

"请您别过来，"结衣扭头对福永道，"这是我和吾妻先生的战斗！请您不要插手！"

吾妻瞅准了这一瞬间的空隙，突然行动了。他一头从结衣胳膊下钻过，冲了出去。结衣追上去一把拽住他的胳膊。吾妻拼命挣扎，虽说他比较弱，但到底是男人。结衣拼尽力气扯着他。

"别跑！疼，你还咬我！喂！你别想跑！"

她的声音在办公室回荡。闹到这种地步，看来更不能草率了之了。

"我说啊！吾妻君！你看看！你看看表！马上就要下班了。只差一点点而已啊！加油把活干完吧。这样你就能回家了！你就能准时下班回家了啊！"

"我不！我浑身疼死了！我要去按摩！工作我加班

做完就行啊。到晚上那会儿时间要多少有多少！"

"就因为你自己加班到深夜，给大家添了多少麻烦！你都忘了吗？"

三谷从自己的工位上站起来。

"你闭嘴吧大妈！"

"大妈……你怎么说话的……我们不是同岁吗？！"

"那我告诉你们，我为什么要加班到深夜！"

吾妻一边挣扎一边拼命大吼道。

"就是因为你们这帮女人！把属于我的一切都抢走了！又是产假又是育儿假，一点活都不干就能白拿钱。然后还搞出什么女性跃进计划！当女人可真好啊，处处都能受优待。接下来要是还爬上了高管的位置，那我们男人怎么办？公司可是男人的家！只有这里是我的归宿！"

他使出浑身力气，拼命甩开结衣的手，继续吼着："你也一样！"

吾妻眼中熊熊燃烧起仇恨的火焰，怒视着结衣。

"就因为管理部的石黑喜欢你，就能升职做负责人，还把工作都推给同事们去做，发生什么事都非要准时下班，然后慢条斯理地喝酒。同事们都说，你搞这些特殊就是因为和石黑有外遇！还有人说看到你就烦得连活都不想干！”

结衣紧盯着吾妻。她知道有人背后对自己指指点点，所以并没觉得很受伤，但是……准时下班后喝杯啤酒也是什么大罪过吗？

“你适可而止吧。”

晃太郎低低说了这么一句，掷地有声。他向这边走过来，语气中带着一丝劝诫。

“你这副模样，不觉得自己很丢人吗？我来告诉你，为什么她能做负责人。因为石黑先生挖我来这家公司的时候就说过，整个制作部平均每小时内工作效率最高的人是东山结衣。的确，她在公司工作的时长比较短。工作速度也并不是出类拔萃地高。但是她进公司这十年间，始终坚持一点一滴、脚踏实地地提升着自己的工作效率。所以，你们之间在工作能力上就有差距，明白了吗？”

结衣感觉心下一凉。

“种田先生，不必说到这种地步吧……”

不出所料，吾妻眼中光芒顿失。

“我知道自己比不上种田先生。可是输给这种女人，这种吊儿郎当工作的家伙，我绝对不接受！”

吾妻眼中盈满了泪水。此时决不能再犯新人研修时犯过的错误了！想到这里，结衣道：“你不必接受啊。”

她走近吾妻。

"因为，吾妻先生其实只是还未发挥真正实力而已，对吧？你今天的工作效率就非常高啊，按照这样的速度，你肯定轻轻松松就能超过我了。"

"啊……呜……"

吾妻盯着结衣看了几秒，立即开始猛烈摇头。

"不，就算你这么说，我还是没法准时下班……"

"为什么？"结衣发自真心地问道，"只要你想，就能准时下班啊，为什么做不到呢？"

"因为……因为我是个废柴。我心里其实很清楚，很清楚！所以我才要等大家都走了，挨到深夜才工作。我不想让大家看到我工作的样子！"

吾妻闭上了眼。他仿佛将心底里长久以来积压的淤泥都吐出来一般。

"我不想在大家都在公司的时候来上班啊！！"

"……这样啊。"结衣决定将吾妻心中的郁结全盘接收，她紧紧握住吾妻的手，"原来吾妻和我想的一样！"

"欸？"吾妻瞪着结衣，"一样？和谁一样？"

"和我一样啊。每当快要下班的时候，我就心慌得不得了。我打从心底里觉得，大家都认为我是个没有工作能力的人。"

事实上也的确有人这样认为。结衣垂下眼补充。

"可是，我只能相信自己。相信自己今天已经努力工作了、明天自己会进步的。我逼迫自己去相信这一点，这样才能准时下班回家。"

吾妻低下头，他看着自己本日的工作进度表。那双犹豫的眼睛有一瞬变得安稳了些。

然而，"可是，我这种人就算再怎么努力……"他怯怯地望着晃太郎。

吾妻的工作能力从过去开始就不行。晃太郎这样评价他。他还说吾妻以后也仍旧扶不起来。晃太郎的这种冰冷的态度，吾妻早已敏锐地察觉到了。

"能做到的！"

结衣晃了晃手，让吾妻的视线回到自己身上。

"吾妻君一定能做到的！就算你自己不信，我也相信你能做到！你要相信明天的自己！鼓起勇气，我们一起打卡下班吧！"

温热的眼泪一滴一滴落在结衣的手背上。

"准时下班是勇气的证明啊！"

结衣再次用力握住了吾妻的手。他无声地哭了。

吾妻彻，三十二岁，和结衣同龄。毕业后工作三年，从公司辞职。第二份工作又是三年，再次离职。离职半年后，他进了这家公司。为何会两度跳槽，又为何待业半年，这些原因结衣都不知道。

可是，望着吾妻，结衣意识到了，或许，这个人从未打心底里信任过任何人吧。

吾妻回去后，办公室瞬间空了下来。"听了你那番话，谁都不好意思再加班了嘛。"贱岳拍了拍结衣的肩膀走了。

后背僵得要命，结衣拼命伸了个懒腰回到了自己的工位。

结果，自己的工作连一半都没做完。她打了三十分钟的字，发现电脑屏幕已经染上了霞光。看来自己真的不太适应加班，结衣搔了搔头。

这时，身后突然伸出一只手，夺走了她放在桌上的进度表。结衣一回头，发现晃太郎站在自己身后。她刚"啊"了一声，只见对方一把将进度表撕成两半，把上半部分还给了结衣。

"下半部分我来弄。你把文件传我一下。"

晃太郎在来栖的位置上坐下，用自己的账户登录了电脑。

"不用了。我自己做就行。"

"吾妻的事，我也要负责任。就当是为今天的所有事还你个人情吧。"

"福永先生呢？"结衣环视办公室，没有看到福永。他又把工作扔给了晃太郎。

这十年间，自己从来都没把工作推给同事去做过。

可是，为了保证能每天准时回家，那么除非紧急情况，否则结衣会拒绝接受上司毫无规划的指示，以及工作时间之外被指派的任务。这么说来，这或许也算是"将工作推给了同事吧"。但是，一旦开了这个头，就永远没有尽头。如果没有人去拒绝，那谁都不会想要去减少冗余的工作了，不是吗？

晃太郎平静地说："福永先生下班了。听了你那番话，他深受刺激，所以已经回去了。所以没人知道我帮你分担工作。"

结衣迟疑了片刻后，点了点头。就算逞强自己来，也只是徒增加班时间而已。她将文件添加到邮件中，发送给了晃太郎。

"收到了……说起来，这东西真叫人怀念。一看就有种 20 世纪 90 年代的感觉。"

晃太郎对着那个电子表抬抬下巴，结衣的目光也落在了它身上。

"这是我哥准备考试的时候用的。"

当时，哥哥一直闷在房间里学到深夜，可是成绩却完全上不去。结衣有些纳闷，于是趁哥哥去厕所的时候偷瞄了一眼他的房间。桌上乱七八糟地放着收音机和漫画，还有游戏机。看来他根本没在专心读书。

"那时候的哥哥，和吾妻君很像。"

"你说宗介和吾妻很像？"晃太郎打字的手并没停，"开玩笑吧！"

"我觉得他是压力太大了吧。爸爸明明很少回家，可是一见到哥哥就只会数落他成绩又下降了。"

其实哥哥也很努力。可是爸爸夺走了他的自信，于是他只好一味地逃避现实。

"不过，用了这个电子表之后，他开始训练自己，在限定的时间内集中注意力学习。从那时起，他的成绩开始突飞猛进，最后考上了比自己当初预定的志愿校还高两级的大学。他现在已经在一家有名的制造公司做课长了。我家哥哥真的很厉害吧！"

"那是因为他本来就很优秀啦。你照搬他的情况套到吾妻身上也没用的。"

晃太郎停下手，望着结衣。

"其实，昨天接待客人的那个饭局，石黑先生也来了。续摊的时候，他喝醉了提到你。他说，你之所以讨厌升职，是因为新人研修的时候有一个管理团队工作进度的演习，当时，你好像和同期们的关系处得不是很好……"

石黑你小子！结衣咬了咬牙根低下头。怎么净说些没用的！

结衣从小就看着工作到深夜才回家的父亲，一点点长大。她对这种行为心怀疑惑，于是读大学时选择了商学部。

可是，教授们都只会讨论公司员工的工作效率是否低下，如何得出工作效率的计算方法等问题，结衣心中的疑问并未得到回答。在此期间，她注意到了：这些大学教授中的大多数，其实根本就没在公司当过职员。

所以，当结衣入职这家公司，并在新人研修的演习环节拿到了负责人一职时，她准备将哥哥高考时的学习方法也搬到演习上尝试一下。她想：只要设定一个时限，每个人的工作效率应该就能提高吧。

她很想知道，公司职员是真的无法准时下班吗？

这家公司的社长是不支持员工长时间劳动的。那么她这样的尝试应该很受欢迎才对。就算没能在限定的时间内做完工作，但只要观察一下剩下的工作量，就能明白自己的工作效率大概有多高了。就像哥哥那样，一边检讨自己未能准时完成工作的原因，一边就能提高工作效率了。这样一来，大家就都能准时下班了。

然而，扮演组员角色的同期们纷纷拒绝了结衣的建议。

用数字明确地展示个人的效率——或者说工作能力，而且还要摆在所有人面前展示，这也太羞耻了。这不就是在霸凌工作能力差的同事吗？这样还怎么进行团队合作呢？大家这样指责她。

可是，如果光顾着平等，就没法提高效率啊……

结衣如此解释，同期们对她的态度纷纷冷酷起来。还有人跳出来指责她：

那你自己能力怎么样呢？你能在规定时间内完成工作吗？

结衣无法反驳对方。在同期入职的同事中，她绝对不算工作速度快的那一类员工。

研修结束后，同期们相约一起去相模湖钓鱼，去迪士尼乐园玩儿。虽然他们也问了结衣，可是结衣并没去。

那时，她感到备受挫折。她知道自己没有能力让别人准时下班。她也明白了，自己不具备成为领导的能力。所以，她再也不想出人头地了。

"在一家公司里，可不是所有人都希望自己工作能力更强的。"晃太郎一边敲着键盘一边说道，"那种明明工作上的改进空间很大，但却不愿面对的人多得是呢。想改变这种人是不可能的，白费功夫。"

白费功夫。这句话令结衣感到心口沉沉的。她自己也是这么想的。随便吧，无所谓……反正只有自己一个人把电子表摆在桌上，日复一日地慢慢提高着效率。只要自己能准时下班就好了啊。她一直都是这样想的。和晃太郎不欢而散后，她变得更加厌恶干涉别人工作的行为了。可是——

"从小学高年级开始，我一直一个人在家。"

结衣再次将目光投向电子表。

"爸爸一直把公司当家。妈妈也很想从家中逃离，于是她就在超市打工到深夜。我放学回到家里，餐桌上总是摆着用保鲜膜包好的盘子——所以，有一天我抱住哥哥大哭，说自己想有人陪着吃晚饭。哥哥想了想，然后就拿着这个电子表过来了。接下来的故事就和刚才说的一样……为了家人，为了朋友，只要真心去努力，人就是可以改变的。或许我一直都相信这句话吧。"

结衣注意到自己的声音有些发抖。

"按时完成工作，下班回家，去和重要的人相聚，去放松休息，去吃美味的食物……我希望大家都能过上这样的生活。我以前觉得，等长大成人，进入公司工作，我也一定要这样做。我不是在说梦话……我始终相信这是做得到的事。"

晃太郎敲击键盘的声音停下来。

"可是，这都是白费功夫吗……或许你说得对吧。"

准时下班是勇气的证明啊！她说完这句话后，吾妻哭了出来，可是过了一会儿后，他仍旧甩开了结衣的手，留下一句"我还是做不到"，走掉了。

——什么相信明天的自己，我根本做不到。

他没有再和结衣对上视线，就那么直接回家了。

结衣以为，不再像新人研修时那样只是下达"要提高工作效率"的命令，而是选择陪在同事身边，为他们加油打气，告诉他们下次一定能做好就可以了。可是，自己太天真了。

三谷和贱岳都被自己说服，愿意下班回家了。所以自己可能有点太得意了吧。还以为自己真的能够撼动别人的内心呢。

"想让别人准时下班回家，真难啊！"

她本不想哭的，可是眼眶却一阵发热。所以说啊，她真的不想做什么团队负责人。她根本不擅长管理一个团队。

"自己还在重蹈覆辙，根本没有进步啊。"

她这样嗫嚅。晃太郎一把按住她的肩膀猛烈摇晃起来。这鼓励方式可真是粗暴，但结衣却感到十分怀念。

"上海饭店最后的点餐时间是几点来着？"晃太郎声音开朗地问她。

"八点半。"

"这么早？好嘞，那我们先定目标，八点钟把工作做完！我想吃它家的汤面。"

结衣点了点头。晃太郎说能做完，就一定能做完。

这个人平均每小时的工作效率高得惊人，远超结衣，而且工作能力也很稳定。熬一整个通宵工作，效率也基本不会下降。石黑之前这样告诉结衣时，结衣内心沉重极了。

我赢不过他啊。结衣感觉眼眶再次盈满泪水。

事到如今，我仿佛明白当时同期们为什么那么生气了。工作能力被搬出来比较，这实在太残忍了。人是没有强大到能够坦然接受这种差距的。

正在此时，身后传来什么声音。结衣慌忙擦了擦眼泪扭过头。

"……啊，咦？来栖君？你不是已经下班回家了吗？"

"我把东西落在公司了。"

来栖从办公室入口的伞架那里拿起一把折叠伞。

"……那个，外面开始下小雨了。二位回去的时候记得带伞。"

来栖走了之后，晃太郎笑着说了一句："这孩子真奇怪。"结衣也跟着他笑了起来，但是又觉得哪里怪怪的。感觉来栖刚才的样子和他平时不太一样。不过她也没有再做过多考虑。坚持到八点，做完工作，就能喝酒了！结衣凭着这个念头开始了和疲劳的斗争。

打开贴着倒"福"的玻璃门，饭店里面的常客大叔们早都已经吃完饭，开始喝绍兴酒了。

"结衣，以为你今天不来了。"王丹对结衣说。她抬起眼，脸突然僵住了，只见她扔掉手里的抹布，抓起了冰锥。"晃太郎，你小子还有脸来？"

"王丹，抱歉，今天你就放他一马吧。"

"你明明背叛结衣，伤害她蹂躏她，把她像个垃圾一样抛弃了！"

"你究竟都和王丹说了些啥啊？"晃太郎望着结衣。

"点什么菜，快说。"王丹瞪了一眼晃太郎，走进厨房。

"啊，你愿意给他做菜啦！"结衣把手圈在嘴边做喇叭状，"啤酒！汤面！要两人份！"

晃太郎和结衣在双人座位上坐下。已经有两年没单独吃过饭了。不，可能更久吧。好像应该说点什么，可是又开不了口，太尴尬了。

"我说，你看看这个短片。"一个常客大叔凑过来。

"啊？什么短片？"结衣感到如释重负，赶紧去看大叔手上拿着的手机屏幕。

"就是上次我们一起唱的，那个营养饮料的广告。被传到网上了。"

黄色和黑色是勇气的证明，二十四小时奋战不休……

怀旧的旋律奏响。一群白领穿着色彩明亮的套装，和国外企业交涉，成功赢得订单。从这段影像中看得出，日本当时的经济一片大好，势如破竹。

"这首歌啊，我小学去远足的时候还在巴士上唱过呢，真怀念。"晃太郎小声说。

"有趣的是泡沫经济崩溃后播出来的广告。"

大叔调到另一段广告后展示给结衣。在同一家营养饮料公司1999年播出的广告中，已经没有"二十四小时奋战不休"这首歌了。接下来的一段时间里，这款产品的广告风格都是在走"舒缓工作疲劳"的疗愈路线。

"这么说来，我好像有点印象。"结衣喃喃道。

可是又没过多久，到了2007年，工作形势有所好转，这款营养饮料再次推出了经典复刻版，那条"二十四小时奋战不休"的广告重出江湖。新广告描述了打鸡血上班族为绝不迟到拼了命也要赶到公司的样子。他们穿过高速公路，游过大江大河，爬上高楼大厦，到最后简直就是只为赶到公司这么一个目的了。一个个都仿佛僵尸。

"公司，究竟是什么呢？"结衣实在不懂，她低声念道。

大叔语塞。几秒钟过去，一片沉默后——

"是战场。"晃太郎语气冰冷地说。

"我都是拼了命在工作的。所以那些能力低下的家伙都该辞职。"

结衣抬眼看着他。这个从小听着赞美长时间劳动的歌曲长大的日本男人，这位堪称长时间劳动骨干的前未婚夫，正一副"有什么问题吗"的模样看着自己。

既然是这样，那结衣就更不明白了。为什么他要为福永尽力到那个地步啊？结衣可从没见过福永拼了命工作的样子。

正在此时，王丹端着两碗汤面走了过来，咚的一声扔在桌上。

"烫！"晃太郎捂住自己的手，"喂！王丹！你怎么回事啊！结衣，快帮我拿点冰块。"

王丹吐出一句"我这是帮结衣报仇了"。随即粗暴地将啤酒瓶和杯子放到桌上，返回了厨房。

我倒是还没死哪……结衣叹了口气，啪地掰开了方便筷。汤面悠悠然蒸腾着白色的热气。

第四章

备受期待的新人

神社内挤满了参加新年参拜的客人。

正殿的石阶下面还有卖烤鱿鱼的摊子。"生啤四百日元"的纸幅被不断上蹿的烟扑得左摇右晃。结衣正想着拜完之后得畅饮一杯，身旁传来火急火燎的声音。

"希望星印工厂的案子能不出差错地准时交付。"

晃太郎睁开眼，又急忙催促起结衣："后面还有人等呢，赶紧投硬币吧。"

结衣没理会他，合掌祈祷道："希望今年的啤酒也超美味！"

"你就不能许些有建设性意义的愿望吗？"晃太郎皱起眉问。

"不必吧。又不是给属下设定什么工作目标。再说了，许愿求神佛帮忙处理搞砸了的案子，这会让神佛们感到困扰的。"

"还没搞砸呢！"晃太郎愤愤地迈下台阶。

"已经砸了。否则也不至于除夕夜敲钟的时候还在加班啊。"

——准时下班可是勇气的证明啊。

说完了这句话，又让吾妻回家了的第二天，其实就到了放年假的时候。

然而，福永小组既没有大扫除也没有忘年会。为了堵上吾妻捅出的娄子，必须挤出时间来把安全检测的工作补上，于是全体组员都加班了。来栖倒是提早走了，结衣没办法，只好无奈道"仅限这一次哦"，也留了下来。

所有人都做到这个地步，年内的工作进度还是完成不了，于是福永便说："过年不回家的同事就都来加班吧。"

"正月应该休息。"结衣说。她又担心只说这一句不够有说服力，于是补充道："我们的人力支出不能再高了。石黑那边也无法通过的吧。"

福永脸色一沉。正好在当天傍晚时，石黑打电话告诉福永，如果这案子搞出赤字，就得做好沉尸东京湾的觉悟。

"我会来加班。"晃太郎说,"我有管理职权,所以来加班也不用报备。"

福永的脸色一亮。可是,他却没说"我也一起加班"。听他讲,自己的母亲要从看护中心回家来过年。照顾母亲的确很辛苦,可这样一来等于把工作全推给了晃太郎一个人。

"我们只能恳请石黑先生,求他再拨些人手给我们了。"

石黑有权力调动公司内部的人员。但是,福永却很不愿意这样做。

"石黑先生,我有点应付不来啊。"

"那就我来说吧。他应该在管理部常去的那家居酒屋开忘年会呢。"

结衣说着走出办公室,却被晃太郎追上了。她以为对方会代替自己去找石黑,可没想到,晃太郎竟然是来阻止自己的。

"不要去拜托石黑先生!不可以再伤害福永先生的自尊心了!"

结衣惊呆了。维护自尊心?这样做能消化掉堆积如山的工作吗?

"剩下的那些工作全都交给我来做，这样总行了吧？"

"我说种田先生啊，总务那边通知了，休假期间公司是没有供暖的。"

"不就是冷吗，能克服！反正我也没什么约，就当打发时间呗。"

没什么约。结衣认真地盯着晃太郎的脸。自从他们两人分手后，晃太郎就再没和其他人谈过恋爱吗？休息日也没朋友可见吗？

或许是错觉吧？自从福永提交的报价单通过了审核，晃太郎开始自我鞭策般地工作起来。而且还总是一副毅然决然的样子，将福永的那些无理要求照单全收。

除夕夜，结衣独自一人躺在床上看完了红白歌会。

她实在放心不下，于是登录了公司的进度表。晃太郎还在公司，进度表上逐一出现"完成"的标记。她想象着晃太郎独自在冰冷的办公室敲击键盘的样子，忍不住一阵发冷，正在这时，跨年的钟声敲响了。推开窗户，逼人的寒气猛地蹿进房间里，还裹挟着雪花，结衣的指尖顿时凉透了。

大雪很快就停了，甚至都没能积起来。次日是新年当天，虽然天气晴朗，但是空气仍旧凛冽。

结衣跑去神社参拜，正准备排队时，她瞄见队尾有个穿得比周围人都薄、只套了件夹克外套的人。她马上认出那是晃太郎。因为他新陈代谢比较旺盛，所以总是嫌热。

本来两个人的老家也就只隔了两个车站都不到的距离，所以结衣以为是偶遇而已。可是晃太郎浑身都是从公司带来的气息，大过年的遇到他，总感觉有点郁闷。

话虽如此，当场离开也不太好。没办法，结衣只好喊了声"新年快乐"，排到了晃太郎旁边。排队期间，两个人的对话也少得可怜。

走下石阶，结衣对着晃太郎的背影问道："小柊没和你一起？"

"那家伙讨厌我。"

小柊并没有讨厌你。他甚至还在担心你啊。可明明这么担心，他为什么不和自己的哥哥说说话呢？关于这件事的原因，小柊还没和自己解释过。

"嘿嘿，所以你就从老家逃出来了呗。"

"你才是呢，你怎么也一个人啊？"

"这个嘛……"这次轮到结衣表情僵硬了。

新年回老家团圆是东山家的惯例。结衣也回去了，可是喝屠苏酒的时候，因为一点小事和父亲吵了起来，结衣最终冲出了家门。

"……那诹访先生呢？"

"诹访家每年都会去关岛跨年。听说明年开始要带着我一起去了。"

"欸。关岛。"晃太郎一脸被震撼到的样子，"那……东山家过年团圆的传统就要被打破了吗？"

结衣心头一紧。这就是她和父亲吵架的原因。都是妈妈不好，一脸消沉地说"这可是全家一起过的最后一个除夕了"什么的。哥哥也有错，他为了去嫂子老家过年，于是跑去了北海道。结果父亲就开始发牢骚，说"你们两个以后别再回来了"。

"那我就不来了。"结衣扔下这句话冲去玄关开始穿鞋，妈妈追了上来，嘴里念着"你爸爸他多寂寞啊"。他有什么好寂寞的？过去不论圣诞节还是过新年，他都是在工作，事到如今又说自己寂寞，未免太自私了吧？

走下石阶，结衣对晃太郎挥手道别。

"我要去那边的小吃摊买点烤鱿鱼。再见，今年也请多多关照了。"

她本想到这儿就分开的，可是晃太郎又仿佛突然想起来一样，追着她说了句："我想谈谈来栖的事。"

"来栖怎么了？"

说起来，结衣加班的那天，折回公司拿伞的来栖看上去有点异样。之后的工作情况和往常一样，她也就没再放心上，所以，究竟有什么问题呢？

晃太郎走去小摊那儿，点了烤鱿鱼和啤酒。

"我昨天看了一下来栖的工作情况，不管是需要做好的工作，还是尚在学习中的内容，他都很有分寸。这小子能力不错，今年应该能为我们组出不少力。"

结衣大为震惊。因为晃太郎真的很少表扬别人。

"……对吧！"结衣紧追不舍，"他进步很快吧！"

"嗯。"晃太郎把鱿鱼和啤酒递给她，但不收她的钱。

"……然后呢？"结衣问，"还有呢？"

"然后？什么然后？"

结衣拼命捶着自己胸口。晃太郎恍然大悟。

"啊啊，是带他的前辈很优秀……吧？"

"耶！就是这句！那么这方面的绩效考核也请多关照喽。干杯！"

结衣高兴地高举起酒杯。晃太郎也被她逗笑了。

"种田先生来不来？来上一杯吧！"

"不行，我接下来就要回公司了。"

接下来就回啊？气氛突然低沉下来，结衣不由自主地问："要是不太方便回老家，就来我老家喝一杯吧。"

听她这样说，晃太郎自嘲般地笑了笑："我哪有脸面再去东山家呢？"

"啊，是哦。"或许是被神社的悠闲气氛所感染吧，结衣一时间忘记了毁婚的事儿。

带着醉意从神社走回家，结衣感觉脑子昏昏的。

推开老家的房门，两年前的光景浮现在眼前。当时晃太郎就站在这里，深深地鞠着躬说"都是我的错"。他确实不可能再来了，结衣一边想，一边脱着鞋子。

"怎么？这不还是回来了？"父亲迎面走了过来。

惨了。结衣想。她忘记和父亲吵架这件事，又跑回老家了。

"你来一趟二楼。"父亲爬上楼梯，"啊，去客厅把我的老花镜找出来。还有，让你妈泡个茶。"

"欸，干吗让我来？"

父亲这一连串的指示，总感觉和某人很像。结衣一边思索着，一边开始寻找老花镜。走上二楼时，她发现父亲正在祖父的房间里。如今这个房间基本成了储物室。

"大扫除的时候，我找出了忠治的笔记本。"

父亲戴上老花镜，翻开了那本老旧的笔记本。"是爷爷的笔记本？"结衣也伸头去瞄。

"这都是什么呀？"

笔记本上贴了很多从过去的报纸、杂志上剪下来的新闻，都是关于英帕尔战役的。估计是花了很长时间去收集的吧，相关的剪报贴了好几页。

"原来是这样，曾听他说自己参加过战争……没想到……"

祖父可能参加过那场有勇无谋的战役吧。结衣感到内心有些悸动。祖父这样一个性格温和的人，曾经参加过那场悲惨的战役吗？

"还有没有别的呢？日记呀笔记一类的。"

"没了，只有这本笔记……不过，当时那场战役动用了十万大军，所以你祖父的确有可能就是其中一员。"

在父亲打开的那页笔记上，贴着英帕尔战役的特别报道。报道名吸引住了结衣的视线，上面写着"英军拥有压倒性战力"。这段内容大概是写在成吉思汗作战失败之后吧，结衣开始仔细阅读起了这份报道。

牟田口司令官指挥下的日本军队在行军过程中极为痛苦，因为他们不仅要运输大量的牛马，每个士兵身上还要背负重达四十公斤的弹药与粮食。他们还将无法开进狭窄山路的卡车拆解，使用人力搬运。

结衣试图去想象那种场景，可是大脑却一片混乱，根本无法思考。她试图去理解这种荒唐事是真实发生的，可是她的大脑根本无法接受。

即便如此，要是英帕尔——英帕尔能被据为己有，那粮食和武器就都有保障了。

牟田口司令官就是用这样的说法去说服师团长们的。可是，这极度乐观的预测却被英军击得粉碎。英军使用大量输送机，进行空中补给的作战手段，一天之内就运送了二百五十吨的武器及食物，痛击了日本军队。

结衣忍不住叹了口气，怎么看都不可能赢啊。

"日本的陆军大学一直教导学生，无须补给，靠自己的精神力量去克服困难才是最重要的。结衣，你看这里。"

结衣顺着父亲手指的方向看过去，那是祖父手写的一句话。

——真正可怕的不是敌人，而是无能的上司。

两个人盯着那行字看了好一会儿，父亲突然嗫嚅："不是长官，而是上司啊……"

听说，战争结束后祖父去了汽车零件制造公司。或许祖父就是在那里遇到了无能的上司吧。

"忠治这个人啊，属于劳模员工呢。总是很晚才回家。我几乎没有和他一起吃晚饭的印象。"

"啊？可他不总是让你早点回家吗？"

"唉。忠治在职的时候也是不敢忤逆上司嘛。结果他自己退休了就开始念叨我，天天让我早点回，他哪来的立场哦。"

是这样吗？结衣倒不太赞同父亲这种说法。

"我当年听爷爷和邻居聊天，他说感谢老天爷，自己能活这么大岁数，有生之年还见到了可爱的孙辈。"

当然，他也可能是过于溺爱孙辈所以才会这样讲。但是，如果祖父参加了那次战役的话——或许他在含饴弄孙之时，也从未忘记过那些永远无法活着回来的人吧。

单单这一场战役，就有约三万人失去了生命。

然而，战争结束后，祖父仍旧被工作牵扯，很少回家。总算熬到退休，结果才过了一年，祖母便离世了。

"他是不希望儿子走上自己的老路吧？"

结果父亲和祖父一样成了劳模员工，直到祖父去世，父亲都没赶得及看他一眼。

祖父在临终前一直说着胡话，呻吟不休。结衣握紧他的手。祖父睁开了眼，可他并没有望着自己的孙辈，那眼神在望着更远的远方，他的嘴唇抖动着，喃喃地说"我想回家"。妈妈说，他大概是梦到了生养自己的老家吧。

然而，如今再想想，祖父或许在意识迷糊之中又回到战场上了吧。

父亲深深地叹了口气。

"我说啊，结衣。日本人就是死认真的性格啦。这就是个工作大于家庭的民族。你既然生在这种国家，就应该早点放弃你那些坚持，适应这些。你爸我啊，现在也惦记着和晃太郎打高尔夫呢，关岛算什么玩意儿啦。"

父亲嘟嘟哝哝地发着牢骚离开了房间。结果他只是想告诉自己这些？结衣无可奈何地将视线再度折回到笔记本上。

——真正可怕的是无能的上司。

结衣用手机登录了公司的进度表。晃太郎已经到公司了，进度表中的一项工作已经完成。可是他拼命支持着的福永，倒是自从放假起就从未登录过这份进度表。

节后开工第一天，组员们来上班的时候，晃太郎已经搞定了很大一部分工作。

"他真是厉害啊，这么火烧眉毛的案子也能立即搞定。"贱岳感慨道。

三谷在一旁悔恨地咬着嘴唇。

"早知道这样，我也来加班好了。反正回去老家也只是见见父母，其实蛮寂寞的。"

"因为寂寞所以来上班，听上去不奇怪吗？"坐在一旁的来栖转过头去问结衣。结衣清楚，三谷其实心里喜欢着晃太郎，当然她并不会把这些告诉来栖。

"因为她很希望能获得种田先生的认可嘛。"

结衣这样回答。听她这样讲，来栖一脸佩服地看了一眼副部长的位置。晃太郎正一边撕着三谷带来的土特产包装纸，一边检查着进程表。看样子一大早就进入到全神贯注的状态了。他从包装纸里掏出一块柚饼充当早餐，大口吃了起来。

"他那个吃法，估计什么味都吃不出来吧。"

来栖却并没有笑。他看着晃太郎的样子陷入了沉默。或许对方那副分秒必争的拼劲儿让他看呆了，令他感到有些可怕吧。

福永把晃太郎和结衣叫到自己工位，端出一盒温泉馒头让他们俩给组员分一分。

"哎呀，孝顺老人真的很难。我整个假期都在听我妈发牢骚，累死了。"

温泉馒头的包装纸上写着"汤布院"三个字。小小的温泉标志似乎散发着暖融融的热气，泡温泉和某个假期在冷成冰窖的办公室加班比起来，真是一个天上一个地下。

"燃眉之急已解，接下来就是开始向准时交付任务的目标冲刺了。"晃太郎大咧咧地笑着看向结衣，"东山小姐暂时也能准时下班了。"

"我觉得过年期间就是要休息的嘛。"

结衣知道自己这样反复强调休息有点过分，但是晃太郎也只是轻轻笑了一声，表情很满足。结衣突然有种不太好的预感，她想起新年第一天去神社参拜的事。

晃太郎夸奖来栖工作有进步，结衣听了非常开心。那一瞬，两个人之间的气氛变得异常融洽。是不是晃太郎误会了什么呢？他是不是误以为结衣在认可他那种拼命的工作方式呢？

"东山小姐很担心种田先生呢。"福永微笑着说。

结衣表情又有些僵。这个人为什么永远一副冷漠旁观的样子？晃太郎解释道："不必担心。整体架构已经做好了，只要网站运营方面也能由我们承包，将来肯定会有盈利的。"

"没错没错，只要能承包运营，就不会出现赤字了。"

所谓运营，就是负责对翻新好的网站进行维护和更新。这是一个从长远角度看可以盈利的思路。福永的报价单之所以能过审，也是因为丸杉对"承包运营"这件事态度乐观。

"啊，今晚我们办个新年会吧。也聊聊之后的工作安排。"

福永仿佛还沉浸在年假之中般说道。

"我可能参加不了，今天我得和吾妻一起把之前那个安全检测的事情搞定。"

"啊啊，种田君不用来。"福永说，"我有话要和东山小姐单独谈谈。"

就我们两个人？结衣皱起了眉。晃太郎也有些吃惊，但是他似乎发现结衣在看着自己，于是马上露出"那你们俩去吧"的泰然表情。

看来他真的误会了。他觉得自己完美处理掉了火烧眉毛的案子，也收获了同事们的感谢，接下来就万事大吉了。这个男人，真的是这么以为的。

"然后呢？你真的和那个单身上司去开新年会了？就你们两个人？"

谀访巧独自吃着从关岛带回来的特产坚果巧克力，问道。

"当时的气氛也没法拒绝啊。"结衣回答。

两个人是来新家大扫除的。直到最后巧也没有让步，最终还是将那户月租二十五万的双层新建公寓租了下来。

可能实际住下来，巧也就能明白靠自己的工资很难维持以往的生活了吧，到时候再搬去月租低一些的房子吧。结衣一边这样告诉自己，一边努力绞着抹布。

"那你和福永先生两个人去了哪家餐馆呀？"

巧这样问，他还是一脸不太能接受的表情。结衣擦着地板的手停了下来。

"……那种没有回转带的寿司店。"

福永带她去了一家离公司步行十分钟左右的寿司店。白木质的餐台前只有六个位置，十分小巧精致。刚一落座，老板便端来了鳕鱼白子和茶碗蒸。

"上次的烤带鱼，火候有点过了哦。"

福永一边用湿毛巾擦着手，一边告诉年轻的店老板。然后压低声音对结衣说："这家店在饮食类 App 上评分有四星哦，所以客人要求也很高的。"

总感觉在这种店里吃饭有点拘谨。结衣完全没法点啤酒，只好要了杯清酒。

福永品尝着煮章鱼，赞叹"真是爽口"。

紧接着他又说："种田君和东山小姐关系很好嘛。"

"这个，都已经是过去时了……"

"但你们到现在不也彼此牵挂嘛，那就让我们的心灵牵绊更深吧。"

我们的……结衣皱起眉头。福永把自己也放到他们之间的关系里了？这位领导究竟想表达什么呢？结衣感觉自己隐隐有些猜到了。

正如她所想的，福永开口说："我希望东山小姐可以推迟一个小时下班。"

推迟下班时间，公司可没有这种规定。意思就是要加班喽？

"那个，这种事情我有点做不来，我体质方面可能也跟不上……"

"可是我都在努力适应呢！其实我这个人并不擅长管理职，之前开公司也失败了。其实我更愿意当个普通一线员工，只是看在丸杉先生的面子上，所以才勉强接下了部长这个岗位。"

真这么勉强你可以不做啊。结衣完全没动筷，只紧盯着已经凉了的茶碗蒸。福永伸手抓起一枚鲕鱼寿司。

"我会严守秘密哦，你们俩的关系我不会说出去。"

"我已经说过了，我们之间早就是过去时了。"结衣感到有些恼火。

"可能你们俩是这么想的，但是也会有同事感觉不舒服吧。"

结衣望着福永。他是在威胁自己吗？如果不同意加班就把她和晃太郎的关系捅出去？

首先浮现在脑海中的是三谷，然后是担心晃太郎会抢走自己风头的贱岳，再接下来是认为结衣受到了特殊照顾的吾妻。

这些人统统都不认同结衣这个负责人。不过最近倒也没发生什么太出格的状况，大家也都好好休过了新年假期。

"好不容易团结起来，结果突然发现副部长和负责人之间曾经有私情，你猜大家会怎么想？说不定会有人质疑，为什么只有东山小姐自己准点下班吧？"

就凭这几句话吗？结衣想。别以为单凭这个就能摧毁我的防线。

我要准时下班，然后去上海饭店喝啤酒，再看个好看的连续剧，舒舒服服地入睡。自从进入这家公司她就下定了决心。改变不了别人，那就维护好自己的坚持。这也是这么多年来她始终坚持的底线，决不能因为这点原因就被毁掉。

"不过呢，东山小姐如果非要拒绝，也没办法。只不过你这样做就会为种田君增加更多负担，这么下去，他可是会过劳死的哦。我这话什么意思，你应该明白了吧？"

福永这样说道。结衣凝视着他那双闪着阴沉贼光的眼睛。

"过劳死，"结衣笑出声，"请您别这么说好吧？"

"你不觉得他最近很拼命吗？总是在强迫自己。"

结衣吓了一跳。她的确有这种感觉。可是福永接下来所说的话着实令她感到意外。

"或许就是因为他和你在同一个组里吧。"

"啊？"

"话又说回来，他之所以来这家公司，也是为了你。"

"……不，没这回事。"

晃太郎之所以离开福永的公司，是因为他觉得再干下去也没什么前途。他跳槽是为了提升自己的职业竞争力。这些都是他亲口所言。

"种田君什么都没告诉你啊？他的离职理由是想和女朋友结婚，所以需要去一家能准时下班的公司。他可是这么告诉我的。"

骗人。结衣想。晃太郎不可能为了她去改变自己的工作方式。

"而且他连跳槽去哪儿都想好了。我当然阻止了他，毕竟我的公司全要靠种田君呢。但是他非常顽固，坚持说他会把手上所有的案子都处理好，完成了这些就离职。那时候他连过年都在加班。我也是没想到他会为了辞职做到这种地步……啊，不好意思，光顾着讲话了，

213

快吃吧。"

福永大张着嘴一口吞下了金枪鱼寿司。立在眼前的菜单上写着"产地：舞鹤"。

"真好吃。这家店特意将饭粒做得口感偏硬呢，来，快尝尝。"

结衣被催着也尝了尝，但却什么味道都吃不出来。

双亲会面的那天，晃太郎因为过劳倒在了公寓里，未能赴约。原来他是为了和结衣结婚才这样逼迫自己加班的啊，这两年间，结衣竟浑然不知。

"没想到他都和你分手了，还是跑来这家公司，估计是想和你重归于好吧。可你倒轻轻松松地就换了个男友。他一定超受打击。正好是制作报价单那会儿吧，我告诉他诹访先生给你戴上订婚戒指的事，他当时都僵住了，真挺罕见的。他或许认为自己只剩下努力工作了吧。而且你们还在同一个小组。我想，只要是男人，就算逼迫自己，也想在这种时刻展现出自己的出彩一面。结果你却一副事不关己的态度。你这个人就只顾着自己准时下班，我看你现在不会改，从今往后也不会改吧。"

结衣硬着头皮把金枪鱼寿司咽了下去，又一口气将清酒喝光。喉咙一阵烧灼，头脑最深处涌起一阵强烈的厌恶感。

"你们去吃了寿司啊，真好。结衣公司好像离筑地市场很近对吧？"

巧一边悠闲地说着，一边擦拭起一面大窗，结衣对着他的后背说道："明天开始，我要加班一小时。"

结衣只告诉了巧这么多。巧也随口回了句："你们是吃着美味寿司，聊了工作上的事呀。"随即洗起了抹布。接下来，他仿佛安慰结衣般又补充道："反正也有加班费吧，那不是正好嘛。要买新房的话，得多赚钱呀。"

"啊？新房？"

"我觉得租房子住还是挺不踏实的。墙纸也不能随意更换。咱们虽然买不起独栋，但是买公寓里的一户还是没问题的吧。"

巧皱着眉看了看自己手上粘的清洁喷雾，仔细清洗起来。

是啊。会有加班费。月薪会上涨。加班也不全是坏事嘛，可是——

结衣将视线从巧的后背挪开了。放弃准时下班，这对自己来说是大事啊。紧张的情绪稍一放松，眼泪突然盈起，结衣努力忍着泪说："好想辞职啊。"

"可是，我一个人付不起这么多房租哦。"

结衣点了点头，又开始擦起了地板。结婚之后可不能一味地依赖巧啊。可是，明明两个人在一起打扫着共同居住的新家，结衣却不知为何感到十分孤独。

结衣挪开巧放在地板上的公文包时，瞄到了包里放着的文件夹，看上去像是一份报价单……该不会，已经开始准备买新房了？

巧只说了句："啊，不许看。"就将包抢了过去。

然后，他用冲洗干净的手，揉了揉结衣的头发。

"没问题的。我们一起努力，什么样的梦想都能实现呀。"

第二天，结衣的"晚一小时下班生活"正式开始了。

虽然只多了一小时，但是整体工作时间增长了，疲劳是免不了的。很难和前一天保持同等程度的注意力。这种疲劳还持续到了后天，所以虽然工作时长增加了，可是每小时的平均效率却下降了，虽然下降幅度并不是很大。

网页的架构工作已经进入收尾阶段。结衣现在的主要工作是检查已经制作完成的网页，然后再发送给星印工厂的牛松确认。

"这一阶段如果无法提高质量，后面会很花时间的哦。"

晃太郎不时地提醒结衣。不过事实也的确如他所说。

"但是，组员们太过疲劳，出现错误也是理所当然啊。"

全组人员的加班情况本来已经减少了，可是自从吾妻事件发生后，加班情况再次逐步增多。虽然临时在双休日加班的员工可以申请调休，可是大家都在抱怨"根本不知道什么时候才能用掉这些调休"。像三谷，甚至已经攒了十天的调休了。

"但是东山小姐的工作不就是修改这些错误，别给我们的客户添麻烦吗？"一到这种时候，福永就会端着领导架子，指责起结衣。

但这个客户本身正是所有环节里最棘手的。

牛松的动作非常慢。有时候光是做个确认就要用掉两三天。这当然拖慢了推进速度。为此，结衣不得不再多花时间发送催促邮件，请牛松"务必在明天前进行确认"。相应的，用来确认已完成网页的时间根本不够。看漏错误的情况越来越多，结衣低头道歉的次数也变得越来越多了。

下班之后，结衣在上海饭店只喝了一杯酒就疲劳不已。常客大叔们揶揄她，她也完全笑不出来，一回到家就直接扑倒在床。

这段时间里，唯一令结衣欣慰的就是来栖的成长。

正如新年时晃太郎预言的那般，来栖现在已经成为极强的战斗力了。

就算不提出具体指示，他也能自行思考并采取行动。空余的时间里他还会帮忙分担其他组员的工作。前一天，他发现结衣一遍又一遍地打电话对着牛松赔罪，似乎于心不忍，于是对结衣说："以后我帮你再检查一遍吧。"

"我想带来栖去开下碰头会，让他也了解一下工作的大致流程。"

一月中旬时，结衣向晃太郎如此提议，晃太郎爽快点头了。

不过来栖本人倒一副嫌麻烦的样子问道："该不会必须要穿西装吧？"

"当然啊！"结衣笑起来，捶了来栖侧腹一拳。她最近渐渐明白了，来栖这个人其实很容易害羞，所以他越是开心，说的话越讨打。

"好啦，我也不忍心看到东山前辈再惹福永先生生气了，我就答应你吧。"

"那真是谢谢了哦。"

结衣正想着：年轻人的进步真是耀眼啊。却突然听到来栖说："我是不是也加加班比较好？"

来栖认真地望着结衣。

"感觉东山前辈越来越忙不过来了，我想多帮帮你。"

"还没到需要来栖君帮忙的程度啦，你保持准时下班就好。"

结衣无情地回绝了来栖，坐回到了自己的工位上。

连刚入职的新人都在担心自己，真是太没用了。就算一天的工作结束，结衣也会深陷不安，担心自己发送给牛松确认的文件是不是还有什么错，于是整个人都恍恍惚惚的。一不留神，十五分钟就这样迷糊过去了。于是她还要把打卡时间从晚上七点十五分改回到七点整，然后拿到晃太郎那里核对。

"今天也是加班一小时，请核对。"

"我不是告诉东山小姐，你可以每天准时下班的吗？"

晃太郎一脸狐疑，他不懂结衣为何突然开始加班。

福永在新年会上说的那番话，结衣并未告诉晃太郎。如果告诉他自己这样做是想减轻他的负担，那这个男人一定会十分恼火，进而更加紧逼自己。

"你根本不习惯加班，这样勉强自己，结果工作质量反而下降了，这不是本末倒置嘛。"

晃太郎边说边按下核对印章。结衣迷迷糊糊地想："他这句话的意思其实并不是劝我不要勉强自己，而是勉强自己的同时工作质量不能下降吧。"晃太郎总会不自觉地给人带来这种压力，他对结衣以外的组员们也是一样。

走出公司大楼，天上已经挂满星辰。繁星的光芒锐利地散向四面八方。

走向车站时，结衣想起了两年前的那个除夕。

晃太郎放了她鸽子，没有如约和她一起看红白歌会。结衣当时气得要命，有好一段时间根本不回复晃太郎任何消息。或许，他也是怕结衣会再度对自己失望吧，所以他才决定处理掉手头的案子就辞职，再把同意石黑的挖角这些事告诉结衣。所以，逼迫晃太郎去勉强自己的，其实正是结衣。

三天三夜连续加班到最后累垮，于是没有赶上两家的碰面，然后还被结衣质问："工作，还有和我结婚，究竟哪个更重要？"那一刻，晃太郎应该感到很窝囊吧。他或许会问自己，我为什么要为了这样一个人拼命呢？

所以他再也没办法告诉结衣实情了。去东山家赔罪的时候，还有沉默着走回车站的时候……最后的最后，他都没有说出自己会跳槽到结衣公司的事。

福永认为晃太郎坚持跳槽是想和结衣重修旧好，但事实恐怕并非如此。

这份感情在他心中已经翻篇了。对于晃太郎来说，结衣早就不是什么未婚妻了。她只是普通同事。所以，晃太郎才会满不在乎地让结衣去当负责人吧。他顺嘴喊结衣的名字，也是因为他早已没了那份想要隐藏二人旧情的不舍吧。

晃太郎恐怕下定了决心，今后要只为工作活着。当家庭和工作放在天平上时，他选择了舍弃个人的幸福。

或许一切正如父亲所说。日本人就是死认真，为了工作可以不回家。我们就生在这样的国家中。可是，结衣却不肯放弃。准时做完工作，下班回家，和家人一起吃晚饭，一边喝着啤酒，一边讲着一整日发生的事。结衣想拥有一个这样的家庭，她不愿放弃追求。可最终，她把晃太郎逼得太紧，最后过劳倒下。

明明都是自己的要求，可那个准时下班、和其他人订了婚的，也是自己。想独占幸福的，还是自己。

结衣在上海饭店的招牌前停下了脚步。她勉强赶上了打烊前最后一次点餐的时间。可是她不能走到地下，走进饭店里。明天她还要带着来栖去参加碰头会，今天得早点休息。

没多久之前，来栖还是个一遇到问题就立即嚷嚷着要辞职的新人。但是现在，他打趣说着"看在东山前辈的面子上才留下来的"，却也克服种种困难，成长了许多。对结衣来说，看来栖工作的样子，就像望着一只缓缓注入啤酒的杯子一样。

来栖一定要准时下班啊。只有他，绝对不能让步。结衣迈开了步伐。

刚搬的新家十分冷清。巧说了正式结婚前还想好好享受享受在老家的生活，所以二楼的卧室里只扔着一架单人床。

结衣按开灯，想着"巧要是能早点搬来该多好啊"。不过，再忍忍就好了。只要把这个案子顺利结掉，一切就能回归原样了。自己也能和以前一样准时下班了。自己，已经不再是孤单一人了。

第二天一大早，福永就摆出一副怒气冲冲的模样。

他喊住正在为前往星印工厂做准备的来栖，责问他"订书针的位置怎么订歪了"。其实结衣也注意到了，但是并没有歪到会被一眼看出来的程度。

晃太郎刚刚打印了几份文件，结衣凑近他问："福永今天怎么神经兮兮的？"

"丸杉昨天辞职了。"

"啊？他不是去年夏天刚来的吗？而且这阵子还在杂志上露过脸吧？"

结衣脑海中浮现出满面红光地领着取材记者们在公司里到处晃悠的丸杉宏司常务。

"他把福永给抛弃了。"晃太郎没好气地说。

福永是因为丸杉才进了这家公司的。当时那个鲁莽至极的报价单，也是在丸杉的强硬要求下才过了审。结衣抱起双臂。

"……原来如此，甩锅甩得干干净净地溜掉了。"

丸杉大概意识到星印工厂事有蹊跷，他估计最终会产生巨大的赤字亏空吧，所以在担责前先跑路了，自己带着策划女性跃进、改善办公环境等华丽丽的案例，跑去其他公司了吧。

"你不会生气吗？"

"但是丸杉那家伙一看就是那种人啊。选择依靠这种人本身也是错的吧。"

"东山小姐对没本事的人真是超级冷漠啊……可恶，喂，来栖，卡纸了，快处理一下，然后把这份文件影印一份，订书针要按在福永先生指定的位置上。"

"好！"来栖火速奔了过来。

"会议的准备做好了吗？"结衣问道。听她这么问，来栖露出笑容。

"我和东山前辈可不一样，我出勤的时候才不会手忙脚乱的。"

"真不愧是你哦来栖君。"结衣也笑了。不过她脑子里在想着其他事。晃太郎刚才说的"没本事的人"指的是谁呢？难不成是指他自己？或许在晃太郎心中，结衣是个轻轻松松就移情别恋的冷漠女人？

结衣的视线落在部长席上。福永正两眼发直地穿着外套。

福永在寿司店的时候就说了自己"是为了丸杉所以才硬着头皮做部长的"。结果，他就这样被丸杉抛弃了。福永此时应该很痛苦吧，结衣想。

结衣一行走进会议室，牛松立即慌张开口："那个，抱歉通知迟了，因为最近的公司合并事宜，我们领导层有更迭。"

更迭领导层。这个重大变化一时令人很难接受，但晃太郎当场做出了反应。一位四十来岁、五官深邃的男性从牛松身后走上前。

"我是新就任的宣传部课长，敝姓武田。"

武田话音刚落，晃太郎立即鞠躬致意："初次见面，请多关照。"

紧接着，他还将第一个递名片的顺序让给了慌里慌张慢半拍才站起身的福永。结衣排在最末尾，她不想被这种紧张的气氛所影响，于是面带微笑地递上了名片。

"初次见面，敝姓东山。今天为实战学习，所以恳请您允许敝司新员工来栖一同参会。"

来栖看上去很紧张，一直恍惚地站在原地，直到结衣催促他："资料呢？"来栖才反应过来。

在此期间，武田一直在和晃太郎闲聊。福永性格怕生，所以只能站在一边默默跟着点头。武田的语气很随和，但当他说出以下这句话时，态度却骤然一变。

"实话说，关于后期的运营维护是否选择贵司，我们又重新商讨过了。"

武田探着身子，如是说。

"重新商讨？您是指……"

晃太郎的眼神瞬间变得锐利起来，结衣脸上仍挂着微笑，但内心已经慌张了起来。之前一直商量的都是要外包给他们来维护啊。福永则是连声音都没发出来。

"前任课长的确和福永先生是旧交。但是，此次本司也想借合并之机，废除掉这种拉关系的外包形态。我

225

们准备确立更为正规的外包方式。在比较了各个公司提出的报价单后，再选择合适的公司合作。"

福永已经是面无表情彻底沉默了，晃太郎代替他回复了一句"原来如此"。

"顺便问一下，贵司还收到了哪一家公司的报价单呢？"

"是 Basic 公司。"

听到这个名字，晃太郎的眼尾微微一跳。Basic 股份有限公司——正是诹访巧就职的地方。

结衣突然想起：该不会……去新房大扫除的那天，巧藏起来不让结衣看的那份报价单——其实是交给星印工厂的文件？果真如此的话，那此次 Basic 的对接人就是诹访巧了。

晃太郎随即又问："对方的营业负责人是诹访先生吗？"

迄今为止，晃太郎已经和巧在竞价大战中过招多次了，所以晃太郎认定，如果是 Basic 的话，这次的对手应该还是诹访巧。

"没错，是诹访先生。"

巧在营业方面很有手腕，也很能顺应潮流而动。对于武田这样一个出生在电商业务萌芽期的人来说，诹访巧应该很受欢迎吧。相比之下，晃太郎这种拼命热血的体育会系[1]风格更容易受年长一代的老人青睐，比如……结衣爸爸那一类人。

"请问，牛松先生是如何考虑的呢？"

结衣仍然面带微笑，一直被对方牵着鼻子走的话就输定了。

"您应该和敝司约定过，后期的运营工作会交给敝司来做的，对吧？"

"那个……我，呃，我好像是说过以后如果有可能的话就交给你们，但我可没说一定是你们呀。"

牛松躲开了结衣的视线。如此看来——胜算渺茫啊。晃太郎看上去似乎也做好了觉悟。

"……明白了，我们这边也会尽快提出运行工作的报价单。"

福永仍沉默着，紧盯着武田。为调整状态，结衣语气开朗地说："那么，我们现在先按约定开始报告工作进度吧……来栖发一下文件。"

来栖一动不动地坐着。看来是被现场的气氛吓呆

1　"体育会系"与"文化系"相对应，指的是在运动社团特有的严厉环境中成长，且至今仍保持着严格的上下关系、团结精神等相应价值观的人。

了。结衣轻轻说了声"发资料"，又用胳膊肘碰了碰他，他才慌忙开始分发印着网页调整内容的文件。

武田翻了一页后，露出一个苦笑。

"有空白页啊。"

结衣心下一惊，急忙翻了翻资料。正如武田所说，第二页开始都是白纸。

"看来资料没有印好。"

武田说。口吻并没有责怪的意思。但是结衣却哑口无言。她感到深深的自责，出发前应该好好检查一下的啊。

正在此时，福永突然爆发出一声怒吼。

"来栖！！出发前你为什么不检查？！"

结衣缩起了身子。坐在对面的牛松也一脸被吓到的神情。他大概没想到福永能发出这么大吼声吧。

"福永先生。"晃太郎试图缓和气氛，可福永的怒火却完全无法遏制。

"这可怎么办！我们怎么开会啊？你根本不配做社会人！就是因为你太废物了，武田先生才不信任我们！都是因为你，我们连运营维护的机会都丢了！"

运营维护的事明明和来栖毫无关系啊。可是，结衣却张不开口。福永的怒吼听得她浑身发麻发冷。来栖的面色也变得惨白，但他又不知道该说些什么，只能干着急。

最先反应过来的是晃太郎。他压低声音说了一句"实在抱歉"。

"是我疏于检查了……虽然不如在纸面上阅读更舒适，但是今天只能麻烦大家通过电脑屏幕的画面来做工作进度的确认了。可以吗？"

"哦，可以啊，我们其实哪一种都可以。"

武田和牛松准备好了用晃太郎拿出来的平板电脑确认进度画面，福永的怒火也随之压了下去。

"东山小姐，你开始讲解吧。"晃太郎提醒道。结衣小口做了一个深呼吸。

她将福永的怒吼从身体里赶走，开始了讲解。

来栖就在她目光所及的一角，僵硬地坐在那里。结衣一边讲解，一边从心底里感到焦虑，自己明明是负责教育来栖的前辈，但却没能保护好他。

会议结束后，福永去了洗手间。结衣想着应该安慰一下来栖，于是站起了身。这时，武田对晃太郎招了招手。

"其实本来不应该给您看这些的……"

武田将晃太郎拉到角落，把 Basic 的报价单递给了他。结衣假装去取外套，偷眼从二人背后瞄了瞄那份报价单。一年的运营总额已经标粗了，是三千万日元。

"您的意思是，如果敝司能够提出一个更低的报价额度，贵司就会考虑外包给敝司？"

晃太郎问道。如果是这样的话，那我们应该没问题吧。因为对手公司的报价要比我们之前提过的报价额度更高。

"不，其实正相反……我们听到了一些不好的传闻。据说福永先生之前经营的公司总是以极低的报价拿案子，简直像在搞慈善一样。似乎您在他公司工作时，还能勉强维持品质，自从您离职，他的公司就彻底垮掉了，不是吗？"

一瞬间，晃太郎看着武田的眼神变得十分锐利，不过他马上调整状态回答："此次我一定会负责到最后——包括运营工作。"

"但福永是你们的部长，这一点我们实在有些担心。据牛松说，贵司现在的工作就已经频频出错了吧。所以感觉他并没有很好地带领团队……Basic 公司的报价虽然不便宜，但是他们已经向我们保证了，会投入足够的人手来保证工作质量。"

充裕的预算资金，再加上周到的提案。这么看来，胜算更小了。结衣垂下眼帘。

晃太郎沉默了片刻，仿佛下定决心般回答武田："如果能以相同金额报价，那么敝司也能做出同样程度的提案……其实，我们现在正在推进的工作中，有一部分是为了配合牛松先生提出的一些要求，所以才在没有追加金额的情况下勉强推进的。之所以同意不追加金额，也是因为之前和贵司约好，未来的网页运营也交给敝司，所以才接受的。如果运营工作没有外包给敝司，那此次的网页翻新工作会令敝司产生大额赤字。"

晃太郎将牛松所隐瞒的内情说出来，希望能抢回一些优势，然而——

"那是牛松遵照前任课长的指示做出的行为，和我无关。"

武田无情地回答。结衣感觉心中郁愤之情逐渐蔓延开来。可能武田早已经知道一切了。而且看上去他手里也捏着牛松的软肋。

"请福永退出这个案子，再提交一份有独到之处的出色提案吧。这样贵司或许还有挽回的余地。"

晃太郎沉默了片刻，最后只回答了一句："我们会好好商量的。"

一行人在武田和牛松的目送下走到了公司的门厅，结衣转头看着来栖。

她必须明确告诉来栖，即便没有拿到运营权利，也并不是来栖的错。然而，福永却一把推开结衣的肩膀走上前。

"来栖君，你刚才蛮能忍的嘛。"福永凑近来栖。

来栖脸色苍白地低下头。

"其实不是来栖的错，但我当时也只能那么做。这都是为了东山小姐。"

福永的话头猛地一转，把责任转嫁到了结衣身上。

"那个，福永先生，有些话我想先在这里讲一讲。"

福永无视结衣的诉求，继续说了下去。

"毕竟东山小姐是负责人，也是这个案子的现场责任人。我们只能包庇她。所以我才训斥了来栖君。幸好种田君救场，这件事才算了结了。"

福永真的觉得这件事已经了结了吗？结衣一时语塞。他难道没意识到，当时那样破口大骂地指责来栖，只会让客户感到更加不安吗？

醒过神来时，结衣发现来栖正紧盯着自己，不过他又立即将视线转到了晃太郎身上。

"种田先生，非常抱歉，感谢您当时出手相救。"

"别放在心上啦。"晃太郎拍拍来栖的肩膀。

整件事变得有些跑调了，来栖其实根本不用道歉，而且也不用道谢才对。

"来栖君，关于后续安排……"结衣再度开了话头，可就在这时——

"咦？这不是结衣吗？"

她转过身，背后站着诹访巧，还带着一个年轻女性。那女性看上去比来栖年长，但气质显得十分青涩。之前巧似乎提到过，他正在培养一位女助理。

"武田先生已经告诉你们了吗？真抱歉，我一直没提报价单的事情。因为我们公司也一直在找机会和星印工厂合作呀……咦？"

巧的视线落到结衣的无名指上。

"你为什么不戴订婚戒指？"

现在哪是聊这些的时候。

"诹访先生，听说……"

晃太郎没好气地和巧搭话。但或许运营被截和的事情太糟心了，他实在是说不出口。

"……听说，那个，你们要结婚了，恭喜啊。"

话题拐向了截然不同的方向。听晃太郎这样讲，巧的表情也缓和了下来。

"谢谢。结衣总算是愿意在公司宣布自己要结婚的事啦……哦,非常欢迎种田先生来我们的新家做客。"

结衣感觉到站在一边的来栖正看着自己。得赶快把这个场面结束掉,好好安慰一下来栖啊。可就在此时,巧领来的女性却十分自然地抓准时机插嘴道:"听说二位的新房非常棒呢,我也想去玩儿。"

这个女孩子长得很可爱,身穿带荷叶边的衬衣,脚上穿的是一双点缀着皮草的低跟鞋。她似乎非常尊敬巧这个前辈,对前辈的未婚妻结衣也面带微笑。

"那我们到时候就举办一场家庭派对吧。我和结衣下厨给大家准备吃的。"

"啊?……哦!哦!是呀是呀。"结衣慌忙附和道,"届时请大家一定赏光。"

"我怎么记得东山小姐最擅长的一道菜是札幌泡面呢?"

结衣不由得瞪了晃太郎一眼。怎么能在这种场合提这个?

不知是因为晃太郎那副早知内情的态度,还是因为才刚刚得知自己未来的妻子只会做方便面,视线回到巧身上时,结衣发现他脸上的笑容消失了。

巧带的那个新人女孩并没注意到巧的表情有变。晃太郎也是一脸的微笑。

"我很喜欢做饭的。虽然工作方面也会尽全力加油，但是我也希望能做优秀男人背后的女人。种田先生，您喜欢土豆烧肉吗？"

"喜欢呀，土豆烧肉真不错，很有家庭的味道嘛。有机会一定要尝尝三桥小姐做的土豆烧肉。那就这次竞价结束，在诹访家一饱口福吧！"

晃太郎完成了对巧的复仇，一脸清爽。

巧则迅速整理好情绪，悄声对结衣耳语："家里的厨房宽敞好用，做饭这种事结衣很快就能上手了。"

巧说完这句话便向前台走去。结衣感到一阵闹心。想让厨艺好到能开派对的程度，估计会很花时间的吧。或许去报个厨艺班比较好？虽然并不想去学做菜……

一直沉默不语的福永突然冒出一句："……种田君，刚才那个女孩你认识？"

"您说三桥吗？之前曾经在业界研讨会上见过。"

"那女的胸真大。"

"贤内助型的吧。"晃太郎笑笑。结衣则将视线从他身上移走了。

取消婚约前，晃太郎曾经要求结衣去做个家庭主妇。或许他真正想要的妻子是三桥那个类型的吧。

"土豆炖肉这种菜，只要用的是铸铁锅谁都会做。"

来栖在一边嘟哝了一句。

"真正考验功力的是蛋类。"

来栖的目光落在向公司内部区域走去的巧和三桥。结衣想起，来栖一直吃的都是手作便当，那该不会是他自己做的吧？

"那个，来栖君，一会儿找个地方一起吃午饭吧，我请客。"

"不用了，我自己带饭了。"来栖答道。他没看结衣，径直走远了。

结衣呆立在了原地。直到晃太郎喊了一声"快跟上呀"，她才慌忙追了上去。结衣开始不安，刚才，她有种被来栖拒之门外的感觉。

第二天一早，结衣来上班后马上拉着晃太郎进了会议室。她觉得应该把星印那边要求福永退出团队的事和高层谈一下。但晃太郎却不这么想。

"不要告诉高层。我决不会再抛弃福永先生了。"

听他这样说，结衣胸口一痛。她沉默了。紧接着她想起了在寿司店时，福永说的那番话。他说，两年前晃太郎之所以抛弃他，都是为了结衣。

会议室的门没敲就被一把推开了，是人事部的女同事。

"啊，原来你在这儿。"她说。

"来栖先生提交了辞职申请，这件事你清楚吗？"

"辞职申请？"

"为什么不能负起责任来好好教育他？你知道眼下这种环境，想留住个新人有多难吗？尤其是来栖君，当时面试的时候他可是备受社长青睐呢！"

结衣一早来公司的时候，来栖已经坐在工位上了，他当时正在整理前一天的会议记录。因为看上去和平常并无二致，所以结衣才拉着晃太郎去了会议室。

"昨天当着客人的面被骂成那样，他心里大概过不去这个坎吧。"晃太郎说。

结衣感觉肚子里燃起一团火。就算是这样，怎么偏偏是现在？

结衣冲出会议室。为什么偏偏要挑眼下这般兵荒马乱的时刻递辞呈？结衣每走一步，就感觉自己的怒火更盛了一分。而且他还越过自己，直接将辞职申请提交给了人事部，真是赤裸裸的背叛。

"你过来一下。"结衣对来栖说。来栖面无表情地站起身，跟着她走出了办公室。

人事部的女同事和晃太郎都已经离开会议室了。现在这个屋子里只有结衣和来栖两个人。结衣强压着怒火，准备像往常一样先鼓励鼓励来栖。

"昨天发生的事让你很难受吧？真对不起，我当时没能好好保护你。不过，作为指导你业务的前辈，我非常看好你未来的发展。所以呢，希望你不要不和我商量就直接向人事部递辞呈。"

来栖那线条漂亮的下颚扭向一边。他偏着脸沉默了一会儿后问道："真的非常看好我吗？东山前辈，你准备结婚的事挺忙的吧？还要手忙脚乱地应付不习惯的加班，所以在你心里，其实只要能用得上就拿来用，无所谓是谁吧。"

"你说什么呢，我是因为相信来栖君能够胜任，所以才把工作交给你来做的呀！"

听到结衣这句话，来栖的眉头瞬间拧到了一起。

"我最讨厌东山前辈这股敷衍劲儿了。"

"啊？我怎么敷衍了啊！"

"就是很敷衍啊。类似'你一定能做到''我非常相信你'这种话，你不是逮着谁都会这么讲吗？什么三谷、贱岳还有吾妻，不都是你用这种手段拉拢的吗？"

"拉拢……干吗用这么贬义的词。"

"好好好，我明白了。那不用拉拢好了吧。行啊，我可以收回辞呈。但是从今天开始，东山前辈说的话我一概不会再听了。"

结衣沉默了。他是什么意思？

"当时站起来承担责任的种田先生帅气极了。星印那边的课长也唯独对种田先生刮目相看。而且他一直是最拼的那个，他牺牲了那么多，努力工作，所以才能有今天的成绩吧。我要以种田先生为榜样。"

"别瞎说。来栖君做自己就好了啊。"

"总之，我不辞职了还不行吗？这样东山前辈也就不用担心自己的绩效考核了。"

结衣紧紧地握起拳头。她好想揍来栖一拳，但是又努力忍住了这种冲动。最终她只好抽了自己一巴掌。响亮的"啪"的一声回荡在会议室。

来栖冷冰冰地看了结衣一眼，扭头就出了会议室。看来他对结衣刚才的行为毫无触动。结衣也不知道自己该如何是好了。

她走出会议室时，吾妻迎面走来道："刚刚石黑先生打电话过来找你。"他看到结衣的脸，表情有些吃惊。可能是因为她脸颊有些红吧。

"听上去挺急的。"

说起来，石黑从上周末到昨天一直在出差。所以可能就是来找她拿糖包的吧。眼下哪是干这个的时候呢……结衣重重地叹了口气，向置物柜走去。

石黑还等在老地方——安全通道那里。他接过结衣递来的糖袋，一口吞下。

"最近……我那方面完全不行……"

他垂头丧气地说。

"我老婆说，都是因为我太胖了才会这样。小结怎么想？"

"无所谓吧，我现在真的没心情帮你分析这种事。"

"小结好冷漠啊。"

石黑大张着嘴叹了口气。"冷漠"这个词触动到了结衣的心。

"我说，我真的很冷漠吗？态度总是事不关己？干什么都很敷衍？"

"我怎么知道？"石黑低头看着地面，"比起你的事，我这个属于中年危机了欸。是不是尝试一下婚外恋什么的会比较好啊。你觉得呢？"

"不知道。"

结衣正要站起身，石黑突然咕哝了一句。

"你那边要真顶不住了就告诉我。人手，我帮你想想办法。"

结衣一时语塞，其实，现在已经顶不住了。但越过福永请求石黑增援，和晃太郎的信任关系就彻底崩塌了。眼下如此兵荒马乱，她做不出这种事。

"……你要是想减肥，不如跟着种田先生跑步去吧？他每天晚上都要跑十公里呢。"

真的假的？石黑一脸愕然。结衣把他扔在原地，独自走出了安全通道。

自从来栖无视结衣的坚持开始加班，至今已经两个星期了。

他似乎是下决心要和晃太郎同时下班。有时候甚至会加班到深夜。晃太郎觉得宣布要向自己看齐的来栖挺可爱的，所以并没有阻止他加班。

"种田先生的工作方式比较特殊。他属于特例，模仿他会把身体搞垮的。"

结衣下班前又是一番紧锣密鼓的劝说。来栖语气里带着些讽刺地回答："特例。所以东山前辈也很依赖他吧。"

结衣对他的回答感到有些吃惊。来栖没有看她，仍紧盯着电脑屏幕说："吾妻事件那天……东山前辈在种田先生面前哭了吧。"

是晃太郎一起加班帮她分担工作的那天。原来被来栖看到了啊。结衣脸上一阵发烧。这么一说，当时来栖的表情确实有点怪怪的。

"不是的不是的，那个是因为很多原因，嗯，很复杂的。"

"我还是第一次见东山前辈哭呢。你总批判种田先生工作方式特殊，可是你自己遇到困难了不还是跑去依赖种田先生了吗？"

来栖依然不看结衣，小声嘟哝着。

"这世界不就是这样吗？到了最后，最受欢迎的还是种田先生那种人啊。你对我真正的期待，是想让我成长成第二个种田先生吧，不是吗？"

不是的。结衣想这样说。可是，她没法标榜自己的做法就一定正确。

"东山前辈自己心里不也是这样想的吗？种田先生真有能力，工作实在比不过他……"

结衣无法反驳，她只好默默打了卡，离开了公司。

走的时候把围巾落在工位桌子上了。现在脖子冷得发疼。结衣怔怔地走在路上，幽暗的街道冷得仿佛冰窖。

来栖之所以提交辞职申请，或许并不只是因为被福永辱骂后内心受伤了。他可能早就开始暗暗烦恼了吧，烦恼着按结衣的意见每天准时下班，真的就能够收获肯定吗？真的可以相信结衣对自己的那些鼓励吗？

可是，结衣却从没认真想过，来栖为什么想成为团队的战力之一，为什么那么拼命努力。她还沾沾自喜，以为都是自己教育得出色。

结衣走到上海饭店门前，盯着红色的照片看。此时正巧王丹端着一篮空啤酒瓶走出来。

"结衣！为什么不进店啊。"

"我现在这情况没法好好吃顿饭，今天就算了。也没什么食欲……"

"子曰，父母唯其疾之忧。你要是不保重身体，爸妈可是会哭的哦。我可不想再见到一个熟客死掉了欤。"

王丹硬是推着结衣的后背，把她带进了店里。

那扇贴了张倒"福"字的大门推开，碟子勺子碰撞的声音，还有啤酒杯底敲击桌面的声音便一股脑钻进耳中。

结衣将端上桌的啤酒一饮而尽。啤酒还是那么美味呀！结衣感到稍稍松了口气。

"大叔们还是新人那会儿，是什么样的感觉呀？"

结衣问坐在他旁边的那个吃着饺子的大叔。

"欸？我们那会儿真的是横冲直撞的呢。现在的年轻人可就不行喽。"

不行，结衣小声念道。他想起了被福永贬损、面色苍白的来栖。

"一点霸气都没有，稍微责备几句就闹着辞职。发生什么事都觉得是上司的错。也不会陪着前辈喝酒。"

喜欢吃辣的大叔单手举了杯老酒凑上前。

"现在的日本企业越来越没精神头了，都是因为这种年轻人越来越多了。"

"是嘛……我倒是觉得能表达自己的看法，这还挺不错的啊。"

"要那种东西有什么用啊。最重要的是能忍住所有不合理要求的韧劲儿。年轻的时候不要总在意自己脑子里想什么。就算不理解，也要服从，服从就对了。"

结衣望着啜饮老酒的大叔嗫嚅道："……服从真的好吗？"

结衣想起了那场把战车拆开，全靠人力搬运的无谋战役。那些士兵难道就不会觉得奇怪吗？应该会吧。可是最终谁都没能说出口。结衣小声道："只要忍耐了不合理的要求……就能赢得胜利吗？"

周围突然陷入一片安静。结衣抬起头，发现大叔们全都沉默了。

"……这个嘛。"爱吃饺子的大叔抬起头，向天花板方向挂着的电视望去。

电视里正在播放着泡沫经济为何崩溃的纪录片。

——一切都是我们的过错，但员工们是没有错的。

山一证券社长边哭泣边道歉的画面出现在屏幕上。

山一证券破产的新闻当时在社会上产生了极大的冲击。

那一天，父亲连外套都没脱，就那么呆站在电视前。结衣从没见过那样的父亲，她当时虽然还只是中学生，却也意识到了事情的严重性。这令结衣也感到战栗不已。

"我们拼命工作到了那个份儿上，结果还是输了……对吗？"饺子大叔嘀咕道。

直到那时为止，大家还都坚信经济大国日本接下来还会继续发展下去的。可是那则新闻一出，一切就再也无法粉饰了。

"那个社长直到接任的时候，都还不知道公司隐瞒亏空的事情呢。"

爱吃辣的大叔说。真的吗？结衣看着电视里呕血道歉的山一社长。

"对对，他什么都不知道，就被推上前去处理破产事务了。可是他却把一切不公都自己揽下，拼全力保护下属。以前就是有这样的伟人呀。"

听到这里，结衣一头扑倒在桌子上，发出"咚"的一声。

"啊呀，结衣？你怎么了？"大叔们都吓了一跳。

"我是个无能的上司啊。"

如果当时——在来栖受到福永不公的呵斥时，结衣能当场站出来保护他，来栖也就不会变成现在这样了。可是，她并没有做到。因为她心底里是这样想的：错在福永。我又没做错什么。

所以，她才没能代替来栖，去扛下那些不公。

手机突然震动起来，结衣抬起头，是柊发来的邮件。

"我最近恢复了很多。已经能够外出了，而且还能帮家里人做做家务。"

柊终于恢复了。结衣仿佛在幽冥之中看到一片光芒。她接着读下去："结衣姐最近怎么样呢？如果有什么事需要帮忙，请随时联系我。"

柊的文字充满温柔而强大的感觉。那是跨越了痛苦后的成长。

当反应过来时，结衣发现自己已经把来栖的事情写在了回信中。对着晃太郎的弟弟倒苦水或许很奇怪，可是眼下自己已经没有什么余力去顾及面子了。柊和来栖年龄相近，说不定能够理解对方的感受。结衣按下了发送按钮，很快，柊便回信了。

"我想见见结衣姐说的这位来栖先生，和他谈谈。"

结衣盯着柊的回复，心情仿佛抓住了最后一根稻草般。

种田家院子的一角种着木瓜海棠。每年晃太郎的母亲都会摘下树上的果子酿酒。晃太郎和柊感冒了，就给他们喝这种酒驱风寒。这是结衣在订婚拜访对方老家的时候听来的。

虽然是柊叫自己来的，可是自己现在已经和种田家毫无瓜葛了，走进这个家门真的合适吗？结衣虽然是下定了决心才来的，可是却在种田家门口迟疑了很久才按下门铃。

晃太郎的母亲马上来应门了。

"哎呀呀。结衣，好久不见！孩子他爸，快把之前人家送我们的酒拿出来。"

晃太郎的妈妈以前从事保险业，讲起话来气势逼人，结衣甚至都找不到空来问好。

"那个，不是的，我今天来不方便喝酒呀。"

"哦哦，结衣回来啦。"

晃太郎的爸爸在农协工作，此时他也一脸欣喜地走了过来。

"对不起，其实……我已经和其他人订婚了。"

"我听小柊说了。"晃太郎的母亲叹了口气，"但是吧，这种东西嘛解除了就好哇。解除婚约这种事，有个一次两次的，都没什么嘛！"

"哈哈哈。"结衣赔着笑准备敷衍过去，就在这时，来栖也到了。

"这是两年的梅子酒。自家酿的。"

来栖没有看结衣，把一个细长的瓶子递上前。这梅酒该不会也是他自己亲手酿的吧？

"谢谢啦，真是客气……您是晃太郎和结衣他们公司的人吧？"

来栖点了点头。晃太郎的父母互相对视了一眼，露出一个复杂的表情。

一直家里蹲的小儿子突然说想请人来家里做客，这对父母应该很苦恼吧。而且来的人是晃太郎的部下，可这对兄弟现在根本就是零交流。

柊说，他们是听闻结衣也会来，所以才放心的。他

248

们也知道这两年，他一直很受结衣姐的照顾，所以才同意的。听柊这么说，结衣感到一阵害臊。她觉得自己根本没照顾到柊，只能算委托他帮忙打零工罢了。

柊面带微笑地从楼梯上走了下来，身形还和两年前一样瘦削。

"初次见面，我是种田晃太郎的弟弟柊……去我房间聊吧。"

来栖紧盯着柊看，悄声对结衣说了句"真不知道这是有什么企图"，就先行上了楼梯。他仍然拒绝和结衣交流。

然而，晃太郎的弟弟说要见自己，这件事仍旧引发了他强烈的好奇心。所以他一收到邀请，就立即回复说自己周日上午有空。

走在二楼的走廊时，来栖注意到了墙边的架子。世界少年棒球联盟最优秀选手奖的奖杯就放在上面，闪着暗淡的光芒。为冲入甲子园而夺得的区大赛冠军的照片也摆在上面，还有参加大学棒球队时获得的 MVP 奖牌，也被擦得锃亮。

"这走廊让人喘不过气来吧？"柊说，"爸爸对我大哥期望很高。这条走廊装饰的全都是他的成果。"

结衣停下了脚步，望着那个架子。她还是第一次走上二楼。

打棒球的那些往事，晃太郎很少和结衣提起。只是常听他开玩笑说过不合理的摧残训练很多。可是从未听他提到过很辛苦，或想放弃。

结衣和来栖走进了柊的房间。房间十分简朴，只有一张床和一张桌子。书架上按照学科分类，规整摆放着大学教材。电脑周围也收拾得十分清爽。

来栖端正地坐在坐垫上，望着柊。

"您说有话要和我讲，是什么呢？"

柊在床边坐了下来。二十五岁的柊和二十三岁的来栖面对面坐着。他们都好年轻啊，结衣想。都是刚刚进入社会不久的年轻人啊。

"结衣姐，我不再上班的原因，可以告诉他吗？"

"啊，嗯。"结衣点了点头，她吃了一惊。这个他对父母和晃太郎都没说过的原因，今天终于要说出口了吗？而且，还是为了来栖。结衣不由得紧张起来。

正在此时，门外的楼梯上响起一阵粗暴的脚步声，晃太郎门也没敲，一个箭步冲了进来。

他瞪了一眼结衣，问："你怎么在这？"

"是小柊叫我来的。"

晃太郎又目光锐利地看着来栖。"这小子怎么也在？"

这件事应该对晃太郎保密了呀。结衣望向柊，只见柊耸了耸肩。

"是我妈偷偷告诉他了吧。哎，无所谓了，晃哥也一起听吧。"

晃哥是柊对晃太郎这个哥哥的昵称。结衣来种田家问候的那天听他喊过。

或许是很久没听到弟弟喊自己的昵称了，晃太郎显得有些尴尬，他吐出一句"柊，你……"然后僵立在了门口。

"我工作的那家公司，主要业务是为企业设计系统。"

柊并没有在意站在屋里的哥哥，开始对来栖娓娓道来。

"那是一家规模很大的企业，所以能被那家公司录用，我真的很高兴。可是一入职我就发现——每天都要面对数不尽的突发状况。公司要求我入职后马上成为战斗力，所以基本没有什么学习机会，直接就被扔去了工作现场。国家少子化导致公司的录用名额很少，我被分去的那家分店就只有我一个新员工。当时，我每天都在被分店长呵斥。他说，分店业绩不好都是我害的。"

"可当时你不是才刚刚入职吗？"来栖问道。

"对，如今再想想，这说法真的很奇怪。可是当时

251

我全盘接受了分店长的批评。我一心觉得是自己的问题。"

柊看着晃太郎，补充道："毕竟，我是看着什么都拿第一名的哥哥长大的。"

柊的眼神中闪着光，分不清是愤怒还是悲伤。

"新人时期不眠不休地为公司做贡献，我哥哥就能做到这一点。所以，我也准备照做。我当时以为，只要这样，或许就能获得分店长的认可了。可是，我做不到，每天加班到深夜真的很累，双休日也要去公司上班，这都令我感到疲劳不堪。"

这样当然很辛苦啊，这么可怕的生活，柊竟然忍了两年吗？

"我逐渐开始因为紧张而失眠。身体感到紧绷，心跳特别快。整个晚上辗转反侧……因为早上起不来，我总是迟到，于是被上司辱骂，说我根本不配做社会人。于是又更加睡不着了……就在那段日子里的某一天，哥哥来到了我的房间。"

好久没回老家的晃太郎从双亲那里听说了柊的境况，于是踏上了昏暗的楼梯去找他。他站在栽到床上的弟弟枕边，给了他一番建议。

"种田先生，当时说了什么呢？"

来栖问道，同时瞟了一下晃太郎。

那个来栖所向往的优秀上司，正背对着发出幽暗光芒的奖牌，站在门边。

"……他告诉我，人就算不睡觉也死不了。"

柊看着晃太郎。两年前的那个晚上，他哥哥也站在同样的地方。

"精神能够超越肉体。这就是哥哥那天晚上对我说的话。"

柊深吸了一大口气，仿佛要将胸中郁结尽数倾吐一般。

"第二天，我站在电车站台上，想着：再向前迈出一步就能轻松了。这么一想，我突然觉得死是一件无比美妙的事……没什么，就和闭目养神一样。跳下去，我就能睡个好觉了。"

晃太郎双眉紧蹙，他别过脸去准备离开。结衣起身抓住了晃太郎的胳膊。"小柊的话，你还是听到最后吧。"

"那，你为什么放弃自杀了呢？"来栖表情僵硬地问道。

"因为，我又想起了那个本来要和哥哥结婚的人，就是结衣姐。"

"啊，这个，小柊。"结衣试图阻止柊说下去。

"你们以前交往过吧？"来栖不耐烦地说，"之前在公司看到你们两个独处，我就已经猜到了。别在意这个了，请继续说下去吧。"

柊放松了下来，他看了看结衣，垂下眉眼继续说："当时为了结婚的事来我家问候，然后结衣姐酒喝多了，醉得不省人事。"

"啊呀，这，这个是我对情况把握有误，叔叔阿姨都一个劲儿地给我倒酒，是吧？"

结衣看向晃太郎，寻求对方的支援。可是晃太郎并没有回应她，只是紧盯着阴暗的走廊。

"哥哥怎么喊她，她都睡得很沉。于是就只好在我家留宿了。"

"当时有醇厚红酒，还有三十年的老酒，接二连三地端出来……"

后来结衣也被晃太郎凶了。"就算这样也不能上什么就喝什么啊！"

"第二天一早，结衣姐宿醉得很严重。她说想休息一天，于是给公司打了电话，撒谎说自己感冒了。"

这是事实。结衣没话说了。而柊却露出一个感到很奇妙的笑容。

"世界上竟然有这样一种说请假就请假的人啊，我当时超级吃惊。估计那种惊愕都写在脸上了吧，于是结衣姐笑着对我说，偶尔偷懒请个假没什么的呀……就在我准备跳下站台的瞬间，我突然想起了这件事。不知为何，眼泪突然倾泻下来，我整个人都虚脱了。我想，那我是不是也可以休息呢？于是，我当场发了一封辞职申请邮件，再也没有去过公司。自此以后，我终于能好好睡觉了。"

柊深深地喘了一口气。来栖沉默着，似乎在思考些什么。没有人说话，晃太郎一动没动，被结衣抓着的那一截手臂热热的。

"……小柊努力活下来了。"结衣小声说，"真了不起呀。是吧？"

结衣抬起头，晃太郎的视线却从结衣身上移开，双眼被肩头遮住了。

"我帮结衣姐做些零工，得到了特别多的表扬。结衣姐会夸我回复很快速、邮件里没有错字一类的，虽然都是些不起眼的事，但她却会注意到。不论是在家还是在公司，我都从未受到过表扬，所以，就算是骗我，我也好高兴啊。我工作得越来越开心了，会想：下次再多查查！下次走出家门去吧！"

"东山前辈就是这么敷衍。"

来栖一脸怒意，然后又说："不过啊……她也在努力用自己的方式鼓励我们，让我们更自信呢。"

双眼一阵发热，结衣不想他们看到自己流泪，于是低下了头。

"辞去工作后，我还坚持和结衣姐联系，其实这样做是为了晃哥。我想，至少我不能和她断了联系啊。当时我的想法很幼稚，就单纯想着，如果结衣姐还能来我家的话，说不定能改变我哥呢。"

结衣的手稍一放松，晃太郎结实的手臂就猛地缩回去了。紧接着，走廊响起一阵远去的脚步声。柊说："不用管他啦。肯定是去外廊坐着了。甲子园战败的时候，肩膀负伤，做不了职业运动员的时候，还有和结衣姐分手那天，他都在外廊坐着，花十五分钟凝视庭院。晃哥一直都用这种方法来转换心情。"

只花十五分钟？结衣扭头看了看走廊。她可是花了两年时间才重新站起来啊。

"我懂。结衣姐不会再来我家了，结衣姐会和别人结婚。这也是没办法的事，我懂你的心情。和晃哥一起生活真的太痛苦了啊。"

"对不起。"结衣轻声说。柊却微笑着摇了摇头。

"来栖君，我希望你能给我一个道歉的机会。"

结衣在坐垫上重新摆正坐姿。

"福永先生责骂你的时候，我没能保护好你。我没有尽到一个带你学习的前辈应尽的责任，还逼迫你去面对如此不合理的对待。"

结衣紧盯着来栖说道："说实话，我无法断言你今后是否一定能成为被大家所期待的员工，但是，唯有一点我能肯定。我是非常珍惜你的。你的父母费尽心血将你抚养成人，我对你的未来也负有很大的责任……所以……"

"我会好好保护你。"这句话结衣说不出口。她还想说"不会让你陷入和柊相同的境遇"，可是这一点她也同样没有自信。

"所以……不要再说辞职了。帮我提升一下绩效考核的成绩吧，你是想说这个嘛。"

来栖叹了口气，抬头看着结衣。

"不是，我不是要说这个……"

"真没辙。既然东山前辈都说到这个地步了，那我就暂时先准时下班吧……不过，我这可都是为了东山前辈哦。"

来栖的语气恢复平常了。不过他并没有笑。这位备受期待的新人用试探的眼神望着结衣。为了东山前辈。

结衣点了点头，郑重将这句话收下了。

"谢谢……真的谢谢你，还有小柊，谢谢你。"

"带领新人的前辈要是不靠谱的话，后辈们可是要吃很多苦的哦，真是的。"

柊开着玩笑抽了张纸巾塞给结衣。结衣一边擤着鼻子，一边想："一切还未结束啊。"接下来，来栖还要学习结衣处理工作时采用的各种方法呢。

这两个年轻人早已熟稔起来，来栖开始对柊发牢骚，吐槽结衣平时都是如何敷衍他的。柊被逗得前仰后合。结衣看着他们，感到耀目无比。

结衣走到一楼，看到晃太郎正坐在外廊边，愣愣地盯着木瓜海棠的树根。面对这样一个毫无防备的背影，结衣直接提起了工作的事。

"关于福永先生，你打算怎么办？"

晃太郎抬起头。他回头望着结衣，看眼神，他已经找回了以往的状态。

"我不会让福永先生退出团队的。"

"那就是要放弃运营权了？"

"不会放弃的。"晃太郎说，"我不会再放弃了。"

结衣今天并不想和他争吵，于是只回了一句："那我先告辞了。"

"你要回去了啊。"

"嗯，我下午要搬家。"

刚才结衣收到了巧的消息，问她什么时候能回去。搬家公司的车已经快到家门口了，她得赶紧回去。

"哼。"晃太郎又把头扭回去面对着院子。

"新家收拾妥当后，我会努力学做料理，开个家庭派对的。到时候来玩吧。"

"我不去……我怎么可能去啊。"

此时，晃太郎的母亲手忙脚乱地从厨房跑了出来。

"结衣呀，你这，该不会就要走了吧？留下一起吃午饭呀。"

"哎呀，您不必客气了。"

"不行哦结衣，怎么能对我们这么见外。我们可当结衣是自家孩子的，要是有什么不顺心，欢迎你随时来我们家啊，你就当这儿是自己老家就行啦。"

"这是我老家好不好。"

晃太郎说了这么一句，不慎和结衣的视线撞上，于是又再度扭头盯起了院子。

"唉，你真的要走啊。可惜，"晃太郎的母亲叹了口气，"难得我们准备了松阪牛……"说罢，她便折回到了厨房。

"松阪牛？"

结衣转过头。她对着那个眺望庭院的僵硬后背商量起来："哎呀怎么办呢，该留下还是该走呢？"

"快走吧你。"晃太郎发出的声音划破了外廊闲适的气氛。

热爱工作的人

第五章

节分¹一过，便利店摆着的豆子就越卖越便宜了。

　　结衣买了一袋贴了标签的豆子去上班。倒不是为了驱赶恶鬼，只是准备饿的时候当个加餐。之前好像在健康杂志上读到过，如果身体里的优质蛋白质不足，整个人的情绪就会很容易低落。

　　打过卡准备走进办公室时，结衣注意到入口侧面的书报栏上摆着一本男性时尚杂志。正不解为何这里会出现时尚杂志时，定睛一看，原来封面上的人物是社长。翻开贴了标签的那一页，里面刊载着一篇采访。

1　日本传统祭祀节日，指迎来春天的"立春"的前一日，人们会在节分时撒豆驱鬼。

"你不是为了公司而存在的，是公司为了你而存在。我常常这样告诉我的员工。不这样想，就无法真正做好工作……"

社长在采访里这样回答。

这口吻，就仿佛这家公司的劳动方式已经成功获得改善了一样。

读完这篇访谈，结衣嘴里嚼着豆子，用手指弹了一下封面上坐在沙发里的社长的额头。

"啊，这是社长吗？看上去像变了个人，挺帅的嘛。他穿的是造型师准备的西装吧。"

来栖走了过来，一把将结衣正在读的这本杂志取走。

"来栖，你带马克笔了吗？我要在他脸上画胡子。"

"不要吧，这也太幼稚了。而且错也不在社长，在那个人才对呀。"

来栖看了一眼部长的位置。福永正在慢条斯理地翻阅着一本讲编程的书。

一月底，也就是上周，外包的编程师因为过劳住院了。这件事正好发生在结衣拜访晃太郎的老家之后。

因为有一部分工作无论如何都赶不上交付时间，所以外包公司只能破格以极低的预算临危受命。

可是，看来果然还是赶不及。"那就请提交目前完成这部分的所需款项吧。"说完这句话，挂断电话，结衣一时有些站不起来。

别说后期能否拿到网站运营的机会了，眼下连是否能够按期完成网站翻新业务都还是未知数。

"都到这个地步了，竟然还要限制员工加班，这不就是在找碴儿吗？"

福永不满地念叨着。

按照社长的要求，从二月开始废除打卡制，直接在公司出入口设置打卡机，记录员工出入公司的详细时间。这样一来，无偿加班也就无法实现了。

加之，一旦每周的加班时间超过二十个小时，员工领导的考核成绩就会下调。虽然不少管理层都在反对，可是社长却以"创造一个更加舒适的工作环境"为由，强制推行了这一政策。

倘若是之前的结衣，此时一定会十分钦佩社长。可是眼下遇到这种事，总有种自己的团队被当成靶子了的感觉。

自吾妻事件以后，整个小组全员的工作时长都在不断上涨，现在平均每人的周加班总时长在二十三小时。比如说，三谷现在的下班时间要比规定时间晚五个小时，也就是每天晚上十一点。要是按照规定，把周加班总时长控制在二十小时以内的话，他们肯定是赶不上交付时间的。

因此，福永慌张了好几天，最后他想出这么一个方案："把工作带回家去做吧，这样就不算加班了。"

结衣自然站起来表示反对。

这一次，晃太郎也站在了结衣这边。他给出的反对理由是：使用家中电脑工作的话，客户的资料有可能会遭到泄露。

"从维持工作质量的角度来说，管理层也不应该提倡把工作带回家。"

于是，福永败下阵来。

不过，各组员的工作进度却莫名地加快了。

"是不是把工作拿回家去做了呀？"结衣在面谈时问过大家，可是三谷、贱岳还有吾妻都坚持称绝没有这种事。

工作加速推进，加班时长也控制在了每周二十小时以内。可是真正的加班时间却隐藏在了暗处。结衣现在已经彻底无法掌握组员们究竟拼到什么地步了。

最近，福永时常会分别请组员一道吃午饭。结衣怀疑，福永是不是也像给结衣开"忘年会"那次一样，抓住了组员们的某些软肋，并企图将自身的痛苦转嫁给他们。

"再这么下去，可能又会发生吾妻事件啊！"

来栖卷起手中的杂志说道。前一天，他已经在贱岳写好的文件里发现了好几处数字错误。修改这些非常花时间。估计是因为太过疲劳了，大家的判断力都在下降。

"东山前辈也是啊，这段时间一直都没能准时下班。"

结衣烦恼了一段时间后，最终决定从二月开始，每天再多加班一小时。因为她准备暂时接手那份因为外包公司断档而停滞不前的编程业务。

她不想让晃太郎再承受更多的压力了。但是这份业务如果分摊给其他组员的话，他们又有可能会拿回家去做。现在加班时间还没到上限的就只剩下结衣和来栖了。

唯独来栖，一定要保护好他，决不能再让他加班了。

但是如此一来，这份业务就只能由结衣来承担了。随着交付时间逐渐逼近，到时候可能连周末两天也要来加班。

看来防线崩溃真是顷刻之间的事啊。结衣有些事不关己般地想到。她总觉得，准时下班的生活仿佛是很久很久以前的事了。

"没办法嘛，好了，该开会了。"

片刻，来栖没有说话。然后他小声叹了口气，将杂志放回书报栏，走开了。或许是对结衣感到有些失望吧。

可是，她该如何是好呢？结衣觉得自己尽力了。

她点开手机。昨天晚上因为太过疲劳昏睡过去，没能回复巧发来的邮件。手机显示巧发来了一条新消息："有时间的话给我打个电话吧，我们聊聊床具选哪个牌子的。"不过还是先开会吧。结衣站起了身。

会议一开始，来栖就猛地举起手。

"之前开碰头会时，星印工厂的那个高管提出的要求，我们要如何处理？"

晃太郎的眉头动了一下。露出"该不会当时说的那些话被他听到了吧"的表情。结衣感觉自己的表情也变得十分僵硬。

"要求？"福永反问。

没办法了，反正早晚都要说开的。于是结衣回答道：

"武田科长当时和种田先生提到，如果要争取运营权的话，希望福永先生能退出这个案子……他是在福永先生不在场的时候提的。"

福永深吸了一口气，问："为什么？"他没有看晃太郎。

结衣刚要张口，却被晃太郎伸手制止。

"武田科长提到，当时我离开福永先生的公司，导致交付的工作质量下滑。这件事他比较在意。这不是福永先生的问题，是我的问题——如果我们能按时交付，并且保证一个高品质的交付内容，就能消除武田先生的误会了。"

福永露出放心的神色，看着晃太郎。结衣感到如坐针毡。这个男人究竟要包庇福永到什么地步啊。

会议结束之后，结衣一把将来栖从晃太郎身边拉走，嘴上说着"好的好的我会教育他的"，把他拉进了茶水间。

"刚才怎么回事，你埋什么雷啊！"

"因为东山前辈不作为啊！"来栖的语气充满反抗，"福永公司的人当年受的那些不公正待遇，还有我们这个团队也逐渐开始被福永拖下水，关于这些你都是怎么想的啊？难道你要看着我们这些组员变成以前的柊先生那样吗？"

"我当然要做些什么，当然是想做些什么的……"

"外包人员已经累倒了啊。"来栖用试探的眼神望着结衣。

"可是，大家完全不听我说话。都很顺从福永先生啊。"

之前福永公司的职员也是一样，其实他们当时赶快辞职就好了。像柊那样赶紧逃跑就好了呀。可是，他们还是因为各种理由主动留了下来。

"看你的表情，是一副大家倒霉也是自作自受的样子？"

结衣觉得，来栖对自己有些相信过头了。她拼尽全力也只能保证来栖一个人不加班而已。眼下海量的工作袭来，她已经没有精神和体力去思索能让全组人员准时下班的方法了。

每天工作结束时她都会想"必须得做些什么"。可同时她又会想"我已经到极限了"。如果不是这样谅解自己，她第二天一早开始就会丧失气力。

周末两天，她又在整理新房和准备结婚典礼上忙得团团转。这些事她也完全无法集中注意力，巧也时常言辞委婉地提醒她。

"结果到了最后，东山前辈也只会顺从福永先生罢了，不是吗？"

可是，作为一个案件负责人，结衣也不知道自己究竟还能做些什么了。

此时，三谷凑过来："可以借一步聊聊吗？"于是结衣又折返了茶水间。

"有什么事吗？咱们也差不多该吃午饭了，不吃饭的话可没体力工作啊。"

"运营权可能不会给我们，这是真的吗？"

三谷表情认真地问。

"是真的。"

"其实，福永先生找我谈过。他说接下来的案子要选我做负责人。所以我才接受了义务加班，一直忍着没休息。"

原来如此，不是威胁，是利诱啊。

三谷拿起擦碗布，一边擦着水池边的茶杯，一边说："福永先生说选我做负责人的案子，就是这个网站运营。和架构不一样，运营工作比较一板一眼。所以可能觉得我这种性格认真的人比较适合吧。"

福永看人还是蛮准的。不愧是在小型企业当过社长的人。

"可是，这么下去的话，运营权不就拿不到了吗？那我也当不上负责人了。这么一来，我不就成了用过即丢的棋子了吗？东山小姐，你想想办法吧。"

"这是我的错吗？"

"可是，你不是和种田先生谈过恋爱吗？"

结衣张口结舌，险些骂出声。福永这混蛋。

"不是东山小姐教唆种田先生抛弃了福永先生的公

司，跳槽到我们这家业界第二的大公司来的吗？结果你蹬了种田先生，又找了别的男人。你未婚夫是在业界第一的 Basic 上班吧？听说你们的订婚戒指镶着超大的钻石，新房宽敞得够开大型派对呢。那你根本没必要工作了不是吗？所以你现在这个负责人当得才心不在焉吧？都是你不上心，这个案子才搞成现在这样火烧眉毛的。"

这一番话简直是扭曲事实。可是，结衣又恐惧地意识到，或许福永在给三谷他们洗脑的同时，自己也开始对自己这番说辞深信不疑了吧。

"不过，福永先生说的这些话，大概有一半是夸张吧。"看来三谷的想法和结衣差不多，"我觉得福永先生也挺狡猾的，他把责任全推到你身上了。可是，东山小姐你也一样狡猾啊。你只想让自己的人生过得舒坦一些不是吗？所以你替我们去战斗，去争取利益，这也是应该的吧。"

已经战斗了很多轮了。可是真的招架不住啊。结衣努力思索该如何回复三谷，却被她更进一步逼近茶水间的死角。

"东山小姐。拜托你了。既然种田先生以前和你订过婚，那也可以求求他啊。求他把福永先生踢出这个案子吧。这样我们不就能拿到运营权了吗？"

"这个，我觉得应该做不到。"

晃太郎在这方面是非常顽固的。他不可能被结衣说服。

"那东山小姐就应该再向上反映。你为什么按兵不动？因为忌惮种田先生吗？"

"不是的。"

"那就是余情未了？"三谷的表情有些吓人，"是吗，原来如此啊。我就觉得你们奇奇怪怪的。平时吊儿郎当的东山小姐抢着要做负责人，其实都是为了能待在前男友身边啊，你抢了我的负责人位置，是嫉妒我对吧！"

不是的。我根本没想要主动接近他。可即便如此，自己还是被抓了把柄。三个月前，没有一个人去认真劝说高烧不退还坚持上班的三谷回家。当时福永不咸不淡地来了一句："东山真的很为同事着想，很适合当这个案子的负责人。"结果现在却又在扭曲事实。结衣无法原谅福永。

话虽如此，结衣却也不愿意直接跳过晃太郎这个上司，再向上呈报。一旦这样做了，就等于彻底否定了晃太郎的工作方式。

福永说过，晃太郎的生活只剩下工作了。

"但是呢。"三谷仍是不依不饶。

"既然你把我挤下去自己当了负责人，你这个负责人就有义务保护所有组员，不是吗？"

"我当然想保护你们了！可是大家都一股脑跑去和我对立了啊！"

"那就算如此，我们站错了队，你也得硬着头皮把我们领回来啊，这不是你的责任吗？管你是沉浸在结婚的自得里，还是对分手的前男友余情未了，这些不都应该舍弃掉才对吗？负责人不就应该是冲在最前面的那个人吗？我说错了吗？"

"可……你对我这个小组负责人的要求是不是也太多了呢？"

熬到这个案子结束，自己就又能回归到准时下班的生活里了。目前只能先咬牙忍耐。结衣已经开始这样想了，可三谷却还没放弃。

"你难道要当个无能的上司吗？"

死去祖父写在笔记本上的话突然出现在脑海中，和三谷的声音重叠在了一起。只有这句话，她不想听到。结衣噌地一下冒起火来。

"那我把负责人让给你？你自己来把福永先生踹走就好了啊！"

"不要，我可不想被种田先生讨厌。"三谷说完便离开了茶水间。

为什么总想要把别人推上火线呢？结衣怒气未平地走出茶水间。

"别放在心上。"

是贱岳的声音。她从结衣身侧钻进茶水间，将便当盒放进水池里开始清洗。

"三谷小姐也是听了不少传言，才来求你的。因为她太害怕了嘛。"

"害怕？"她说的不是不想被讨厌吗？

"毕竟种田先生很受高层喜欢嘛，而且还是被那个石黑挖角过来的人才。就算三谷越级上报，最后把福永蹬出小组了，然后呢？最终她还是成了那个扰乱组内稳定的人。三谷是担心这个，怕自己这样做了会被抛弃掉。而且三谷是独身，我呢，是全家的经济支柱，未来也想做高管。"

"所以就想让我去做这件事？这也太狡猾了吧。"

"反正你有个万一也能回家被老公养着吧？而且你不是本来也对出人头地没兴趣吗？而且还和福永之间有私人恩怨。当时我陪你借酒浇愁的时候，你不是说了吗？前男友没选自己，而是选了工作。这么说来，你这个前男友就是种田，让他选择了工作的，就是福永喽。"

福永也对贱岳说过什么了吗？是为了离间结衣和组员们的感情吗？可是，就算这样做了，获得了同伴，他最终也无法获得真正的信任啊。

"福永先生是不是和前辈说了些什么？"

"和三谷听到的差不多吧。我这边的版本是近期会把你拉下负责人的位置，换我接替。但眼下运营权不是拿不到了吗？只能赶紧把福永赶出小组了。"

贱岳拍了拍结衣的肩膀，拿起洗好的便当盒离开了。结衣有些站不稳，她扶着水池的边缘蹲了下来。好累啊。

这一天，她还是比规定的下班时间晚了两小时离开公司，回家的电车上，她站着就睡着了。

最近就算已经回到家，也时常会受到来自组员的紧急联络，她也去不了上海饭店了。就是现在，肯定也有人正在家工作着，至少晃太郎肯定在工作。一想到这里，结衣就连躺下都无法放松。她意识到了，柊说的那种工作压力就是这回事啊。太痛苦了。无论身在何处，都无法从工作中脱身。

结衣关了灯，强迫自己闭上眼。可是眼前还是浮现出在公司中的一幕幕。海量的工作、塞得满满当当的日程表，这些都向她汹涌袭来，令她招架不住。

终于，离交付日就只剩两周了。

正常情况下，这个节点是必须要开始进行测试的时候了，可是福永团队还处在制作阶段。结衣也是第一次参与进程如此滞后的案子。

可与此同时，晃太郎却丝毫不显疲态。交付日越临近，他的工作速度就越快。

"我们就一边制作，一边测试吧。"

晃太郎的职位属于管理职，所以他的加班时间并没有限制。他总是快速做完自己那部分业务，然后马上接受迟滞的工作内容，一一消化掉。

"把落下的赶回来，只要拼命去做，就一定能做完。"

接到这条指令的组员们纷纷踏着沉重的脚步离开会议室。最后一个走出去的三谷仿佛幽魂一般望了一眼结衣。吾妻更是累得连话都没说一句。

"作为这个案子的负责人，有件事希望能商量一下。"结衣对福永说，"请向其他组借调组员吧。不然的话，我们组员的身体状况堪忧。请您和石黑先生申请一下吧。"

一听到石黑这个名字，福永的脸立即抽到一起。

结衣轻轻叹了口气说："我会去和石黑先生说明情况的。就说福永先生已经尽力了，只是我这个负责人能力不足……"

晃太郎可真能忍下这场闹剧。

"我明白了……要说啊，我其实一直也都是这么想的哦。不过有点犹豫要不要直接点名你的能力不足，所以一直忍着没说而已。"

福永的手拨拉着一枚 U 盘，他并没有看结衣。

"你要是早点发现，这个案子就不至于搞得这么狼狈了。"

"……您说得对，是我反应太慢了，非常抱歉。"

和这种人生气，只会白白浪费体力。接下来先和石黑谈判，再检查吾妻做好的工作内容。给牛松发去的那封标了"紧急"的邮件，也已经两天没有回复了。

走出走廊后，手机突然响了起来。是巧。糟了！结衣突然一阵胃痛。已经三天没回他消息了。

"两家见面的日子已经订好了哦。三月六日，在威斯汀酒店。我给结衣爸妈也打电话确认过了，他们那天都有时间，不过还是要和你再确认一下。"

结衣脑中浮现出三月六日的日程表。那天是交付口。

"虽然是个工作日，但是只要准时下班的话就赶得上哦。"

"那天……"规定的交付时间是早上十点。可是，一旦出现任何问题，她可能就没法回去了。"我不太确定自己能不能准时下班。"

不论发生什么事，都一定要准时离开公司。不久之前她还是这样做的。可是现在她已经没有这个自信了。

"可是，只有那天大家都有空啊，我周末两天要去练习驾帆船，我爸妈第二天就要去威尼斯玩儿了。"

为什么要去威尼斯？我都已经忙成这样了，为什么不能先想想我的安排呢？

"晚上七点，在二十二楼的餐厅。其实我都已经订好了。喂？你在听吗？"

"在听。"结衣感觉自己的语气有点不悦。心想自己这样不太好。其实巧代替自己承担了不少结婚的准备工作。

"一定要好好写在日程表里哦。我可不想像上周六那样自己一个人去选床具了。"

"我知道啦。"结衣说着，心里又忍不住别扭：为什么自己要受到这样的指责？等熬到这个案子结束，自己就能集中精神准备结婚了。为了这个目标，自己已经拼尽全力了。

"周末去新家的时候，结衣也一直在盯着电脑呢。要不要放弃做负责人啊？要是在以前，结衣肯定会这样做的。为什么不放弃呢？是因为有种田先生吗？"

"不是的。"结衣有些恼火，但巧的声音仍旧十分温柔。

"双方父母碰面之后，接下来就是结婚典礼了。虽然都是亲戚朋友，但是我也不想马虎。我已经做好表格了，一会儿发给你。"

"嗯。"又多了一份表格啊。结衣感觉自己快吐了，她挂断了电话。

一走进管理部，结衣就听到石黑在骂："你脑子坏了吗？"他似乎正在打电话责骂一个工作进度表写得乱七八糟的小组。看到结衣站在入口对他挥手，于是他便迈着沉重的大步走了出来。

"哟，这不是火烧眉毛组的负责人吗？你可能不知道吧，我很忙的欸。"

结衣已经没空理他的调侃了。她十分认真地拜托石黑："麻烦借我们一些人手吧。只需借两个星期，到交付日那天就可以……比如银行那边的团队，他们那边的客户比较固定，所以日程安排应该也宽松些吧，能不能借调几个人呢？"

"你来晚了，他们那边刚决定接下地方政府的一个赶时间的烂摊子。"

"真的没有多余的人手了吗？"结衣还不死心。

"真的没有。"石黑冷冷地说。

"每天多给你三条那个，也不行吗？"

"你要杀了我这个糖尿病患者吗？"

石黑按着结衣的肩膀，把她推到走廊里。

"我说小结啊，上个星期，社长找我私下谈过。看样子他是想做业界第一的。所以对于他来说，今年可是至关重要啊。你们那边不是已经确定拿不到运营权了吗？连盈利都做不到，怎么可能再拨人给你们啊！对你们只有一点要求，就是绝对、不能、亏损！真的只有这么一点要求了。不过，种田那种社畜肯定会想办法的吧，呵呵呵。"

石黑不是说过的吗，真的情况不妙就告诉他。结衣还没放弃地说："大家都累得不行了。工作做不完，还要带回家去做。"

"是福永下的指令？呵，的确是无能的废物想得出的点子。"

"大家都瞒着我这样做，所以我也没办法阻止。"

"这是他自己的主意吧？别管他就好了。这种人没遭报应就不会改的。你看看我不就是吗？愉快地复诊，一辈子饮食受限。不过，这也算是个机会吧，你也趁这次和那帮家伙交交手，看看那一边是什么样子。"

石黑从口袋里掏出今日份的砂糖包，一饮而尽。

"那一边？"

"就是种田在的那一边。我其实一不小心也会动动念头，想要过去那边呢。当个工作狂挺不错的哦。说不定比女人还爽呢。"

结衣重重捶了石黑侧腹一拳。软塌塌的肉被拳头捶得陷了进去。石黑竟然喜滋滋地呜咽了一声。结衣扔下一句"变态"，转身向制作部的办公室走去。石黑的声音在她身后响起："要是没见过那一边的景色，你就没法向上爬哦。"

"我才不稀罕向上爬。"结衣头也没回。

她内心一下沉到了谷底。她一直都怀着侥幸，希望石黑能帮她一把……不过，石黑也没义务做这份慈善，还是她自己太天真了。

听说无法借调人手，福永把组员们都叫去了会议室。

"明天开始开早会吧，大家一人读一本经济类的书，然后互相交流感想。"

没人说话。无奈，结衣只好问道："请问，这个早会的目的是？"

"进度之所以落后，都是因为大家的觉悟还不够。只要认识到日本经济，不，世界经济现在处在一个何等严峻的环境之中，我想大家一定就会努力工作了。"

眼下大家已经如此疲劳了，却还要做这种事吗？

"你们听没听说过'精神能够超越肉体'这句话？"福永问。

那是晃太郎甩给因过劳而无法入睡的柊的话。

"精神如果超越了肉体，那精神和肉体不就都毁灭了吗？"结衣回答。

"那是他本身就太软弱。"晃太郎小声嘀咕。结衣瞪了他一眼。听柊说了那么一番话，这个男人竟然还是毫无愧疚？

"如果早上再开早会，那大家的加班时间就彻底超过上限了，这样也会影响福永先生的绩效考核成绩。"

"在公司附近的家庭餐馆开会就不会有打卡记录了，很安全。"

三谷和贱岳的视线刺了过来。可是结衣说不出话来。此时屋内萦绕着无人能够忤逆的气氛。结衣看了看一边副职的位置。

"种田先生也觉得应该开早会吗？"

"我只负责公司业务。关于大家自主发起的司外学习会，我没有意见。"

晃太郎的视线落在手边的一沓文件上。自从结衣拜访过种田家之后，他就开始回避和结衣的交流。他似乎铁了心要在工作狂的道路上走到底了。

"如果还要开早会的话，人会非常困倦，这样工作效率会进一步下跌的。"

"我不会下跌。其他人如果有状况，我会负责接手的，这一点能够保证。"

"种田君都这么说了，那我就有信心了。大家都会参加的吧？"福永环视四周。

"啊……是的。"吾妻回答。见他开了这个头，三谷也点头说"感觉可以学到东西"。贱岳也说："我会和我先生商量，调整一下早上的安排。"

来栖露出"你要放任不管吗"的表情，看着结衣。

"啊，对了吾妻。"福永说，"新外包写的程序，感觉不太漂亮嘛，我会全部从头改一遍的。"

"啊？"吾妻眼神慌乱起来，"可是这段程序已经测试过了，并没有任何问题啊。"

"就算是这样，那代码拿给别人一看就能看出来，根本毫无亮点呀。"

都到这步田地了，这人在说什么呢？从现在开始修改，根本做不到啊。测试也得全部重新来过。吾妻已经哑口无言，结衣代替他抗议道："福永先生，不会有人专门去看代码的，这属于精细过头了。"

"星印可能是不会看，但是万一被高水平的程序员看到的话……"

"赶不上交付时间才是更严峻的问题呀。"

"我以前可是做工程师的，上交这种不够完美的东西，这有违我的信念。"

什么！怎么能这样为了一点小事吹毛求疵，逼得组员们更加疲劳！

"明白了。"晃太郎突然插话，"福永先生请专心改程序吧。其他业务以及吾妻这边的测试支持都交给我就好。"

福永一副如释重负的模样，又扭头对结衣说话。

"还有，这个新的外包，你告诉他这次请款我们不接受了。"

"啊？"结衣感觉自己仿佛彻底迷失在异世界，"您的意思是，不付钱了？"

"赤字再多的话，我的绩效考核就要受影响了。石黑那边也很啰唆。反正下次还会外包给他，到时候再一起付款就好了嘛。"

"我们怎么能保证下期一定会外包给他？"结衣一时哑然，反问道。

"还没到下一期，我怎么知道如何保证？不过这样说的话外包肯定不会拒绝。估计他一想到还有下一期，甚至还会做得更拼命呢。反正之前在我公司这么做是没问题的。"

他就是这样去压榨外包人员的吗？结衣起了一身的鸡皮疙瘩。她想起上个月那个累倒的外包员工，对方在电话里仍气若游丝地一个劲儿道歉。

"这会搞出人命的。"来栖小声说。

"太夸张了吧。"福永嗤笑，"不过，拿出拼命的气魄，就没有完不成的工作，是吧？"

"……是。"晃太郎回答。结衣紧紧盯着他的脸。

这都是福永教他的？拼死也要工作？福永就是用这句话把初入社会的大学生敲骨吸髓的吗？种田家的长子，就要为了这种男人去冒生命危险拼死工作吗？福永洗脑晃太郎的这些话，甚至将他的弟弟都逼上了绝路。

"所以，请大家和我一起去死吧！"

福永情绪高涨地总结，然后站起身。

"啊，请大家不要误会，我当然不是说要大家真的去死。不过呢，就算不睡觉，不吃也不喝，只要拿出不服输的气魄来，就一定会发生奇迹的。我们不会亏本！运营权也必然会到手！"

真的要任凭他这样胡闹下去吗？结衣问自己。真的要这样坐视不管吗？

无数次，无数次地重蹈覆辙，次次都是毫无反省。这样真的行吗？

"东山小姐。"晃太郎对一直死盯着福永的结衣说，"不要考虑那些有的没的了，既然到了这个地步，就应该专心考虑如何能够守住交付日期。"

结衣转过头，她看着前未婚夫的脸。就是这个人，他在福永的那句"和我一起去死"的怂恿下，无数次冲向死亡的关隘。一阵冲动袭来，那冲动和四个月前突然同意接下负责人一职的冲动相同。

但是，心中的另一个声音又说"不要这样"。她努力将这声音驱逐出脑海，开口道："听了福永先生的话，我真是大受感动。"

"啊？"吾妻游移的眼神突然定格。

三谷和贱岳也露出一脸"没想到你竟然会迎合福

287

永"的愕然表情。他们都以为只有结衣会反抗到底呢。可是结衣却接着说："从今天开始，我也要拿出必死的决心。"

晃太郎的眉毛拧到了一起，他眼神锐利地扫向结衣，露出"你为什么突然这种态度"的神情。

"大家都听到了吗？"

福永露出一个极度满足的微笑。

"我们这位东山小姐总算觉悟了。她也说要决心赴死！真是太不容易了。"他望着结衣，眼神中浮现出信任，"看来你不用参加早会了。"

结衣回报了福永一个微笑。然后大脑开始飞速旋转起来。

走出会议室后，来栖追上了结衣。

"你刚才那话，是什么意思啊？"

"我觉得还是顺从比较舒坦。来栖也别再勉强抵抗了。"

"这是什么策略吗？"来栖凑近结衣，确认周围没有别人后，低声问，"先骗过大家，让大家松懈，然后再给福永下套，是吧？……干吗不回答我啊？难道你目前还没计划？"

来栖专对这种事比较敏锐。结衣也压低声音："没办法啊，我也没想到自己刚才会说出那句话来。"

"你真的什么都没想啊？"来栖无奈了，"唉，算了……我们倒是也有我们的计划。"

"我们？"

结衣转过身。来栖说走了嘴，一脸尴尬地垂下头。

"其实，我和柊一起做了个计划。听说福永公司的前职员都想报仇。他们觉得同事里已经有人无法再度回归社会了，福永自己却干得风生水起，决不能放过他。"

"所以就想报仇？"

报仇了又能如何？惩罚福永，把他逼上绝境，这样一来所有问题就真的能得到解决了吗？

"东山前辈不会觉得不甘心吗？"

来栖的面庞有些扭曲。或许，福永的辱骂给他留下了很深的创伤。

"我没有觉得不甘心。"但有时候，她会觉得自己越来越迷茫了。

人为什么要工作？父亲为什么不愿意回家？晃太郎为什么没选自己，而是选择了工作？明明过去那么久了，但这些问题仍不断在结衣脑中盘旋。

"总之，我们会按计划去做的。"来栖说罢便返回了自己的工位。

来栖刚走，吾妻又跑了过来。

"按照现在这个工作进度，重新再做测试太乱来了……福永是不是疯了啊？"

吾妻事到如今才开始抱怨起来。

"什么早会，我可不想开。什么世界经济危机啊、竞争啊、全球人才啊、AI 一类的，我光听着就想吐。"

"那你就申请不参加呗？"

"那我可做不到。"

结衣目送步履沉重的吾妻离开后，开始给柊写邮件。正写了一句"我听说了复仇计划的事，请告诉我具体是怎么回事"的时候，肩膀突然被用力抓住了。结衣立即按下了发送按钮。

"为什么？"结衣不回头就听出来这人是谁了。

晃太郎跪到她的椅子边，似乎是不想让福永看到他们在交谈。他眼神充满疑惑地望着结衣。

"假装对着福永表忠心，是有什么预谋吗？"

看来晃太郎也识破了她的做法。

"这个任君想象吧。好了，我要开始工作了，不要打扰我啦。"

"你怎么这么对上司说话啊。"晃太郎语气里添了一丝笑意，"总是准时下班的人，和宣誓去死的行为根本不搭好不好。"

这个男人也真是，事到如今还想说什么呢？结衣歪头看着他。

"种田先生对我下达的命令不就是'全力遵守交付日期'吗？"

"话是这么说……"

晃太郎也有点蒙，似乎忘记自己究竟为何要来了。

"总而言之，你就和平时一样就好。可不许做什么奇怪的事啊。"

说罢，晃太郎便离开了结衣的工位。望着他的背影，结衣忽然想：这个人该不会是在担心我吧，担心我是否在勉强自己什么的？……不，这家伙不可能会这样想。他以前总是催促结衣要再努力一些的。

这时，手机突然震动起来。

是柊的回复。邮件名是"为了我哥"。她大略看了一眼正文，柊似乎并未对复仇计划泄露的事感到任何动摇，看上去他已经做好了放手一搏的准备。

结衣走到走廊的自动贩卖机处买了罐咖啡。她坐到椅子上从第一行开始读起来。

"交付日期愈发临近时，我哥几乎完全不休息……

这些是我听他之前公司的人说的。他拿功能饮料当水喝，连饭都没时间吃。他效率越高，堆给他的工作就越多。到最后，他每天睡眠只有两小时。可是最近我发现他已经连两小时的睡眠都没有了……抱歉，我拜托来栖君让我登录了贵司的在线进程网页。我知道这样操作是非法的。"

这几天，柊一直在登录工作进度表，观察晃太郎的工作时间。

"他从未离开电脑超过三十分钟。这已经不是压缩睡眠的程度了，这是根本不睡啊。"

这封邮件很长，结衣不断用手指滑动着。

"听说哥哥小时候和我一样，是很内向的孩子。妈妈说，他那时候不小心踩到虫子都会伤心得大哭。可是爸爸却对长子期望很高。那是我出生前的事了，当时哥哥在少年棒球赛上输了球，爸爸一整天都没和他说一句话。我哥出战甲子园，爸爸只质问他为什么没拿冠军，为什么会失败。还敦促他到了大学也绝不要松懈，要以职业选手为目标。不论哥哥怎样努力，都得不到夸奖，反而会被诘问为什么不能更努力一些。他已经习惯了这些，所以他自然也会来逼我。他觉得自己说的那番话，是在挽救被逼上绝路的我，是为了我好。我哥真的很不开窍啊。"

明明兄弟二人的年龄差了那么多，但或许正是因为如此，他才会对柊加倍严厉吧。

"所以之前他听了我说的那番话，应该挺受打击的吧。他或许觉得自己被彻底否定了。哥哥没有他自以为的那么强大。他跑到外廊坐着的那十五分钟，其实只是停止了思考，根本不是翻过了一页。他只是在骗自己，所以才埋头工作的。福永正是利用了他这一点。"

翻不过去的那一页中，是不是也有自己呢？结衣想道。

"福永那家伙，根本受不得一点批评。所以一旦遭到前部下的指责，估计就会内心受挫，放弃控制吧。这样一来，我哥也就能自由了。"

事情真的能如此简单吗？可是，就算结衣阻止，他们也仍旧会按照计划去行动的。于是结衣回复："明白了。不过我们这边也有工作进度和交付日期要顾虑，所以动手时机一定要和我商量哦。"

她又想了想，补充一行"晃太郎的生活如今只剩下工作了"，发送了出去。

"好的。虽然我这样拜托你很没情理，但是请你帮帮我哥，结衣姐。"

293

咖啡太甜了，结衣没有喝完。她将剩下的咖啡倒进了茶水间的水槽里。该如何将福永踢出团队呢？结衣还想不到什么好办法。最难的一关就在于如何让晃太郎远离福永。怎么做才能让晃太郎抛掉忠诚心和负罪感呢？

——工作，还有和我结婚，究竟哪个更重要？

两年前，晃太郎毫不犹豫地做出了选择——当然是工作更重要。这个男人当时就没有选择自己，那如今我还能够说服他吗？一阵钝痛袭上结衣的胸口。

"二十四小时奋战不休……吗？"

结衣喃喃道。抬头向着茶水间的窗外望去。从他们所在的这栋建在湾岸区的大楼远眺，可以看到新宿的那一大片大楼群。那都是昭和的企业战士们奋战铸造的摩天大楼。

晃太郎为什么会为了工作如此拼命呢？

她突然想道：是不是可以问问那个人？如果是父亲，那个将大半辈子都献给了公司的人，说不定会知道用什么方法才能令晃太郎回心转意。

多加班两小时后，结衣走出了公司。她刚进家门，就看到父亲站在客厅，愣愣地脱着丧服外套。

"爸，通知过你了吧，和巧他们家的家长会面定在三月六日了。"结衣和父亲搭话，对方却仿佛完全没听见，"还有，我发了封邮件给你，你读过了吗？"

"啊啊，那个事啊，嗯嗯。我去个厕所。"

父亲刚走，母亲就凑上前。

"他今天去参加葬礼了。去世的那位是你爸当年精心培养的部下。"

"……哦，他就是因为这件事才那么失落啊。"

"听说正开着会突发了脑中风。他家小孩才念中学呢，太可怜了。"

母亲擦着眼睛。父亲那种人，不难想象会如何教育部下。

"久等了。"父亲走出洗手间，"……啊，那我们上二楼谈吧。"

结衣跟在父亲身后走上二楼，父亲的背显得比平时更佝偻了。

一走进祖父的房间，父亲就把他们之前看到的那本笔记本打开，递到了结衣眼前。

"这本书上不是有忠治贴的剪报吗，上面讲到了英帕尔战役的结局。"

"这件事不是都过去了嘛。"

"总之你先看看它。"

反正结局肯定是很悲惨的喽。就是因为不想知道结果，结衣才故意不去查战败之后发生了什么的。她有些抗拒地瞄了一眼笔记本上的报道。

报道标题是"专横下达撤退命令"。

咦？结衣皱起眉。怎么和自己之前看到的不太一样。

"被英军痛击之后，日军陷入极为凄惨的饥荒之中。"

父亲等不及结衣读完，忍不住说了下去。

"那时候已经到了一天只能分到巴掌大一堆米的程度。而且不是一人一堆，是一整个小队一堆。士兵体力衰弱，又受疟疾和痢疾的攻击，早已无力战斗。身处最前线的司令官佐藤幸德再三发送电报，恳求补给。牟田口司令官却纹丝不动，他回复道："大日本皇军就算不吃不喝，没有子弹，也应该战斗。"

结衣叹了口气。果然是结局凄惨啊。她的心情不由得沉重下来。

"佐藤司令官仍坚持发送电报请求补给……最终，他擅自下达了撤退的命令。"

"擅自……就是说没有报告上级？"

"据说这是日本陆军自成立以来从未发生过的大事。多亏了佐藤司令官的命令，他麾下的一万名士兵得救了。但是整体的作战计划却很难推进了。"

虽是战时状态，却仍有反抗上级的人存在啊。她以前并不知道。结衣再次将视线落回到报道上。

这场有勇无谋的战役，最终以死者约三万人、伤病者约四万人的悲惨结局落下帷幕。结衣忍不住问道："明明一开始就知道太过武断，为什么就没人拦着呢？大家应该都觉得很奇怪才对呀。"

"那也只能服从，那个时代就是如此。"

结衣凝望父亲苍老的侧脸。他或许是想说：你和我生在不同的时代，你有什么资格指责我的工作方式有问题呢？

"忠治笔记里写到的'无能的上司'，指的究竟是谁呢？说不定指的是佐藤司令官。他或许是在批判佐藤这种不服从命令的家伙呢。"

"怎么会啊，公司又不是军队。"

"不论公司还是军队，都是组织啊。从过去到现在从未变过。"

父亲拿出自己的手机，点开结衣发送的那封邮件。前天晚上，结衣将最近发生的事情始末写成邮件发送给了父亲。事到如今也没什么好隐瞒了，结衣准备和父亲实话实说。

"想将强迫组员长时间加班的上司从案子里踢出

去，但又希望在晃太郎不知道的情况下，让上司主动退出，是这个意思吧？"

结衣点点头。

"……不可能的，放弃吧。"

结衣呆住了。"这就是爸爸的结论？"

父亲将自己的全身心都献给了公司。比起陪伴女儿，他一直选择的都是待在公司。可结衣总隐隐期待着，他是不是心里一直有悔意，所以这次会想办法帮助她。

"至少，再给点意见吧？什么都没有吗？"

"所以啊，我给的意见就是：不可能，放弃吧。"

父亲深深叹了口气说。

"你这孩子啊，虽然是我的女儿，但你怎么就这么怪呢？一觉得累你就要带薪休假，还不懂察言观色。在公司待的时间那么短，一有不合理的事你就跑路。日本上班族的美德啊，你一样都不沾。我一直都很担心你啊，你这样算是一个合格的社会人吗？但是，你现在也三十多岁了，也算进入管理阶层了。你总该明白，有时就是不得不向权势低头的。"

结衣本想接受父亲的这番话，但却又实在咽不下去，她反驳道："就算要对权势低头，但既然知道权势是错的，就不该这样做，这才是真正的美德吧？"

星印工厂的案子就是如此，本来应该在更早期就做些什么的。如果结衣当时做了，那个外包人员可能就不会累倒了。

"我说啊，我也不是自愿向权势低头的好吗？"

父亲神色疲惫地摇摇头。

"我们那个时代呢，想跳槽可没现在这么轻松。所以就算遇到不合理的事，也只能咬牙坚持熬到退休。工作之外的那些应酬也不敢轻易拒绝。一切都是为了你妈妈还有你们两个，我才一直忍耐着，如今你说我这样做是错的，我可真是接受不了啊。"

听到父亲这番话，结衣本想和平时一样回敬他，可是她做不到。现在——自从被迫无法准时下班开始，她就逐渐有些理解父亲的苦衷了。

"我现在能理解爸爸为什么一直加班不回家了。"结衣说。

"可能爸爸也试图反抗过吧。但是一旦向权势低下了头，就再也无法抬起来了。而且很多事也不是一个人能抵抗得了的。"

福永提出要开早会时，没有一个人反对。所以就算结衣提出质疑，也无法改变现状。

或许这样的事也是发生了很多次，所以父亲最终才放弃了吧。为了养家糊口，他只得咬牙忍耐。

父亲深深叹了一口气。

"你总算明白了啊，看来你终于长大了。"

"即便如此，我还是希望爸爸每天都能回家。"

"……什么？"

"我不希望你勉强自己。我不想你死掉。我不愿意每天都看着你的遗像。"

结衣抬起脸来看着父亲。

"所以，我就变成了现在的样子。爸爸有爸爸的人生，我也有我自己的人生。"

她的反抗心理再次涌上来。结衣瞪视着给自己的女儿贴了"怪人"标签的父亲。

"爸爸也是这么想的吧？是自己害死了部下。"

结衣望着父亲穿着的那件坐皱了的丧服裤子。

"说什么拼死工作，我还是觉得太奇怪了！"

父亲别过脸站起身。沉默了片刻后说："死在第一线是我们的心愿，我们也是做好了这番觉悟在工作的。这种心情，早晚有一天你会明白。"

这种事我根本不想明白。我凭什么要这样想！结衣将视线落回到那篇报道上。

"我不希望任何人去死。"

"专横下达撤退命令"的标题跃入眼帘。

"算了算了，你可别想着兴风作浪了。"

父亲急忙劝阻。

"你知道那个佐藤司令官下场如何吗？他被革职了，他本人也下定决心，以死谢罪。他还做好了准备，要在军事法庭审判的时候弹劾这场战役的责任人。然而最终却只给他冠了一个'精神失常'的理由，对他不予起诉，又硬塞给他一个闲职。结果那个有勇无谋的司令官反而飞黄腾达起来。那个牟田口司令官最后甚至当上了士官学校的校长。结衣，我再强调一遍——"

父亲站在那儿，向下凝望着女儿说："组织这种东西，从过去到现在从未变过。你如果再继续兴风作浪下去，就很有可能被扣上一个'精神失常'的帽子了。你就不能再忍忍吗？"

结衣脑中浮现出交付日期逼近的星印工厂的主页。还有他们那个稀里糊涂的责任人牛松那副哭唧唧的脸。的确，如果再忍忍可能就好了。

"还有啊，那个武田科长，我感觉他很有可能就是个两面派呢。"

父亲的表情变得严峻起来。他换上一副工于应酬的上班族模样说道："还说宁可多花点钱也要换一个能保证品质更优良的公司？眼下世道这么不景气，哪有说话如此有气量的客户？我可是没见过呢。"

这一点其实结衣心里也有点犯嘀咕。毕竟眼下所有的公司都在极力削减广告宣传费用。

"他们是不是想把自己这边责任人的不作为甩锅到你们公司，然后以换成别家公司的说辞威胁你们，逼迫你们提交一个价格更为低廉、品质更加优秀的报价单呢？"

的确，或许真如父亲所说，当时武田那句"请提交一份有独到之处的出色提案吧"就暗含这种意思。只不过当时他们没意识到而已。

所以，就算把福永赶走，这场有勇无谋的战役也并不会结束。

"可是，就算如此，也不能再这样放任福永了。"

结衣注意到自己的言辞变得更尖锐了。

"那家伙还会重蹈覆辙的。他会利用部下内心脆弱的一面，击溃外包人员。他这种作风早晚会连累全公司。"

结衣当初也没想到自己会被牵连进去。可是转眼间她就被拉下了水。

"再这么下去，晃太郎可能又要累倒了。这一次说不定会过劳死。"

父亲停下了脚步。他可能是想起了两年前双方父母见面的事。

"晃太郎和爸爸很像。他做好了拼死的觉悟去工作。不论多不合理的战斗，他都不当逃兵。不论是在家里还是在公司，他都是受着这样的教育成长的——可是啊，他原本是想改变的。"

结衣告诉了父亲，两年前那天，晃太郎之所以累倒，是因为他想为了结衣跳槽到一个能准时下班的公司。听到这些，父亲的表情十分惊讶。

"那个晃太郎，他想准时下班？"

"当时我要是能再多理解一下他，说不定我们就不会分手了。他也不会孤单一人了。"

"结衣，你……"

"我不是想和他恢复关系。我已经准备和巧结婚了，这是决定好了的事。所以，我想补偿晃太郎，我这次一定要改变他。所以我需要让福永——主动消失。"

父亲的手放在门把上，暂时陷入了沉默。结衣参不透他在想什么，只能紧盯着父亲的后背。

"很难啊。"父亲转过身，"不过，也不是没有办法。"

"快告诉我！"结衣急忙欠起身。

"但是，如果你成功了，你得陪我一起出去旅行……

对了，就去鬼怒川温泉吧。三天两夜，泡着当地温泉，品尝山珍海味……和我这马上就要嫁人的女儿一起喝点儿小酒，再给我揉揉肩膀，怎么样啊？"

结衣望着父亲那张有些害羞的脸。人上了年纪真的会变脆弱啊。早晚有一天，父亲会为自己一辈子只有工作的人生感到后悔的。

她不希望晃太郎也变成这样。结衣想起晃太郎凝望老家的木瓜海棠的脆弱后背。他也曾是要和自己结婚的人，结衣不希望他就那样孤独终老。

"两天一夜，去除揉肩膀，费用你来出，这样可以哦。"

"哼，还和我讨价还价。"父亲走到房间的角落，将墙上挂着的一个黑色大包取了下来。包里发出一阵稀里哗啦的声音。

"借你了。"

"借我这个干吗？"结衣皱起眉，望着被父亲扛在肩上的高尔夫球包。

"我那个时代啊，用这个东西能做到很多事呢！"父亲说，"你也直接去投诉试试吧？"

"直接投诉？和谁啊？"

"那还用说？"父亲狡黠一笑，"当然是一把手喽！"

眼看还差一周就是交付日，星期五这天的早上，结衣紧张地坐在沙发上等待着。

六点五十分，一辆出租车停在了高尔夫俱乐部的门口。结衣下意识地小声嘀咕"来了来了来了"。一个四十来岁的男人抱着细长的白色球包，踩着柔软的地毯走了过来。

男人的视线扫到结衣这边，他停住了脚步。结衣急忙起身向男人走去。

"社长，早上好。"

灰原忍，三十岁离开当时任职的公司，邀请大学时同社团的后辈们一道创业。

其中，就有还在念大学的石黑。创业第一年，他们甚至连给员工的薪水都发不出来，第二年就创造了年收五千万日元的好成绩，现在扩张到了约有三百名员工的规模，他如今是这家公司的社长。

"最近很多年轻人都不打高尔夫，不过也有些人会经常去的，比如那些年轻的企业家。"说到这儿，父亲拿出一份封面上印着灰原的杂志。翻开封面，正是一张灰原手拿球杆摆姿势的照片。父亲又说道："这种一看水平就不行的人，肯定会大清早一个人去练习。你就要瞅准这个时机！"

"请问，您还记得我吗？"结衣望着灰原问道。

十年前，正在找工作的结衣正是因为看到了杂志上刊登的一篇灰原的访谈，所以才决定投简历给这家公司的。她知道灰原致力于改善长时间劳动常规化的整个业界，于是决定见见这位社长。

出现在终试阶段的灰原问了结衣选择这家公司的动机后，笑着问："其他公司是不是都没录用你？"真的被他说中了。结衣投了上百家公司，没有一家决定要她。

灰原的身高和结衣近似。他登杂志页面的时候有专门的造型师整理，今天则穿着一件老气的高尔夫球衫，仿佛是百货商店的阿婆给挑的一样。

灰原沉默地望了结衣几秒，然后："没有预约我可不见。你有事需要先通过秘书，再获得你上司的许可才行。"

说完这句话，他重新背好背上咔啦咔啦乱响的高尔夫球包，向前台走去。这态度简直和一般公司的社长毫无区别。不过他骨子里应该没变才对。结衣大声呼喊："请稍等一下，社长……灰原社长！"

"别喊了。"灰原扭过头，"这儿可是家历史悠久的传统高尔夫俱乐部！"

果然。还是像以前一样在意他人眼光。结衣说："请，请允许我陪您一道练习。"

"东山小姐，你对运动感兴趣吗？我记得你说过自己学生时代是万年回家部的呢。"

"您还记得！这几年公司员工增加了不少，我以为您早就把我忘了。"

当年结衣进这家公司的时候，员工连五十人都还不到。

那时候灰原总是围着员工转。还会参加员工的结婚典礼，并且上台致辞。

结衣和石黑参与的那次新人研修，也是灰原安排的。研修结束那天大家一起喝酒，灰原不胜酒力，当时是结衣在厕所帮他催吐的。

"我可永远忘不了那个把烧酒、日本酒、葡萄酒和伏特加都掺在一起，还骗我是果汁，逼我这酒量不好的人喝下去的那个新人。"灰原皱着眉说。

"当时我也是烦恼多多，结果一不小心喝过头……"结衣放松了下来。

公司快速成长起来后，灰原逐渐也开始和员工们有了距离。如今甚至没机会和他在公司偶遇了。他变得离员工们非常遥远，根本找不到直接和他谈话的机会。

看上去，灰原似乎想成为一个随处可见的普通老板。

"你是和小黑打听了我的行程？"

"是的，听说您和小黑……和石黑先生偶尔还会一起吃饭。"

石黑接受了当时大学社团前辈灰原的邀请，帮他一道创业。他从十八岁就退学进入公司，结衣入职时，石黑已经工作三年了。

"我对他一辈子都心里有愧。为了看看他的近况，我们偶尔会见面。所以，我多少也知道你来找我是为了什么事。"

结衣已经不想问他为何要雇用福永了。她耸耸肩："我想学习社长，也和那些历史名人取取经。但是进展得并不顺利。"

因为灰原年纪轻轻就做了社长，所以他养成一个习惯，每当在经营方面遇到难题时，他就会向历史人物讨教。烦恼于如何设计公司架构时，他学习德川家康。开创新事业时，他学习坂本龙马。只要看看他办公桌上放着的历史书，就大致能明白社长最近的烦恼。

"您喝醉的时候曾经说过，希望能成为百年后的大河剧[1]主角。"

"你还真是净记些无聊事。"

"在那个视长时间劳动为家常便饭的时代，一个男人却奋起致力于为员工创造一个更加舒适的工作环境——当时还有这么一句宣传语呢。我真喜欢当时那个热血得有些'傻气'的社长。"

"那你应该知道，为了给员工们创造一个更加舒适的工作环境，我付出了多少努力吧。"灰原面向着俱乐部的入口说，"奖励休满带薪假。育儿假最多能休息三年。因为人事部上报了你们那个小组的加班惨状，我甚至引进了在出入口记录上下班时间的机制。加班方面的管理也非常严格。必要的制度已经全部都准备妥当了。"

"可是，大家还是会主动选择长时间劳动……甚至偷偷加班。"结衣说，"是不是仅有制度还不够呢？"

"为什么会不够呢？"灰原望着结衣，"东山小姐怎么看？"

灰原倚着高尔夫球包，一副主持晋升考试的模样望着结衣。

回顾了一下这半年的经历，结衣稍作思考后回答：

---

1 长篇历史电视连续剧。

"……因为他们都怕被独自落下吧。"

说完这么一句结论，她又继续解释："因为害怕在这个瞬息万变的时代里被甩掉，害怕失去在公司的位置，可是这种情绪无法和任何人讲起，所以大家都默默深陷恐惧之中。"

不论三谷、贱岳，还是吾妻，大家的内心都十分的孤独不安。当结衣握住他们的手时，发现每一双手都是冰冷的，都在颤抖。

"如果满脑子只有工作，那当然会感到孤独。从家到公司两点一线，人际关系又极度狭窄。这样很难应付变化，也会逐渐丧失自信。这样能做好工作吗？当然不能。"

灰原眼中原本带着些怒气的光芒突然闪动了一下。

"……好吧，难得你来了，那我们就打一局吧？"

结衣点点头。八点能走出俱乐部的话，就赶得上早班打卡。

她还是第一次站上发球区。天空真辽阔，远远的一大片都是绿地。在这样的环境中，自己的愿望说不定真的能实现。

"社长，能和我打个赌吗？"结衣哗啦一声抽出她爸爸的球杆，"输了的人要满足赢家一个愿望。我们就按球飞出的距离来定胜负吧。"

灰原摇摇头。

"那可不行，怎么能用高尔夫来打赌？这不是在玷污这种绅士的游戏吗？而且，劝你别妄想直接找最高层投诉就能解决问题哦。"

结衣一惊。看来自己的用意已经被看穿了。

"你想让福永离开小组对吧？但是他的人事权掌握在制作部的部长手里。我这个社长要是频繁插手去开除讨厌的员工，公司会乱套的。"

"我看到了，社长在使用各种手段扩大这家公司……所以，我希望最好是福永能主动退出。"

"踢走某个人，问题就能解决了吗？"

灰原抽出一根球杆。

"你知道丸杉辞职的事吧？他其实并非主动辞职。他趁我长期出差时，无视司内基准，插手审查，强行通过了福永的报价单。于是我要求他引咎辞职了。我这样的做法是有些强硬，有些勉强，但还是硬着头皮这么做了……但是，你们的小组得救了吗？不，毫无变化。"

"那是因为，福永还在组内……"

"你刚才也说了。"灰原眼神锐利地看着结衣，"大家都怕被落下，所以才选择了长时间劳动。如果是这个逻辑的话，那就算没有福永，情况也不会改变……说实话，我也不太明白该怎么办了。"

"可是，社长曾经说过，会支持我。"

——我在这家公司，有想做的事。

当时结衣年仅二十一岁，在最终面试时，她告诉了灰原自己选择这家公司的原因。

——我想让这里变成一家员工都能准时下班的公司。

"人才即是至宝。"

灰原将球钉扎进草皮。

"我当时一心想扩张公司，所以很痴迷德川家康。我希望能招来各种各样的人才。当时正巧是小黑工作太拼累坏了身体的时候，所以就想也招一个你这样的人吧。于是就录用了你。可是十年都过去了，我看你毫无作为嘛。"

"不，我每天都准点下班。"

"不是只有你自己如此吗？而且你不是现在连这点都做不到，所以跑来高尔夫球场找我哭诉吗？我还以为你能做得更好呢，所以说实话，我对你很失望啊。"

结衣凝望着父亲借她的球杆。看来打高尔夫的点子没啥用啊。

这家公司的社长应该不会坐视不理——她是抱着

这样的信念来到这儿的。如今结衣也很失望。她扯掉了球杆的外套。

"那社长先请。"

"真的要赌高尔夫？你，你会打高尔夫？"

"没问题。我把我爸的高尔夫漫画都读得滚瓜烂熟了，像《明天好天气》一类的。"

"那也太古早了吧。"灰原不太高兴地抓起球杆摆好姿势，"我可是说过，本来不该赌高尔夫球的哦。你可不能泄露出去。"

灰原一直都是这个样子，特别在意他人的眼光。总觉他和福永有点像。

可是，她还是坚信这两个人是不同的。这个社长对过去充满悔恨，所以他才会将方针转向到为员工创造一个更舒适的工作环境上。可是，这个社长充其量也就到这种程度吗？只设立一堆制度，然后就撒手不管了？

灰原挥动球杆。结果球却离目标偏了八丈远。

"啊，打到界外了……"

"那就轮到我了。"

她究竟为什么要来这儿呢？结衣按照父亲的教导握紧球杆，耳畔响起遥远的鸟鸣。春天的脚步近了。交付日近在眼前了。

结衣大吼："叉！烧！"挥动球杆。这是《明天好天气》的主人公——向太阳在击球时会喊出来的口号。"面！！"她一杆击飞了球。

"哦！真打中了！这可是我爸教我的诀窍！"

"好球！"灰原惊呼，"你父亲……该不会球技超棒吧？"

"我爸说他是单差点[1]。"

"单差点？！他这是和多少客户应酬才练出来的！太可怕了。我下周就要和他那个年纪的人应酬呢。是我们的一个客户……我能不能做好啊……"

灰原皱起眉，按住了胸口。

看到灰原那副样子，结衣愣住了。她刚入职的时候，灰原经常是这副六神无主的模样。那些老员工只能一边说着"真拿你没办法"，一边想尽办法去帮扶这个靠不住的社长，一同努力解决问题。

依靠他人之力——这一点也和福永很像……但是，他这该不会……是假装的吧？结衣望着灰原。

"算了。现在先不想接待客户的事了。你有什么愿

1　差点反映了球手水平，指高尔夫球手打球的水平与标准杆之间的差距，单差点即指这一差距为个位数（0—9杆），业余高手、高尔夫教练、职业球员多处在这个差点段。

望？姑且听听，不过我只是听听哦，还不知道能不能帮你实现呢。"

结衣稍作思索后回答："那，我就只请求一件事。"

"这周末两天，请您给我调派一名人员的权限。"

灰原试探地望着结衣。"……只要一个人就行？"

"是的，不过相应的，我也不会当场说出这个人的名字，这件事，我会自己去办的。"

看来，社长其实多少明白，光是设立制度还远远不够。他是否也在暗示结衣"你也要做出相应的努力才行"呢？

他或许想告诉结衣：去吧，去亲手实现你在面试时说过的那句话吧。

"接下来，就只能去改变工作在一线的同事们了。"

结衣说。其实究竟该怎么做，她暂时也没有想好。但多亏来了这儿，她才从真正意义上做好了觉悟。

结衣一边收拾球杆，一边对灰原说："我想让这里，变成一家员工都能准时下班的公司。"

当天晚上，结衣没有回家。进入公司这么多年，她第一次熬通宵工作。

对于福永小组来说，这周末两天是最后关头。测试环节一直到傍晚都没有结束，于是福永下令全组通宵工作。可是他自己却声称要"歇歇脑子"，于是回家了。

谁都没阻止他。已经到了最后阶段，也基本没有部长的事儿了。倒是福永不在公司能少改写点程序，反而能让大家少干点活。

"你回去吧。"晃太郎对结衣说，"明天早上搭早班车来就好。"

"不用，我带了三天的换洗衣服。"

星期一的傍晚就是她和巧双方父母见面的日子了。结衣已经下定决心要在公司奋战到最后一秒了。

来栖在自己的工位上吃着烧蛋卷。她也劝来栖先回去，可是来栖却拒绝回去，他说"反正我都已经带晚饭了"。他可能还惦记着和柊一起策划复仇呢吧。不过，今晚也确实很需要他留下来帮忙。结衣在他旁边坐下。

"看起来还是很美味呀。这回的案子结了，你教教我怎么做吧。"

"这种东西，你不用勉强自己去学。"来栖愣了愣回答，"诹访先生真有那么好吗？"

"我们想法相似。他和我一样，都不会勉强自己去工作。"

"我妈总说，互相了解彼此不同，这才是婚姻的关键之处呢。"

结衣一时语塞，她突然感觉胸口被一杆尖枪扎透了。

"对了，东山前辈想到什么策略了吗？"来栖问道。

"嗯？啊，嗯。也不能说想到了，该怎么讲呢……"

只能说，她现在已经做好了觉悟，而且也从灰原那里获得了借调人手的许可。不过，她还没有想到用什么方法能让大家准时下班回家。

"……其实，还没有。"

结衣老实回答道。来栖眼神变得晦暗下来，他盯着自己的筷尖："福永命令组员留守加班，自己却溜回去了。他现在真是变本加厉了哦。"

命令。这句话在结衣脑中突然亮起一道光。这个词刺激着她的大脑，她突然想起了那条"专横下达撤退命令"的新闻报道。结衣环视着办公室内的组员们。

总之，今天就先让大家回去会怎样呢？这个点子突然冒了出来。紧接着，下一步、再下一步计划也逐渐清晰起来。按照这个计划，不但可以让福永离开晃太郎，甚至还有可能让他主动离开。

现在福永已经回家了，能下命令的只有自己……不，还有一个人。结衣看了一眼副部长的工位。晃太郎正坐在那儿敲打着键盘。她稍作一番思考后，给柊发了一封长邮件。大概晚上十一点钟时，柊回复她："了解！"

"好！"结衣心里暗喝一声，抬起头，正巧来栖喊她说有客人来找。

走出写字楼大厅，结衣看到将头发扎成一束、系着围裙的王丹站在那儿。她手上拎着一套银色的外卖盒。一看到结衣，王丹便一脸不爽地说："我这是在贿赂你。结衣不来我们店，搞得那些常客也都没兴致喝酒了。结果我们店这月亏损了欸！亏损可不行。这个，叉烧面。"

"耶！那我不客气了。我晚饭还没吃呢。"

王丹大步走进了休息室，从外卖盒中端出面碗，撕掉了为防止汤汁倾洒、盖在碗上的保鲜膜。

"我也想去吃饭啊，可是我们这边现在也在赤字边缘挣扎欸。"

"真遗憾啊，日本这么不景气。"

王丹打开保鲜盒，夹起叉烧扔到面碗里。

"不过，泡沫经济崩溃很可怕哦。我的发小就是因为房地产泡沫破灭死掉的。我们一起打拼，还在同一家公司上班。"

"死掉了，为什么？"

她还是第一次听王丹讲她来日本之前的事。

"公司建造了特别多的高楼大厦，就是为了囤积居奇。他没日没夜地工作。当时没人能拦住他这样做……

我也没拦住。"

王丹掰开方便筷摆好。结衣没有问她们二人之间是什么关系。

"越是深爱一个人，越是想不到他会死啊。"

王丹双眼有些湿润地望了一眼结衣，将保鲜盒收进了外卖盒里。

"你带钱包了吧？好。加上回程的出租车费，总共三千日元。"

"啊？你打车来的？这么近还要打车？而且你不是说这是贿赂我的吗？"

"记得来我店里哦。"王丹抢过钞票转身离开，"一定要来哦。"

叉烧面的汤汁泛着闪亮的油光，温度高得似乎会把人烫伤，看上去太美味了。结衣突然浑身涌起力量。人绝不能不吃饭，这话果真没错。

结衣躺靠在椅背上。踢走福永，接下来该怎么办？灰原也说了：光是踢走他，眼下的问题仍然无法解决。

让福永消失，晃太郎就能从这场有勇无谋的战役中全身而退吗？其他组员又会如何呢？这些问题结衣问了自己无数遍，如今，她仍要再次面对。

该怎么做，才能让大家都准时下班呢？

结衣望着吃干净了的面碗。想着王丹说过的那番话。她掏出手机，给父亲打了个电话。首先报告自己的上诉计划进行得不是很顺利。接下来，她带着试探的意图说："看来，只能抱着必死的决心去拼一把了。"

　　"公司职员就是这么回事啊。"父亲的回复中夹杂着叹息。不过，听闻女儿终于理解自己做小职员时的心态，父亲的语气中还夹杂着一丝喜悦。

　　"爸爸说过，死在职场是你的心愿，对吧。"

　　"是啊，不过像你这种准点下班的人是不会死的啦。"

　　果然，父亲就是会这么想啊。结衣挂断了电话，她知道该怎么做了。

　　思索片刻后，结衣打通了管理部的电话，指名调派周末两天的增员。如果当时说出借调人的名字，灰原是绝不会答应的。

　　第二天周六，办公室安静极了。虽然是年度末，但其他小组根本没人来上班。看来多亏了社长引进的用打卡机记录出勤时间的政策。

　　福永小组的组员也都消失得一干二净，除了结衣。

　　过了早上六点，福永来了。他望着空无一人的办公室问："其他人呢？"

"回去了。"结衣揉着睡眼，还在处理进度表。

"哈？……回哪儿了？"

"回家了吧。"结衣起身向打印机走去。

"说什么鬼话！"福永察觉到事情有些蹊跷，"火烧眉毛了，还有心情回家？……种田呢？"

"他弟弟好像出了点事……他回老家了。"

不知道柊那边进行得顺不顺利啊？他们的计划是：让柊早上四点钟的时候喊醒父母，告诉他们赶紧和晃哥联系，他有话要说，然后闹一场……差不多是这样。

"所有人都跑了，怎么会有这种事！"

当然不是巧合。确定晃太郎已经被他爸妈喊走之后，结衣下达命令——

"大家先回家稍微睡一会儿吧。"

组员们都是一脸不太相信的表情，但是结衣说服大家自己会好好善后的。于是组员也就都在结衣慢悠悠去了趟洗手间的这段时间纷纷离开了。

"开早会的时候，大家明明答应和我一起去死了！"

福永的额上渗出汗珠。他或许是想起了自己上一家公司那些陆续辞职的员工。"所有人，所有人都是这样。"他痛苦地低语。

"……不，种田他，他会回来的。他会带着大家一起回来的。"

"可是，种田先生也曾经背叛过你啊。"

听到结衣这句话，福永一瞬睁大了眼，露出"我究竟还能相信谁？"的迷茫眼神。

"怎么办……离交付日只剩两天了……原本应该争分夺秒才对……"

"没关系，还有我呢。"

结衣将刚刚填好的进程表递给福永。

"我重新做了一份进程表，按照这个安排来做就能做完。加油吧！不管发生什么，我们都要携手克服！"

"这什么啊！"福永看着进程表发出一声低吼，"四十八小时排得水泄不通！"

"抱着必死的决心，就能做到。"

"这个工作量太大了吧。一分钟都不能休息？这不可能做到啊。身体会垮掉的。"

"但精神是可以超越肉体的。"

"这样连精神都会垮掉！"

"不会的。会有奇迹发生的！"

"这么工作真的会死啊！"

"是的。"结衣望着福永，"我已经做好觉悟了。"

结衣向前一步，紧握住捏着那份进度表的福永的手。

"不才东山结衣，愿陪福永清次司令官一道赴死！"

紧握的双手间，传出纸张摩擦声。

啊。结衣突然意识到，自己说错了。他不是司令官，他是部长。

福永愣愣地望着自己的手，很快他反应了过来："原来！原来是你唆使大家的！"他一把甩开了结衣的手。

"你想谎称忠诚，让我放松警惕对不对！你不光自己背叛，还教唆其他组员也——你真是个吃干饭的废物！第一次见你的时候我就感觉到了，你是我的天敌！"

这还是两人第一次看法一致呢。结衣想。

"不光是我，所有认真工作的人都讨厌你！就是因为有你这种人在，日本的经济才会变差。对！没错！所以你和种田才没有什么好结果。那个 Basic 的诹访早晚也会认清你的真面目！反正你们迟早会分手的，和种田那时候一样。你会孤单一辈子的！"

她会再次被抛弃，再次无法被人所选择，她会孤单一辈子。

听到福永这一番夹杂着痛苦的反击，结衣感觉心都碎了。这个男人真的很擅长抓住别人的弱点。或许他也是在不断的痛苦循环之中变成这个样子的吧。

"种田宣誓过会效忠于我，所以他一定会回来的。"

福永这番话仿佛是在安慰自己。

"他肩膀练坏了没法做职业球员，是我收留了他。他除了打棒球什么都不会，那些工作上的方法都是我教他的。他就是个活脱脱的社畜，没了我他根本活不下去。他只能对我唯命是从——根本就是头家畜。"

就算说话匆忙没过脑子，也不该用家畜这个词吧。结衣听得一阵冒火。但还是得忍住，接下来才是重头戏。正当她准备开口时，突然传来一个低沉的声音。

"你说谁是家畜？"

身后的脚步声逐渐近了。那个在打棒球时期坚持严格训练、会绕着棒球场跑到昏厥、锻炼了一副强劲肉体的男人，站在了福永的面前。

"没了我他根本活不下去——活不下去的是你吧？"

福永顿时屏住了呼吸，露出一副"糟糕了"的表情。这个部下虽然对上司极为忠诚，可是他自尊心同样很强。福永就这样失言将他变成了自己的敌人。但是，他马上又摆出一副笑脸："种田君，你果然回来了。"

"我都听到了。福永先生，您还真是一点没变啊。"晃太郎说罢又斜睨了一眼结衣，"你也一样，一点没变，还让柊去演了一出烂戏。"

失算了。

她本来拜托柊把晃太郎拖到七点钟再放他走的。看来这场闹剧一下子就被他戳穿了啊。即便如此，他也回得太快了，明明只差一点就能把福永逼到绝路上了。

"你真是什么都不明白呢。"

晃太郎没有再看着一脸焦虑的结衣，而是将视线转回到福永身上。

"当初合伙开公司的家伙跑了，你的公司顿时跌到谷底。你怎么不想想，这样的公司怎么还能再坚持十年之久？你的公司里根本没有任何人教我如何工作。那是我刚进公司的时候一点点从合作方那里偷看报价单，还跑去和外包公司调来的人打听网站的架构方法，拼命学来的工作方法。一切都是靠我自己的努力学到的——我之所以这样努力，全是为了报答你当时收留我的恩情。所以，我才没忍心抛弃你这样一个无能的上司。"

"无能？"福永喃喃道，低头看着被捏破的进程表，然后十分缓慢地抬起了头。结衣看得出，他准备更换攻击对象了。福永瞪视着晃太郎。

"你的意思是，你婚事告吹全是我的错喽？你就想说这个对吧？呵，原来如此哦。但我告诉你，你们之间本来也没什么爱吧，这婚事不是你主动选择抛弃的

325

吗，因为会耽误工作？你爱的只有工作……对吧，东山小姐？"

看来，福永这次又想把结衣拉拢过来了。不能被他的话打动。

可是，结衣在他的话中察觉到了一点真相，这令她内心动摇了起来。决不能表现在脸上，眼下决不可以将弱点暴露出来。

"要是没了工作，我还能剩下什么？"

晃太郎瞄了一眼沉默不语的结衣。

"什么都没有。我如果变成那样……她不会喜欢的。可是，我越是努力工作，她就越痛苦。我这个人没那么聪明，做不到工作和她兼顾。我不是抛弃，我是只能放弃了。"

晃太郎又看了结衣一眼。

"但是，我很后悔……这两年里，我一直很后悔。"

现在怎么能说这些啊！结衣感到自己的内心在止不住地动摇着。怎么能大大方方的就把伤疤展示给福永看啊。果然，这道疤被福永十分敏锐地捕捉到了。

"他撒谎。"福永对结衣露出一个苦笑，"他可不是为了东山小姐，他全都是为了他自己，他就是这种人！"

果然，这个当过社长的男人观察力非常敏锐。

柊认为，晃太郎之所以沉迷工作，是为了"遮掩自己内心的迷茫"。他的这个解释其实太天真了。并不单纯是这样。他的晃哥并不是个秉性之中只有温柔这一种特性的人。

"东山小姐应该也注意到了吧？"

福永正色问道。

"克服重重艰难险阻，最终完成工作的那种快感，就仿佛是来了一场搏命的危险游戏。种田根本拒绝不了这种诱惑。"

不知道他是从何时起变成这样的，但从他们交往的时候起，晃太郎就是如此。

"案子出了问题，火烧眉毛的时候，他根本就不想去救火。火烧得越大，他越高兴。看上去他是在为我卖命，其实他只是利用我去火上浇油罢了。上司、同事、下属、家人、爱人，这些人统统被卷入其中他也不在乎。他就是重度工作狂。肾上腺素依赖症。已经没救了。"

福永说得没错，当年连虫子都不忍心弄死的少年，不知何时长成了这样的大人。

"东山小姐！如果你是为了种田所以才如此逼迫我，那我劝你趁早放弃！他那样的人早就油盐不进了！"

或许，的确如此吧。

327

父亲也是一样。他当时每天早上边系领带边唱着"二十四小时奋战不休"，面对缠在自己腿边、央求着"爸爸今天早点回来吧"的女儿，他只会嘴角带笑地回答："不能哦。"那眼神仿佛完全沉浸在脑内肾上腺素的迷醉之中。结衣一直在和这样的人战斗着，甚至赌上了自己的人生。

可是她一直在失败。但这次，她决不能放弃。

晃太郎一直默默地听着福永的反驳，此时，他突然笑出声。

"哈哈，您可真会说。要是面对客户也能这么巧舌如簧可就好了。"

晃太郎脸上已经不再有一丝顺从部下的模样了，结衣不由得心下一惊。

"原来你嘴上一直喊着种田君、种田君，天天依赖我，心里其实就是这么想的啊？"

此刻的晃太郎已经彻底摆脱了对福永的忠诚心和罪恶感。

"不过，福永先生说得也没错。我可能就是那种人吧……但是，但是我打心底里希望结衣能拉住我。所以我才恳求她当这个案子的负责人。"

"骗人！"福永用手直指晃太郎对结衣喊道，"这家伙在骗人！"

结衣没有回答，她不会站到福永这一边的。晃太郎之所以变成这样，福永根本脱不了干系。

"我本来不相信的，世界上存在什么能让员工准时下班的公司。"

晃太郎盯着福永继续说道："可是跳槽到了这里，我突然发现，只要工作方法正确，准时下班也一样能够赢利。一开始我根本接受不了，我想：这样的话，那我之前公司那些同事的牺牲又算什么啊？连结衣都失去的我，算什么啊……可是，和结衣一起工作后，我逐渐也接受了。工作——工作这回事，可能不必赌上性命也可以做好吧。或者说，这样的工作才是更令人兴奋、难度更大、更具挑战的游戏啊。当初在你那个公司工作的事，我现在根本连想都不愿再想起了。"

"你要把我一人扔下？"福永的声音在颤抖，"你又要抛弃我？"

此时，福永的手机突然响起。

太好了。结衣顿时放松下来。再没有比此时更加合适的时机了！

收信提示音并不是只有一声，而是突然响个不停。福永一脸畏怯地看了一眼手机，立即惊呆了。手机滑落到了地板上。晃太郎将手机捡起。

"这是怎么回事？"

晃太郎满脸惊讶地看着接连发送过来的邮件名，读出了声："'决不原谅！你没有做老板的资格！承担责任！要求赔偿！你这无能的上司！'……是上一家公司的人发来的邮件。"

晃太郎一脸迷茫地抬头看着结衣。

想要复仇，就应该选择现在这个时机。如果真的想要阻止福永发疯，就按照这样的方法来做。这些都是结衣告诉柊的。

然后，结衣又拜托柊，将自己想说的话转达给那些前公司员工。

——痛苦的循环已经结束了。接下来请珍爱自己。

"我不是无能的上司……"福永呻吟着，他已经不敢再看晃太郎了，而是一脸祈求般地望着结衣。

"是吧，东山小姐，我不是个无能的上司吧？"

要说，就要趁现在了！

"嗯……"

结衣叹了口气。

"种田先生可真是个没爱的男人哦。"

"哈？"晃太郎皱起眉。

"这么恶劣的男人说的那些话，您可不能真的相信哦，福永先生。"

"喂！你怎么回事……"晃太郎正要反驳，却被结衣无视了。

"福永先生当然不是无能的上司。"结衣说，"您只是一个遇到讨厌的事情就想逃避的，普通、平凡、随处可见的一般人罢了。"

她的语气极尽温和。

她并不想仅仅将福永逼到绝境就作罢。因为下一次，他还会重复同样的错误。

"可是，不论是做老板还是做部长，都给了你太大的压力。所以你一定非常痛苦吧？我一直都看在眼里呢。福永先生很努力了，做得很好了……可是，大家对你都太严格了！"

她从晃太郎手中将福永的手机抢了回来。手机掉到地上前，她瞥到屏幕上"胆小鬼"三个字。

"被大家这样批判，福永先生会很伤心的。"

"我已经很努力了！"福永眼中泛起泪光。

"是的。"

结衣点着头。这个人的确是按照自己的方式在"努力"了，只是一直都不顺利，永远在遭受背叛，过得比任何人都孤独。于是，不知何时起，他变得只懂保全自己了。

这一点，结衣也是一样。进入这家公司十年，结衣也一直想的是，只有自己能准时下班就足够了。

不过，这样的做法也要在今天终结了。

"福永先生可能只是把自己逼得太狠了。"结衣望着福永的眼睛，"怎么样，就趁这个机会，休息一段时间吧？"

"休息……"

福永神色一阵动摇，这并未逃过结衣的眼睛。

"就一口气歇个长假吧。就说是被这个草率的案子搞得有些精神失常了。这样说，不会有人责怪福永先生的。"

"精神……失常？"晃太郎哑口无言地反问，"福永精神失常？"

"如何呢？花个一两年时间，找家景致不错的温泉悠闲疗养一下怎么样？"

"可是……"福永偷看晃太郎的表情，"休息那么久，再回来还会有我的位置吗？"

就在这里一决胜负吧！

"我等您。"

结衣温柔地握住福永不停颤抖的手。

"我是绝对不会背叛您的，福永先生。"

晃太郎脸上露出一个僵硬的冷笑。似乎是想说：你就骗人吧。

"我们再一起工作吧！"

她没有骗人，她是认真的。她不会再让这个人感到孤单了。也不会再让这个人的痛苦再加重了。再也不会发生这种事了。

"为了迎接那一天的到来，我会努力的。为了最大限度激发福永先生身为工程师的能力，我要成为副部……不，我要成为部长，等着您回来。"

我要让这里变成一家员工都能准时下班的公司。为此，我愿意做任何事，就算出人头地我也要做。在高尔夫球场和灰原分开的时候，她就下定了决心。

自己不往上爬，又怎么能改变这家公司呢！

"谢谢。"

福永点了点头。

"既然你都说到这个份儿上了，那我今天就先回去了，我会申请长期休假的。"

"明白了，后面的工作请放心交给我吧。"

"是我误会了。"福永深深地叹了口气，"东山小姐不是我的敌人。"

福永离开办公室的背影，显得那么轻松。

"呼……"晃太郎无奈叹息着，捡起了进度表，"那咱们开始工作吧。"

"什么？"

"福永先生已经回去了，接下来不就只有我们两个人收拾残局了吗？"

"我的工作宗旨是决不逼迫自己哦。"

"可是，你刚才不是说了，交给我……"

结衣没理会一直在一边吵闹的晃太郎，低头看了看手表，祈祷大家别真的睡过去了。不过她这种想法只是杞人忧天。一到七点，她就听到了打卡机清脆的打卡声。三谷道了声"早安"走了进来。稍过一会儿后，贱岳也来了。接下来，其他的组员们也都来了。

结衣松了口气，挺直身体问大家："让大家周末还来上班，真是不好意思……大家都稍微睡了一会儿吧？"

"嗯，多亏你了。"吾妻一脸困倦地将包放在桌子上。

结衣将大家喊到一起，告诉大家"福永已经离开小组"的事。

"太厉害了！这可真是大逆转啊！"来栖环视着办

公室，"那管理部来帮忙的人是谁呀？来了吗？"

"哦！原来如此。"晃太郎说，"你就是用这套说辞骗大家先回去的？"

"干吗用这么负面的词，我可没有骗人啊。"

"可是石黑先生不是都说了吗？已经没有多余的人手了。"

"仅限制作部喽。"结衣又拿出一张进程表。

"早上好。"一个胖墩墩的男人走了进来，"说吧，让我干吗？"

"增员该不会是？！"

结衣点了点头，拍起手来。

"大家注意了！社长非常重视我们这个案子，于是特意调派了管理部的石黑先生来我们小组协助工作！"

石黑显得有点害羞。毕竟他最喜欢的晃太郎也在场。明明结衣打电话给他，说自己和社长赌球赌赢了，要借调他过来帮忙时，石黑还挺生气地吼着："干吗选我？！"

"社长为什么会……"晃太郎有些疑惑地皱起眉，不过他马上切换了思维模式，"明白了！请石黑先生来代任部长的话，的确很稳妥。"

"不是的。"结衣摇摇头，"石黑要和我们一起工作哦。"

"啊？可是，石黑先生可是总经理啊，职位要比福永还高呢。"

"过去这家公司还经常违反劳基法的时候，石黑先生可是一个不眠不休把堆积如山的工作全部搞定的人哦。冲在第一线工作可是他的特长哦。一直到被调去管理部前，这家公司每小时效率最高的员工就是这位石黑良久哦。"

"哦？"

看到晃太郎一脸狐疑的模样，结衣又说："好，那么我们努力工作到交付日那天吧！不过，如果感觉身体到极限了，请一定告诉我。"

"小结，你得说说那件事啊。"石黑扯了扯结衣的袖子。

"那件事？"结衣反问，随即恍然大悟。

那还是结衣进入这家公司半年前的事。石黑在工作中晕倒后，被医生告知一辈子都需要坚持注射胰岛素了。知道这件事后的第二天，灰原没有来公司。有人说他去海边捡贝壳去了，也有人说他去寺院过了一宿，总之众说纷纭。几天之后，灰原终于来上班了，他告诉大家："从此以后，不会再让任何人因为工作而累垮了。"

从那以后，为了防止公司再接受一些不合理的案子，灰原设立了管理部。他还策划了新人研修，并告诉大家：不要成为一个只知道围着公司转的人，要享受人生，要去认识更多人，要开阔自己的眼界。只有如此不断积累生活经历，才能真正做好工作。

这是创业初始时期，社长和员工们的一段佳话。可是之后再入职的新人们却并不知道这件事。

"开始工作前，有一句话希望大家能牢记。"

结衣环视着在场的同事们。

"你不是为了公司而存在的，是公司为了你而存在。"

"这是社长说的，对吧。"来栖点点头。看他的眼神，似乎已经对结衣彻底恢复了信任。

结衣微笑着，再次看着在场的所有人。

"也就是说，如果这家公司令你无法顾全自己，那就应该辞掉这份工作。千万不要有为公司卖命这样的愚蠢想法。"

还有，结衣接着说。这是最重要的一件事——

"交付结束后，我们去开庆功会，痛快喝一场吧！我知道一家不错的店。到时候大家一起尽情吐槽公司吧！"

决不会让任何人失去性命了，要做到这一点，就不能让任何人感到孤独。无论多么微小的一点不安，也需要倾诉，不能堵在心里。这一点灰原做不到，所以只有在第一线工作的自己能做到了。

"东山小姐为了我竟然这么拼命！"三谷简直要哭出来了。

结衣笑着回答："到时候就让那位把案子搞得火上浇油的副部长来付餐饮费吧。"

"反正是上海饭店吧？"晃太郎嗤笑一声，"那也不是很贵。"

"没错，就是那儿了。太棒了！我到时候一定要点隐藏菜品！"

"隐藏菜品？"贱岳问道。

"那家店的厨师非常厉害！之前王丹推荐过鱼翅，这次就点点看！或者燕窝也不错欸！"

"那我要尝尝熊掌！"来栖急忙说。

"啊，好哇好哇，想吃什么随便点！"晃太郎笑了。他还蛮喜欢摆个阔气的。而且因为根本没时间花，所以应该也攒了不少钱吧。

"怎么有种大团圆结局的感觉？"吾妻插话。

"是啊，不过真正的考验这才刚开始哦。"

"没问题啦。反正福永先生不在了，总算可以不再修改测试用的程序了。"

结衣将新的进度表分发了出去。她考虑了每一个人的工作效率，按照大家都能承受的标准制定了工作量——只除了一个人。

结衣将最后一张表格递给了晃太郎。

"考虑到种田先生的能力，所以分配给你的内容非常多。"

"不不，这很少了。"晃太郎笑了，"我连东山小姐那部分工作也能全都做完呢。"

"看上去少，是因为还要保证你有饮食、休息、睡眠的时间呀。"

"你连这些都给算进去了呀。"晃太郎有点不以为然，"看来东山小姐并不知道什么是真正的考验呢。"

"大家可都没有种田先生那样的异常体质。只要我在现场，就会监督大家好好休息睡觉的。"

"你别拖后腿就行啦。"过度自信的副部长如是说，"我这次可真的会拼命做的！"

真怀念。他们交往的时候，晃太郎就是这副模样。不管结衣做饭难吃，还是去他家打招呼时醉得不省人事，晃太郎都只会说句"真拿你没办法"，轻描淡写地就过去了。

可是一到交付日将近，他就像变了个人。没有任何一次能够拦住他失控。

工作正式开始。最重要的就是要避免增加工作量。为了少出错，只要头脑感到疲乏，就小睡十五分钟。饮食、休息都要走到外面去，不能一直吃便利店的盒饭，要在饭店正经吃一顿，帮助转换情绪。要时常交流，不可独自烦恼。——结衣严格要求大家贯彻以上这几点。

快到中午时，三谷来找结衣。"能不能借一步说话？"

"好的。"结衣刚刚处理完了贱岳那边的一个问题，她停住手，看着三谷。

"我和种田先生打报告，说我去吃午饭了。然后他很冷淡地回了一句'请便'。"

"有什么问题吗？"

"我感觉他言外之意是——像你这种人怎么好意思休息？"

结衣停下了手。"你别这样想就好啦，不听他的不听他的。"

"可是……"三谷看向副部长的位置，"他那样效率超高的人都没有休息，我这种人却要休息，的确有点不知好歹啊……"

副部长席上的晃太郎正在检查吾妻上午的工作进度。"太慢了"，他吐出这么一句。听到这句话，吾妻的下颚忍不住抖了一下。

看到这一幕，三谷的身子显得更僵了。

"我还是放弃出门吃饭吧……我也……也得再加油。"

结衣深深叹了口气，站起身。

"大家快去吃午饭吧！"

来栖听到结衣这样说，立即掏出了便当。贱岳和吾妻也拿出钱包。三谷犹豫再三也总算离开了，石黑问结衣："小结，我们去吃乌冬不？"

"我还不饿呢。"结衣婉拒后又坐了下来。

办公室里一个人都没有，安静极了。不间断的打字声不停灌进耳朵里，这个节奏弄得人心下紧张。这声音仿佛在说"我决不休息"。

"这么休息下去人就松懈了，会赶不上截止日的。"

"还是部下的人命更重要呀。"结衣转过头回答。

"不，截止日更重要。"晃太郎愉快地笑了，"要是想留在这家公司，还没什么能力的话，至少要赌上性命去拼搏才行吧。"

果然如此，他又发作了。

——我打心底里希望结衣能拉住我。

他自己才刚说过这句话，现在就忘得一干二净了。他总是这样。一旦开始工作，什么温柔、爱意、怜悯之心，都会统统被扔到脑后。

现在还没到大团圆呢！真正的敌人根本不是福永。

这个热爱着工作的人，这个两年前自己赌上了人生都没能改变的男人，就拦在结衣眼前。

那天下午五点钟，结衣的身体早早开始发出悲鸣。昨天一大早去打高尔夫，从那时起就一直没睡。她已经有点恍惚了，前一天晚上那碗叉烧面之后，她还什么都没吃呢。

小组的进展非常顺利。

不愧是石黑。刚一展开工作，他就立即抓住了造成赤字的主要原因，并细致地解决掉。虽然他向结衣申请追加糖分，但是被结衣拒绝了。

然后是晃太郎，他一分一秒都不停下，浑身散发出来的那种异常的紧迫感随着夜色渐浓，逐渐渗透到了整个办公室的空气之中。到了晚上八点，结衣一个一个地呼唤组员们去吃晚饭。面对晃太郎投来的责备眼神，结衣推着大家的后背催促"别管他别管他"，把大家都推出了办公室。

组员们轮流补眠。这一晚还真多亏了吾妻的睡袋。过了夜里十二点，贱岳一边念叨着"不知道宝宝们都睡了没"，一边钻进了睡袋。

晃太郎说了句"我十五分钟后回来"，穿上了跑鞋。

"他要干吗？"石黑问。

"去跑步吧。"结衣回答。

"哈？他不累吗？"

"就和小黑想吃糖一样吧。分泌肾上腺素能让情绪高涨起来。"

这样一来，那些想不通的事，也就都无所谓了。

"天啊。"石黑抱紧自己，"怎么和过去的社长一样？看着好痛心。"

"我也出去一下。"

"对了，你也还没吃晚饭吧，至少先睡个觉吧。"

十五分钟时间，出门吃饭肯定是来不及的。但是副部长和负责人都不在办公室的话，气氛也能稍微放松放松吧。趁这个机会说点悄悄话，缓和缓和情绪也很必要。

结衣不会打盹的。结衣偷偷进了另一个隔间，打开了藏在那里的笔记本，她开始做起了没有写在进度表上的另一项工作。

星期一交付时，还要同时上交一份分量惊人的工作报告书。眼下这份报告她还没动工呢。分发进度表的时候，她很怕晃太郎会注意到这点。

不过晃太郎并没注意到这一点。为了不让他注意到，结衣特意说了一堆吃饭呀休息呀睡眠呀一类的话，转移他的注意力。其实她知道，就算让晃太郎去休息，对方也不可能照做。

这份需要花两个星期做完的工作，结衣下决心独自完成，这两天就把它全部搞定。所以她没时间睡，也没时间吃喝。禁止组员们做的事，她都要做。

石黑说过了，要是没见过那一边的景色，就没法向上爬。所以她要去看看晃太郎常去的地方，要去看看那些工作狂们才能到得了的地方。这是最后的一场战役。

当然不是真的想去。但倘若没有极度接近那里，她就没法骗过晃太郎。

手机突然震动起来。是巧。结衣喘了口气来到走廊。

"我到周一为止都回不了家。不过已经准备好替换的衣服了，到时候我会直接去酒店的。"

"你要在公司留宿三天吗？"巧声音里透着担忧，"……啊，对了，三桥小姐说了，想早些去咱们家开派对呢。结衣也邀请一下种田先生吧。"

"……啊啊，好的……我会跟他说的。"

打赢这场仗，把晃太郎从工作狂人生中拽出来，再能找个女友，一生幸福，那就好了。结衣想到这儿，不由得按住了肚子。实在太饿了，饿得想吐。

"家长碰面那天，你真的会来吧？"巧有些反常地难缠。

"当然了，我会去的……那先挂了，我得回去工作了。"

"对结衣来说，我和工作，哪一个更重要呢……"

视线突然有些模糊。巧是在问她吗？还是在自言自语呢？结衣还未回答，电话就挂断了。但她也没有时间再多想了。

她用超快的速度敲着字。注意到已经过去十五分钟，结衣就马上回归到了自己进度表上的工作。趁着大家去洗手间、去吃早饭、吃午饭的时候，结衣目送大家出门，然后就折回隔间继续工作。有时候抬头一看，才发现已经过去三个小时了。

……不知不觉，到了周日的傍晚。

"太好了！终于快完成了！"吾妻喊道。

"只剩下这些的话，估计能赶上末班车回家了！"三谷仿佛祈祷一般地念道。

晚上十点钟，结衣认真地确认着测试结果。晃太郎也再确认了一遍。

整个办公室顿时变得十分安静，只有人事部特别通融在周末也开通了的空调声回荡在整个空间中。

晃太郎抬起脸，点点头。"没问题了。"

"大家……辛苦了！"

结衣举起双手欢呼，大家也爆发出一阵兴奋的欢呼声。终于结束了。

"今天晚上请大家好好休息。不过很抱歉，明天还需要大家来一下公司，等到上午交付结束。周二和周三都可以调休，庆功宴就定在周四晚上吧！"

组员们一起鼓起掌来。大家互相道着"辛苦了"，陆续走出办公室。结衣努力支撑着，尽量让自己步子看上去不那么飘忽，一直目送大家离开。

"太累了。"石黑走了过来。

"我真是上岁数了，熬不动夜了。我没守约陪老婆去看电影，她气得火冒三丈。我这种白天不行晚上不举的家伙，估计很快就要被抛弃了吧……"

从某种角度来说，石黑算是结衣从灰原那里劫来的人质。虽然强迫石黑拼命工作不太好，但是……

"这次的案子小黑也要承担一部分责任啦。"结衣道，"来，这个是今天的份。"

结衣将一包糖递给石黑。

"我知道啦，小结也早点回去吧。"石黑说完便离开了。

"你干得不错嘛。"晃太郎走了过来，"连吾妻和来栖的工作都承担下来了，的确很有毅力。我到天亮为止再做一遍最终检查，你就回去吧。"

"还不能回去，进度报告书还剩了一半没写……"

"啊？可是，进度表上标的是'完成'啊……是你故意隐瞒了？还剩一半……换我也得花三天时间呢，你明天早上能写完吗……这样，你分我一半吧。"

晃太郎肯定是要在公司留到最后一秒的，于是结衣点了点头。

"那你那边弄完了就帮帮我吧，我要是提早弄完就去帮你。"

"嗯？你觉得能赢我？"晃太郎眼中冒起一股恶火。

"因为哭的人肯定是你啦。"

"我才不会哭呢。"晃太郎笑着回到了自己的位置。

其实结衣已经头晕得不行了，可一回到电脑前，她又立即进入了工作状态，注意力开始高度集中起来。等到再次抬起头，已经是早上七点了。

窗外的天色已经亮起来，晃太郎背对着被朝阳的光芒点亮的大楼，再次穿上了跑鞋。最终检查已经弄完了？真是可怕。

结衣想起了柊说的那句话：和这个人在一起会很痛苦。

"怎么办？"晃太郎看着她，"我帮你分担吧？"

"就只差一点了，没关系。"

"哦？你都快弄完了？太厉害了吧。你就是为了这个最终冲刺所以才一直保留体力的吗？"

晃太郎露出十分钦佩的神色。他还以为结衣一直有好好休息呢。

这男人一旦眼中燃起恶火，就变得什么都看不见了。

他真的和父亲很像。他也从未想过结衣会勉强自己去拼，他也觉得结衣绝不会死。

"只要拿出拼死的精神，什么案子都能做完。晃太郎说得很对。"

她很久没有这样称呼对方了，获得夸奖的晃太郎有点害羞地说："能和结衣一起工作真的太好了。"

"接下来也会一起工作的。虽然无奈，但是我们估计会一直在同一家公司的吧。"结衣开着玩笑回答他。

晃太郎轻轻点了点头，说了句"十五分钟后回来"就出门了。应该又去跑步了吧。

就趁这个时间展开作战！

在晃太郎回来之前，她要躺倒在地上。闭上眼一动不动。

当然是装的。但是晃太郎回来之后看到她躺在地上，一定会大吃一惊吧。很快组员们也要来上班了。他们也会说起——好像没见到东山小姐吃饭睡觉欸。实际上的确如此啊！所以一定会完美还原真实感的。

然后呢，这场战役就落幕了。

两年前，两家人碰面的那一天，晃太郎倒在公寓沙发上。结衣拼命地摇晃他，他都毫无反应。明明一起睡觉的时候不小心碰到脚晃太郎就会立即惊醒，可当时结衣用尽力气呼喊他，他都没有回答。她知道自己没能阻止恋人，于是恐惧懊悔得浑身颤抖。

也要让晃太郎尝尝那种恐惧的滋味。这样一来，或许就能彻底改变他了。

那个踩到虫子就会哭泣不已的少年，他的爱如今应该还有残存吧，虽然已经不是对恋人的那种爱了。但结衣还是要赌一把可能性。

一旦估摸大家要去叫救护车，自己就睁开眼好了。像两年前的晃太郎那样。

感觉，自己差不多该停手了。身体也快到极限了。应该赶紧先躺下。

可是，她停不下来。

等回过神来，她感觉大脑深处喷射出宛如雾一般的东西。这阵气体伴随敲字过度导致的手指疼痛，转为一阵快感。身体深处开始麻痹。她突然感到一阵难以置信的轻松。这就是脑内肾上腺素吗？她连脚趾都开始抽搐起来。不够，再来，越多越好！越是逼迫自己，越是伤害自己，那阵雾气就喷射得越多。

给我拼到极限！大脑深处有个声音下了命令。死有什么恐惧的！饥饿、疲劳、疼痛，一切都会消失的。没有什么好怕的！

父母赐给你的宝贵生命？那算什么？一个声音说。你父亲选择了工作，他没选你，他不承认你。不止你父亲，所有人都这样。谁都不在乎你。不如去工作吧！只要去工作，你就能获得爱。公司就是你的家，是你的容身之处。只有公司会收留你。

别逃避！忍住！加油！不论多么荒唐、草率、勉强，都要战斗下去！

好寂寞。

她的心在尖叫，可却不知被谁封住了口。你不寂寞，来吧！前进！

"结衣——"一个声音在喊她，"结衣！"有人在拼命摇晃她的身体。手心熟悉的温度从后背传来。可是又立即消失了。她在逐渐消失的意识之中想：这样一来，终于能得到父亲的赞赏了，他会说，结衣，死得漂亮！

等反应过来时，她发现自己站在一个十分昏暗的地方。

脚底不断传来清脆的碎裂声。是沙子？不，是白骨。遍地埋着白森森的人骨，简直没有能下脚的地方。

这里就是那个地方吗？结衣想起了祖父留下的那本贴了很多报道的笔记。

在英帕尔战役中逐渐衰弱的日本兵一个个倒在了撤退的路上。那条路被称为"白骨街道"。度过漫长的岁月，直至今日，那里还残留着很多遗骨和遗留品。很多人最终未能回到故乡。

可是，此处并非往昔的战场。

眼前的一切都是那么熟悉。摩天大楼遮天蔽日。大批的上班族拥挤着向前走。他们穿着西装打着领带，踩着倒下的前人尸体在前进。

为了公司！为了公司！为了公司！

有个人站在眼前。很眼熟。是上海饭店的那个常客大叔。那个在隔壁桌吃了回锅肉之后回去公司加班，然后就死在工位上的人……原来他在这里呀。

"来这里就不会寂寞了，结衣。"

大叔笑着向她伸出手。衬衫的袖口皱皱巴巴的，看上去似乎有好多天都没回家了。

"只要服从命令就足够了。只要做到这一点，就有容身之处了。"

这就是石黑口中的，那一边吗？

结衣缓慢地环视四周。

自己赌上性命才来到这里……结果竟是如此无趣。她心中的狂热瞬间冷却，唯有古怪难受的感觉留在了胃里。

从她身后冲过来的上班族撞到了她的肩膀，但却并未道歉。那人眼中布满血丝，一边念着"快迟到了"一边往前冲。结衣有些恼火，但她还是开口问大叔："这边没有啤酒，对吧？"

"哪有工夫喝酒呢，结衣？"大叔的皮肤开始脱落，西服逐渐朽烂，他化为白骨。

"太忙了，太忙了啊。"

大叔竟然为了抵达这种地方而赌上了性命啊。

在上海饭店的年末聚会上，大叔握着筷子假装麦克风，挥汗如雨，忘情歌唱。他还从记事本里拿出一张正念小学的儿子的照片给结衣看。他们全家准备正月假期去泡温泉。"偶尔也要陪陪家人呀。"大叔笑着说。

"还想和大叔一起合唱那首《木棉手帕》呢。"

结衣话音一落，大叔的白骨便碎了一地。抽泣声从大叔的白骨，不，是从遍地的白骨中响起。祖父是不是也在其中呢？父亲早晚有一天也会来这儿的吧。傻啊！大家都太傻了啊！明明都很想回家吧！

"决不会让任何一个我所珍爱的人来到这种地方了！"

结衣对着碎了一地的白骨大喊。

"可是，你自己已经来了啊。"

白骨回答她。的确，她不知不觉间就投身到了这场有勇无谋的战役中。白骨继续说道："你已经回不去了，留下来和我们一起工作吧。"

这可怎么办？正想到这儿——

唰——唰——唰——

从很远的地方，传来金黄色液体注入酒杯的声音，还有细密的泡沫跳动的声音。上海饭店已经开门了吧——那就是说……

"马上就要下班了。"习惯这东西还真是可怕，结衣的双脚已经开始动起来了，"再不回去，就赶不上啤酒限时畅饮了！"

"可是，你看看呀！大家都在拼命工作呢！"白骨狂怒，"在这种情况下，你怎么好意思独自回去！绝对不能！来吧，快工作吧。"

"可是……"结衣说。

这种情况，她早都习惯了。其实只需要一点点勇气即可。

"我，准时下班！"

她在其他上班族的队伍中逆行着，向着啤酒注入酒杯的声音毫不犹豫地走去。她想赶快打开上海饭店的大门，望着那浮到杯沿的白色泡沫。

就在清醒前一秒，她的大脑深处仍能听到遥远的呻吟声，在对她说："再来啊！"

一开始看到的是天花板，然后是输液袋，上面写着"葡萄糖"几个字。结衣迷迷糊糊地想，小黑一定要羡慕哭了吧。

再接下来，她看到了种田晃太郎。今年三十六岁。最爱工作，爱到无法自拔。他喊了声"结衣"，从一边的椅子上站起身，结衣看了看他的眼睛，不由得浮出一抹微笑："我说过吧，会哭的是你。"

晃太郎一句话也说不出，他嘴巴张开又闭上，反复好几次后，叹息着说："你是傻瓜吗？"紧接着又用超大的音量问："为什么要这么逼迫自己？还骗我说你好好休息了！"

"这里可是医院啊。"结衣说，同时感觉自己左边眉毛有些扯得难受。她伸手一摸，发现那里贴了一块大纱布，还用医用胶带固定住了。

"这是什么？"

晃太郎沉默了片刻，有些艰难地回答："缝线了，缝了五针。"

就在失去意识的瞬间，结衣试图站起身。结果却摔倒在地，额头被放置在地上的机器划伤了。听说出了很多血。

真是十足生动的一番导演调度。如今结衣也没法说自己只是想装装样子了。

"大夫说了，麻醉药劲过了可能会很疼，而且会留疤……"

"是嘛。哎，反正现在的化妆品都很厉害。用点遮瑕啥都能挡上。"

结衣暗暗想，幸好已经订婚了。

"要是撞到要害，你可能就没命了！你明白不明白啊！"

晃太郎的声音里透着愤怒，看上去似乎他才被伤得更重。

"进度报告书已经完成了吧？"结衣坐起身，感觉还有些疲劳。

"我没看。"

"没看？怎么回事，那案子怎么样了啊？"

"谁知道。"晃太郎愤愤地回她，"这七个小时我一直都在等着你苏醒呢。"

"这里有人看护的呀，你完全可以回去工作嘛。"

"当时，我拼命摇晃你，想把你叫醒。结果你一点反应都没有。我当时感觉这一辈子都完了……还谈什么工作啊……"

"是吗……"

两年前，结衣也是这样想的。所以他们分手了。要是眼睁睁看着最爱的人死在自己眼前，那还不如不再见他。所以她离开了晃太郎。她是胆小鬼。

晃太郎压下怒火，开始一点点和结衣讲起她晕过去之后的事。

救护车到的时候，石黑刚好来上班。他看到结衣躺在担架上，面色骤变。大概是想起了当年倒下的自己。

石黑坚持说"我要陪着小结"，但是晃太郎鞠躬恳

356

请："求您让我跟着她吧。"然后冲上了救护车。按吾妻的邮件所说，最后的交付是由石黑和贱岳共同完成的，一切顺利。

"网站运营权还是没拿到对吗？"结衣拿起枕畔的水杯喝起水来。

"不，运营权拿到了。"晃太郎对一脸疑惑的结衣道，"多亏社长。"

"啊？社长？"

"别假装不知道了！你之前明明煽动过社长对吧？"晃太郎语气苦涩。

从石黑那里听说了结衣倒下的消息，灰原脸色铁青地问："她死了？"

"暂时还不清楚。"石黑回答。

灰原要求和石黑他们一起去星印工厂交付。星印的武田课长看到灰原大吃一惊，赶紧把星印的高层领导都喊来了。

灰原在常务办公室将秘书端来的玉露茶一饮而尽。

"贵司就算不把后续的网站运营权委托给我们，也无所谓。"他说。

"暗地里逼迫外包公司的员工通过长时间劳动去争取业务，这种企业，我们以后绝不会再合作……那么在这样的情况下，贵司将失去一个即将成为业界第一的伙伴公司，这样也无所谓吗？"

乘着这股气势，连牛松当时强行追加条件所产生的费用，灰原也一并要求星印赔偿了。

"所谓真正地擅长工作，其实指的应该是灰原社长那样的人吧。"晃太郎感触颇深的样子，"真是胆识过人啊。"

是胆识过人吗？还是逼到没办法才说了这番话的呢？结衣想。他应该不会次次都这样做的。毕竟他和福永基本属于同一种类型，比较不愿意面对自己讨厌的人或事。

但是，在石黑身体垮掉的时候，灰原没有逃跑，而是为了改善这家公司的工作环境，做了各种各样的努力。

而且这次他还唆使结衣去主动改变第一线的工作状态。不过，他应该没想到结衣会搏命去工作吧。事已至此，他也只能亲自上阵了。

无所作为，放任员工累死，灰原将被打上愚蠢老板的烙印。那样一来，岂止是做什么时代剧的主角，估计百年后仍会被讽为无能败将。

晃太郎瞪视着结衣。

"要是你这样一个平时都准时下班的人过劳死了，

那会给公司——尤其是一线的员工带去极大的冲击。你就是看准了这一点，对吧？"

其实结衣没想那么远。她也并不是真的想去"另一边"。她只是想见好就收罢了。

从星印工厂回来后，石黑接到晃太郎的电话，知道了结衣没有生命危险的消息。于是他质问灰原：

"我们当时是不是发过誓的？决不能让公司再出现第二个我了，对吧忍哥？"

"要是再这么下去，员工们会对你彻底失望——跑去追随小结的。"

"小黑说得真不错呢。"结衣不由得笑出声。

她把石黑叫来帮忙，其实不只是为了赶上交付日期。她是期待着将石黑拉进案子后，能对灰原构成一定的刺激。事实果然如她所想。

短暂的沉默后，灰原回答："我会将每位员工的加班时间控制在二十小时以内。"

他又说："不是每周二十小时，是每个月二十小时以内……我绝对说到做到。"

明明要争夺业界第一名，却还准备这样做吗？简直像在做梦啊。

不过，那位社长倘若真的下了决心，就跟随他吧。

结衣想。

"你也太傻了！"晃太郎还在生气，"有必要为了公司拼上性命吗？别再这样了。不许再这样了。决不能再这样了！"

她不是为了公司，而是为了晃太郎。话到此处，再握住晃太郎的手，这场战役就完美落幕了。可是，她做不到。

面对其他人能够简单做到的事，面对这个男人，她却做不到。

"我想惹晃太郎哭。"

两年前的那场风波，终于有了一个发泄的出口。

"还记得吗？你一直在讲，我们没必要住新家，就住你租的单间就够了，反正你基本也不回家。我真的无法原谅你这种说法。所以我刚才看你哭了，感觉心里特别痛快。"

晃太郎伸手按住两眉之间。"我一直有个疑问哦。我们两个思维方式差那么多，你为什么还愿意和我结婚啊？"

结衣稍作沉默后回答："就是因为不同，所以才……"她需要鼓起勇气，说出自己的肺腑之言。

"就是因为你身上有一些我不具备的，甚至完全相反的特质，所以我才会喜欢上你吧。"

可能，在初次相遇时，她就知道两人有多么不同了。

晃太郎沉默了更长的时间，然后说："是吗……我可能也一样吧。"

然后，他稍作犹豫，向着结衣的额头伸出手。手指怯怯地碰了一下结衣伤口上盖着的棉纱布，他勉力从喉咙深处挤出声音："结衣……那个……我来这家公司，其实是为了和你……"

正在此时，身后响起小推车咔啦咔啦的声音，护士走了进来，将体温计递给结衣："四点了，该量体温了。"

"今天是星期一？"结衣突然想起来，"完了！晚上七点我们两家父母要在威斯汀酒店碰面呢！"

晃太郎蒙了。"什么？你该不会……要去赴约？"

"要去啊，这次再出问题可真的糟糕了。"

"可是，你还在打点滴啊，你看，你胳膊上还连着管子呢，而且身体还没恢复……"

"啊！糟了！订婚戒指被我落在玄关了。应该还有时间吧？我得回去拿一趟。总之，我先把衣服换一下。"

结衣一把扯上了隔离用的帘子，晃太郎无奈地抓住帘子道："啊，行吧！我知道了，我知道了！我送你去新家，再把你送到威斯汀。"

"不用，你没义务为我做这么多。"

"就当是补偿你额头上的伤吧。"晃太郎很坚持，"这次一定要看着你顺利结婚。这样一切就能完美了结了。"

结衣稍作迟疑后，点了点头。两个人漫长的过往终于要画上句号，一切总算能结束了。

出租车停在了双层公寓的门口。虽然结衣说了可以自己去拿，但晃太郎却不同意，非要跟到玄关才放心。望着公寓的外观，晃太郎又问："房租要多少哇？"

"二十五万日元。"

"原来结衣是想住在这样的房子里哦。"

才不是呢。结衣一边想着，一边用钥匙打开了门。订婚戒指正放在门口的鞋柜上。放心了，要是没戴戒指，巧肯定会生气的。

"这戒指又是多少钱买的啊？"晃太郎声音里带着一丝嫌弃。

正在这时，结衣听到一阵声响。她望向楼梯。二楼有人，不是一个……是两个人。声音发出的位置大概是在卧室，想到这儿，结衣整个人僵住了。不会吧，怎么可能……巧怎么会这么马虎？他总该想到，结衣是有可

362

能回来的吧。

可是，前天晚上结衣确实在电话里说了，她要从公司直接去酒店。

晃太郎说了句"我去看看"，脱掉鞋静静走上了楼梯。

不会的。结衣这样想着，打开了鞋柜，里面摆着一双并不属于结衣的女士鞋。是一双点缀着皮草的低跟鞋。她见过这双鞋，也知道鞋的主人是谁。

巧和自己很像。他也受不了被独自冷落。所以会发生这种事，似乎也不奇怪。当时在电话里巧问"工作，还有和我结婚，哪一个更重要"的时候，结衣并没能答上来。

明明当时晃太郎说"当然选工作"的时候，自己那么受伤，还屡次三番地和巧提到过这番往事，结果轮到自己，却并没能做出选择。

或许巧无法原谅这样的结衣吧，所以他大概觉得就算出轨现场被逮个正着也无所谓。结衣感到浑身脱力，一下摔坐在玄关。

两年前的晃太郎竟然也是如此难堪吗？

晃太郎很快就回来了。声音还在继续，看来房间里的两个人并未察觉自己被人窥视了。晃太郎也不愧是运动神经一流，走路丝毫没有发出声响。

"走吧。"晃太郎穿上鞋。结衣望着他的后背问："那就当没看到……或许也可以吧。"

她仍然感到迷茫。事到如今，难道一切又要被打回原形了吗？

"算了，快走吧！"晃太郎抓住结衣的手，把她拉出家门。

公寓前是一条宽阔的河流。巧曾说过自己喜欢从阳台眺望河川的风景。他还说，住在河边是自己的梦想。

在那条河边，结衣甩开了被紧紧抓住的手。

"别管我了。晃太郎可以假装没看见，我不会在乎的。"

"你还嘴硬。"晃太郎快速伸手，从结衣手中抢走了钻戒盒子。对着河川就是一个漂亮的投球。

"呃！"结衣刚喊出声，钻戒已经咕咚一声沉下水了。

"算了，放弃吧，求你了……不然我真的很痛苦。"

结衣眺望着在夕阳的照射下波光粼粼的河面。和巧在一起的每一天，都仿佛河面上那一点一滴的微光，仍在不断地闪烁着。

"那个戒指，好像要五十万日元呢。"

这次轮到晃太郎发出"呃"的一声了。

结衣对晃太郎说过，就是因为两个人的性格截然不同，所以才会喜欢上他。也正因如此，他们才会激烈地争吵。她忘不了这个和自己截然不同的男人。

可是，巧不一样，他每天都会回家，他更在意自己而非工作，他也希望另一半和自己一样。他们两个人都在刻意忽视彼此的差异，所以也从未争吵过。

即便如此……结衣想着。要是不管交付日，按时回家，是不是就不会失去巧了呢？这件事，或许以后她仍会思考很多次吧。

两个人就这样眺望着河川。结衣的眼睛渐渐湿润起来。她真的很爱巧，如果没有巧，那么和晃太郎分手后的时光她根本无法独自熬过去。

自己又变成孤独一人了。她想起自己在失去意识的时候——另一边的回锅肉大叔说的话。那堆白骨说，来了这边就不会孤独寂寞了。

此时，晃太郎的喃喃低语打消了结衣脑中那些话。

"没想到三桥小姐还是攻方嘞。"

"你看到什么了啊？"结衣抹抹眼泪，"太差劲了！"

"又不是我想看，我也是被迫看到的！"

"你还笑……哪有这么好笑！"

"我说啊，我也不想看到认识的人做这些事好吗！"

"你不许再描述了！也不许笑了！"

"不行啊！挥之不去！我一个人实在消化不了。"

晃太郎向着出租车走去。

"我们去喝一杯吧，上海饭店应该已经开门了吧？"

这样的对话之前好像也发生过，就是在博多取文件的那个酒店门口。

"……啊，不过今天你应该不能喝吧，是不是麻醉很快就退了？"

晃太郎有些担心。

"走吧。"

结衣说，今天不喝，更待何时？

去上海饭店之前，结衣给父亲打了个电话。

"家长见面的事，取消了。"

"哈？！"父亲惊呼。

"婚事应该也会取消。"

父亲身后传来母亲不知所措的喊声，听上去两个人已经在准备出门了。也难怪，毕竟这是第二次了。

"那，那你要和谁结婚啊？"父亲惊呆，"鬼怒川温泉还去不去了啊？"

旅行看来也要延期了。结衣对着电话那头的父亲说："我确实没法活得像父亲那样。"

明白了这一点后，结衣从"那一边"回来了。

"温泉你就和我妈两个人一起去吧。"结衣挂断了电话。

晃太郎轻笑了一声，迈开脚步。结衣追着他的后背问："……对了，不回公司了吗？"

晃太郎扭过头。一脸无所谓地回答："反正快下班了嘛。"

好像有什么已经改变了，又好像并未改变。或许，并不会那么容易改变吧。

如果晃太郎无法控制自己，那无论多少次，结衣都会去阻止他。这场战役并未结束，他们可能永远无法理解彼此，也许此生都将孑然一身。

即便如此也好。只要能拦住自己珍爱的人，别让他去"那一边"，一切都无所谓。

"哎，算了。"结衣将烦扰赶出脑海，"总之先来杯啤酒！"

今晚就发尽牢骚吧！下了决心后，结衣向着走在前头的晃太郎追去。